아메리칸
급행열차

▪ 이 도서의 국립중앙도서관 출판시도서목록(CIP)은
서지정보유통지원시스템 홈페이지(http://seoji.nl.go.kr)와
국가자료공동목록시스템(http://www.nl.go.kr/kolisnet)에서 이용하실 수 있습니다.
(CIP제어번호: CIP2018000326)

아메리칸 급행열차

제임스 설터
서창렬 옮김

마음산책

옮긴이 **서창렬**

연세대학교 영어영문학과를 졸업했다. 옮긴 책으로 『보르헤스의 말』 『축복받은 집』 『저지대』 『밤에 들린 목소리들』 『그레이엄 그린』 『에브리데이』 『엄마가 날 죽였고, 아빠가 날 먹었네』 『토미노커』 『이곳이 아니라면 어디라도』 『제3의 바이러스』 『암스테르담』 『촘스키』 『벡터』 『쇼잉 오프』 『마틴과 존』 『구원』 등이 있다.

아메리칸 급행열차

1판 1쇄 인쇄 2018년 1월 10일
1판 1쇄 발행 2018년 1월 15일

지은이 | 제임스 설터
옮긴이 | 서창렬
펴낸이 | 정은숙
펴낸곳 | 마음산책

편집 | 이승학 · 최해경 · 최지연 · 성종환 디자인 | 이혜진 · 최정윤
마케팅 | 권혁준 · 김종민 경영지원 | 박지혜

등록 | 2000년 7월 28일(제13-653호)
주소 | (우 04043) 서울시 마포구 잔다리로 3안길 20
전화 | 대표 362-1452 편집 362-1451 팩스 | 362-1455
홈페이지 | http://www.maumsan.com
블로그 | maumsanchaek.blog.me
트위터 | http://twitter.com/maumsanchaek
페이스북 | http://www.facebook.com/maumsanchaek
전자우편 | maum@maumsan.com

ISBN 978-89-6090-361-6 03840

* 책값은 뒤표지에 있습니다.

그녀가 고개를 돌렸다.

깨끗한 용모였고 얼굴에는 표정이 없었다.

새가, 금방이라도 날아가버릴 것 같은 새가

고개를 돌려 바라보는 것 같은 얼굴이었다.

▪ 일러두기

1. 외국 인명 · 지명 · 독음 등은 외래어표기법을 따르되 관용적인 표기와 동떨어진 경우 절충하여 실용적 표기를 따랐다.
2. 옮긴이 주는 글줄 상단에 맞추어 작게 표기하였다.
3. 원서에서 이탤릭체로 강조한 글자는 굵은 글자로 바꾸어 강조했다.
4. 신문 · 잡지 · 공연 · 노래 등의 제목은 〈 〉로, 단편과 기사 제목은 「 」로, 장편과 책 제목은 『 』로 묶었다.

서문

필립 구레비치

젊었을 때 그는 하늘을 날았다. 그는 항상 전투기 조종사가 되고 싶어 했다. 훈련 중에 주택을 덮치기도 했다. 6년 동안 수송기를 몰았으며, 마침내 전투기 조종사가 되었다. 주로 F-86 전투기를 몰았다. 위대한 조종사는 아니었지만, 최고의 조종사는 아니었지만 자신은 '전투 현장'에 있었다고 언젠가 그가 말했다. 그는 1945년 스무 살 때 웨스트포인트 사관학교를 졸업하고 미 육군 항공단에 장교로 입대했다. 그 시기는 전쟁에 참여할 기회가 없었던 시기라고 생각할지 모르지만, 이 세상에는 항상 또 다른 전쟁이 있게 마련이다. 그의 경우는 한국전쟁이었다. 그는 100여 차례 출격했다. 그 이야기는 그의 첫 장편소설인 『사냥꾼들』에서 읽을 수 있다. 병영 생활, 출격 대기, 이륙, 소련의 미그기를 사냥하기 위해 압록강 위의 하늘을 날던 일, 치열한 공중전, 죽이고 싶은 욕망, 마지막 몇 방울의 연료에 의지하여 기지로 귀환하거나 아니면 귀환하지 못하는 상황 등이 소설에 그려져 있다. 그 책은 1957년에 발간되었다. 그와 더불어 그는 조종사로서의 12년 생활을 뒤로하고 작가가 되기 위해 공군에서 은퇴했다.

그 조종사는 태어날 때부터 제임스 호로위츠라는 이름으로 불리었다. 작가가 된 그는 자신을 제임스 설터라고 불렀다. 잘생긴 데다 스타일리스트였다. 그는 유럽에서 살았다. 그의 산문은 고도의 모더니즘적 우아함을 지녔다. 그는 언어를 절제하여 사용했고, 동시에 생동감 있게 사용했다. 축약에 의해 강한 감정이 더 강해지고, 형이상학의 입김에 의해 강렬한 육체성이 짙게 배어들었다. 그가 묘사한 모든 것은 훨씬 더 많은 것을 환기시킨다.

1960년대와 1970년대 초반에 그는 시나리오를 썼다. 시드니 루멧 감독을 위해 〈약속The Appointment〉을 썼는데, 그는 자신의 시나리오가 오마 샤리프Omar Sharif, 아누크 에메Anouk Aimée, 로테 레냐Lotte Lenya에 의해 영화로 구현되는 것을 지켜보았다. 로버트 레드퍼드를 위해 〈다운힐 레이서Downhill Racer〉를 쓰기도 했다. 그가 쓴 다른 두 편의 시나리오는 영화로 만들어졌고, 10여 편의 다른 시나리오는 영화화되지 않았다. 빛을 보지 못한 작품에 쏟은 정신 소모가 그에게 큰 타격을 주었고, 그래서 시나리오를 포기했다. 동시에 그는 그의 가장 독창적인 불후의 소설 『스포츠와 여가』와 『가벼운 나날』을 썼을 뿐 아니라 걸작 단편집 『아메리칸 급행열차』를 썼다. 이 책들은 모두 영화의 명멸하는 화면 같은 고도의 생생함, 특유의 분위기, 상황의 급전환을 담았다. 또한 스치듯 빠르게 나아가는 간결하고 깔끔한 감성을 담고 있는데, 이는 표면에 막대한 깊이감을 준다. 물론 설터는 여타 다른 작가들이 사용하는 것—단지 종이에 글을 쓰는 것—이상을 사용하는 일 없이 이런 효과를 낸다. 그리하여 그는 다른 작가들로 하여금 그가 어떻게 그리하는지 주목하고 궁금해하게 만든다.

설터를 '작가의 작가'라고 말하는 것은 그가 여전히 하늘을 나는 중이며, 실은 영원히 하늘을 날 것이라고 말하는 것이다. 또한 그가 참으로 멋진 문장을 쓴다고 말하는 것이다. 그의 회고록 『불타는 시절Burning the Days』에서 그는 조종사 생활의 로맨스와 훈련을 묘사한다. 하늘에서 동료애(남자들과의 친교)를 떠올리며 나름대로 뿌듯한 마음으로 새로운 장소로 낙하하던 일, 유혹(여자들과의 친교), 좋은 술, 상쾌한 잠자리, 이륙하기 전의 그 낯선 새벽들, 그리고 역시 빼놓을 수 없는 하늘을 날던 일……. 비행과 틀에 박힌 일—틀에 박힌 비행—을 수행하는 삶에는 일종의 황홀한 우울감이 있다. 늘 예측이 가능한 군대의 단조롭고 제한된 환경 속에서 그는 광활한 허공을 날았다.

문제는 하늘을 나는 생활이 전적으로 현재를 사는 일이라는 점이었다고 설터는 말했다. 그래서 그는 조종사의 삶 대신 글을 쓰는 삶을 선택했다. '이 세월의 잔해'에서 뭔가 지속적이고 영원한 것을 만들고 싶었기 때문이다.

"이 모든 게 다 사라질 것이기 때문이에요." 설터는 초기 단편소설들을 발표했던 〈파리리뷰The Paris Review〉와의 1993년 인터뷰에서 시인인 에드워드 허시Edward Hirsch에게 말했다. "남아 있는 거라곤 산문과 시, 책, 그리고 글로 기록된 것들뿐이겠죠. 인간은 참으로 다행스럽게도 책을 만들어냈어요. 책이 없다면 과거는 완전히 사라질 것이고, 우리에게 남겨진 것은 아무것도 없을 거예요. 우린 이 세상에 벌거벗은 채로 있겠죠."

우리는 그를 다음과 같은 작가로 여긴다. 설터는 항상 자신이 각별히 정확하게 관찰하고 인식한 것만을 군더더기 없이 자신의 산문에 담아내려 한 작가라고 말이다. 인터뷰에서 그는, 단편은 흡인력이 있어야 하고 기억할 만한 것이어야 하고 또한 "어느 정도 완전한 느낌"을 주어야 한다고 말했다. 설터는 그의 영웅 가운데 한 사람인 이사크 바벨Isaac Babel을 예로 들어 설명했다. 그가 말했다. "이사크 바벨은 위대함의 세 가지 본질적인 요소를 갖추고 있어요. 문체, 구성, 권위가 그것이지요." 이 요소들은 설터 작품의 특질이기도 하다. 그의 작품은 내면성을 띠고 있으며 독창적이고 공상적인 요소를 담고 있지만, 그러한 요소들은 삶의 우물 깊은 곳에서 끌어낸 것들이다.

"무엇이든 전적으로 꾸며 만들 수 있다는 개념, 그리고 이처럼 꾸며 만든 글을 **픽션**으로 분류하고 꾸며내지 않은 것으로 여겨지는 다른 글들은 **논픽션**으로 부른다는 개념은 내가 보기엔 너무 독단적인 구분인 것 같아요." 설터는 에드워드 허시에게 말했다. "우리는 대부분의 위대한 장편소설과 단편소설은 전적으로 꾸며낸 게 아니라 완벽하게 알고 자세히 관찰한 것에서 비롯되었다는 걸 알고 있어요. 그런 작품들을 꾸며냈다고 말하는 건 부당한 표현이에요. 때때로 나는 아무것도 꾸며내지 않는다고 말하곤 해요. 물론 이 말은 사실이 아니죠. 그러나 난 보통 모든 것은 상상력에서 나온다고 말하는 작가들에게는 관심이 없어요. 나는 자신의 삶을 나에게 이야기해주는 사람과 한 방에 있고 싶어요. 그 이야기에는 과장이 있고 거짓말도 있을 수 있겠지만, 그래도 나는 본질적으로 진실인 이야기를 듣고 싶거든요."

설터의 진실은 성애의 영역에 있는지도 모른다. 아니면 상심이나 죽음과의 심각한 대결에 있는지도 모르고, 혹은 갑작스레 터져 나오는 해학이나 생기에 있을 수도 있다. 나는 『아메리칸 급행열차』에 수록된 단편들을 책이 출간된 지 얼마 되지 않았던 20년 전에 처음 읽었다. 이후로 나는 「아메리칸 급행열차」의 시작 부분에 나오는 다음 대목을 잊은 적이 없으며, 뿐만 아니라 이 대목을 떠올리면 항상 웃음이 나왔다. "프랭크의 아버지는 일주일에 서너 번 그곳(포시즌스)이나 센트리클럽에 갔다. 그도 아니면 유니언에 갔는데, 거기에는 프랭크의 아버지보다 더 나이 많은 사람들도 있었다. 아버지의 말에 따르면, 그들 중 절반은 소변을 누지 못하고 나머지 절반은 소변을 참지 못했다."

설터를 읽는 가장 큰 기쁨 중 하나는, 그는 뭐든지 할 수 있는 준비가 된 것 같다는 점이다. 대부분의 작가들이 인물에 대한 서론적이거나 해설적인 정보로 간주할 내용을 설터는 탕헤르 해변에서」의 끝부분에 사용하는 것을 보라. 한 사람에 대한 대단히 평범하고 빤한 사실을 이루는 행동이 갑자기 운명처럼 명확해지는 듯하다. 「영화」는 또 어떤지 살펴보자. 설터는 인물을 약간 소개한다. 그러다가 이야기의 흐름을 끊고 독자에게 그녀의 집 안 생활과 그녀 부모의 결혼 생활과 오빠의 움트는 광기에 대해 얘기한다. 그런 다음 재빨리 이야기의 맥락으로 돌아오고, 이후 그녀의 가족에 대해 다시 언급하는 일이 거의 없다. 이런 방법으로 설터는 부단히 단편소설의 형식을 새롭게 한다. 그의 작품 속 등장인물들은 저희 자신을 놀라게도 한다.

이 책에 실린 대부분의 작품은 사랑 이야기다. 상심에 관한 이야기도 여러 편 있고, 몇 편은 작가들의 삶을 그리고 있다. 이 작품들은 오랜 세월에 걸쳐 발표된 것인데, 종합적으로 살펴보면 인간의 관심사에 대한, 열정에 대한, 목소리들에 대한, 언어에 대한 설터의 폭을 반영한다. 가장 좋아하는 작품을 고를 필요는 없지만 내게는 그런 작품이 있다. 마치 내가 『아메리칸 급행열차』를 처음 읽었을 때 그 소설이 나를 고른 것만 같은 느낌이었다. 그 뒤로도 다시 읽을 때마다 매번 그러했다.(설터는 독자로 하여금 거듭 다시 읽게 만들고, 그때마다 새로이 놀라게 하는 대가 중 한 사람이다.) 내가 자주 돌아가는 이야기는 「20분」이다. 왜냐하면 이 소설은 냉혹하고 날렵하며, 매 순간 육체적인 문제에 직면하고, 또한 긴박감이 넘치는 동시에 고통스럽고 안쓰럽기 때문이다. 게다가 마치 더도 아니고 덜도 아닌 딱 20분의 이야기를 실시간으로 써서 들려주는 것 같고, 그 20분 안에 전 인생을 드러내기 때문이기도 하다. 이런 동시적 압축과 팽창은 흥분과 전율을—정서적으로도, 기교적인 면에서도—불러일으키는데, 이는 설터의 지혜와 예술의 정점을 반영한다.

"나는 삶과 죽음의 올바른 길이 있다고 믿어요." 설터는 〈파리리뷰〉 인터뷰에서 말했다. "우리 모두 그걸 찾아야 한다는 뜻인가요?" 허시가 그에게 물었다.

"아니에요." 설터가 말했다. "우리 모두가 그렇게 할 수 있다고 생각하진 않아요. 그러면 너무 혼란스럽겠죠. 내 얘기는 이 세상에는 어떤 미덕이 있으며 이런 미덕들은 변치 않는다는 고전적인, 오래된 문화적 동의를 말하는 거예요." 물론 그의 작중인물들과 그 인물들이 사는 세상은 빈번히 훼손된다. 그럼에도 그는 여전히 영웅적 행위를 믿는 작가다. 그는 우리로 하여금 글쓰기는 제대로, 참되게 쓰기만 한다면, 그에게서 볼 수 있는 것처럼 삶과 죽음의 올바른 길이라고 느끼게 한다.

필립 구레비치 Philip Gourevitch

작가, 편집자, 언론인. 다수의 잡지에 글을 기고하고 오랫동안 〈뉴요커〉의 작가로 활동했으며 〈파리리뷰〉에서 편집자로 지냈다. 쓴 책으로 『내일 우리 가족이 죽게 될 거라는 걸, 제발 전해주세요!』 등이 있다.

삶은 우릴 때려눕히고

우린 다시 일어나는 거야. 그게 전부야.

탕헤르 해변에서

그녀의 눈은 녹색이고 눈자위는 하얬다. 이도 하얬다. 맬컴은 이런 입을 갖는다면 어떤 기분일까, 생각한다. 그녀의 아버지는 외과 의사일 거라고 짐작해본다. 함부르크에서 일하는.

바르셀로나, 새벽. 호텔은 어둡다. 큰길은 죄다 바다를 향하고 있다.

도시는 텅 비었다. 니코는 자고 있다. 그녀의 몸은 흐트러진 시트에 감겨 있다. 그녀의 긴 머리에 감겨 있고, 베개 밑에 있다가 내려온 한쪽 맨팔에 감겨 있다. 그녀는 고요히 잔다. 숨도 쉬지 않는 것 같다.

검푸른 비단 같은 사각형 속 윤곽이 보이는 새장 안에는 니코의 앵무새 칼릴이 자고 있다. 새장은 깨끗이 청소한 텅 빈 벽난로 안에 들어 있다. 벽난로 옆에는 꽃이 있고, 그릇에 담긴 과일도 있다. 칼릴은 머리를 부드러운 날개 속에 묻고 잠들어 있다.

맬컴도 자고 있다. 그에게 필요 없는 그의 금속테 안경이—아무런 처방 없이 구한 것이다—두 다리를 벌린 모습으로 탁자 위에 놓여 있다. 그는 등을 대고 잔다. 코가 배처럼 꿈의 세계를 항해한다. 어머니의 코와 똑같은, 어머니 코의 복제품 같은 그의 코는 극적 장치 같다. 얼굴에 붙인 이상한 장식 같다. 그에게서 맨 처음 눈에 띄는 것은 코다. 사람들이 맨 처음 마음에 들어 하는 것이 코다. 어떤 의미에서 이 코는 삶에 대한 헌신의 표시다. 숨길 수가 없는 커다란 코다. 게다가 그의 치아는 좋지 않다.

가우디가 미완성인 채로 남기고 간, 돌로 지은 네 개의 첨탑 꼭대기에 새벽 어스름이 찾아들어 막 거기 적힌 금빛 글자가 드러나기 시작하는데 아직은 너무 흐릿해서 읽을 수 없다. 햇살은 없다. 있는 건 하얀 정적뿐이다. 일요일 아침이다. 스페인의 이른 아침이다. 옅은 안개가 도시를 둘러싼 모든 산을 덮고 있다. 가게들은 닫혀 있다.

니코가 목욕을 하고 나서 테라스로 나왔다. 수건을 몸에 두르고 있다. 아직 물기가 피부에 남아 반짝인다.

"날이 흐려." 그녀가 말한다. "바닷가에 가기엔 안 좋은 날씨야."

맬컴이 하늘을 쳐다본다.

"갤 거야." 그가 말한다.

아침이다. 축음기에서 빌라로부스Heitor Villa-Lobos. 브라질의 작곡가의 곡이 흘러나온다. 새장은 이제 문 옆에 있는 스툴에 놓여 있다. 맬컴은 캔버스 의자에 누워 오렌지를 먹는다. 그는 이 도시에 푹 빠졌다. 이 도시에 깊은 애착을 느낀다. 부분적으로 폴 모랑Paul Morand의 소설 때문이기도 하고 오래전에 바르셀로나에서 일어난 다음과 같은 사건 때문이기도 하다. 어느 날 저녁 황혼 무렵에 이 도시의 위대한 건축가이자 신비하고 허약하며 심지어 성자 같기도 한 안토니오 가우디가 걸어서 성당에 가던 중 전차에 치였다. 가우디는 수염을 기른 백발이 허연 노인이었는데, 소박하기 짝이 없는 옷을 입고 있었다. 아무도 그를 알아보지 못했다. 그를 병원까지 태워다주려는 택시조차 구하지 못한 채 거리에 쓰러져 있었다. 마침내 자선병원으로 옮겨졌다. 그는 맬컴이 태어난 날 죽었다.

이 아파트는 헤네랄미트레 대로에 있다. 그리고 그녀의 재단사—니코는 맬컴을 그렇게 부른다—의 거처는 도시의 반대편 끝에 있는 가우디의 성당 근처에 있다. 그곳은 노동자들의 거주지역으로, 쓰레기 냄새가 희미하게 나는 담으로 둘러싸인 곳이다. 보도에는 네 잎 무늬 장식이 새겨져 있다. 첨탑은 그 어떤 것보다도 높이 솟구쳐 있다. 거룩하시다, 거룩하시다, 첨탑들이 외친다.가우디가 지은 성가족 성당 첨탑에 "Sanctus(거룩하시다)"라는 글자가 쓰여 있음. 내부는 비어 있다. 그 성당은 완성되지 않았다. 문은 양쪽 방향으로 이어져 외부로 통한다. 맬컴은 바르셀로나의 차분한 저녁 시간에 내부가 빈 이 기념비적 건축물 주위를 여러 번 걸었다. 그는 '작업을 계속하도록 기부해주세요'라고 적힌 구멍에 사실상 가치가 없는 페세타 지폐를 쑤셔 넣었다. 그 돈은 그냥 뒤쪽 바닥으로 떨어지는 것 같기도 하고 혹은 귀 기울여 들어보니 안경을 쓴 한 사제가 그 돈들을 나무 궤에 담아 잠가 두는 것 같기도 했다.

맬컴은 "예술은 진정한 민족사다"라고 한 말로André Malraux와 막스 베버를 신뢰한다. 맬컴 자신을 들여다보면 완전히 끝난 게 아니고 진행 중이라는 증거가 있다. 그것이 한 인간을 참다운 도구로 만드는 요소다. 그는 위대한 예술가—그가 기대하는 장래의 자신—의 도래를 준비한다. 진정 현대적인 의미에서의 예술가, 말하자면 업적은 없어도 확고한 천재성을 지닌 예술가 말이다. 기교로부터 자유로운 예술가, 콘셉트의 예술가, 대범한 예술가, 작품이 그 자신의 전설의 창조인 예술가 말이다. 추종자가 단 한 사람이라도 있는 한 그는 이 계획의 성스러움을 믿을 수 있다.

그는 이곳이 만족스럽다. 나무가 있어 시원한 넓은 대로와 식당 그리고 긴 저녁 시간이 마음에 든다. 그는 여자 친구와 함께 하는 느긋한 생활에 깊이 빠져 있다.

담황색 스웨터를 입은 니코가 테라스로 나온다.

"커피 마실 거야?" 그녀가 말한다. "내가 내려가서 사올까?"

그는 잠시 생각한다.

"응." 그가 말한다.

"어떤 커피로?"

"**솔로.**" 그가 말한다.

"블랙 말이군."

그녀는 이러는 게 좋다. 이 건물의 조그만 엘리베이터는 느릿느릿 올라온다. 엘리베이터가 도착하자 그녀는 안으로 들어가 조심스럽게 문을 닫는다. 엘리베이터는 올라올 때와 마찬가지로 묵주 구슬을 세는 것처럼 한 층 한 층 천천히 내려간다. 그녀는 맬컴에 대해 생각한다. 아버지를 생각하고 아버지의 두 번째 아내를 생각한다. 그녀는 자기가 맬컴보다 더 똑똑할 것이라고 믿는다. 자신의 의지가 더 강할 게 틀림없다고 생각한다. 그러나 이상스럽게도 그가 더 잘생겼다. 그녀의 입은 멋없이 크다. 그는 대범하다. 그녀는 자신이 약간 건조한 사람이라는 것을 안다. 엘리베이터가 2층을 통과한다. 그녀는 거울 속 자신의 모습을 본다. 물론 이러한 것들은 곧바로 발견되는 게 아니다. 연극처럼 한 장면 한 장면 진행되면서 천천히 드러난다. 타인의 현실은 변하는 법이다. 아무튼 순수한 지능은 그리 중요하지 않다. 그것은 추상적인 자질이다. 순수한 지능에는 새로운 인생—그녀의 아버지는 결코 이해하지 못할 인생—을 어떻게 살아야 하는가에 대한 냉엄하고 직관적인 지식이 포함되지 않는다. 맬컴에게는 그게 있다.

10시 30분에 전화벨이 울린다. 그녀가 전화를 받고 소파에 누워 독일어로 얘기한다. 통화가 끝났을 때 맬컴이 큰 소리로 묻는다. "누구야?"

"당신, 해변에 가고 싶어?"

"가고 싶어."

"잉게가 약 한 시간 뒤에 오겠대." 니코가 말한다.

맬컴은 그녀에 대해 들어왔다. 그녀에게 호기심이 생겼다. 게다가 그녀에게는 차가 있다. 그의 소망을 고분고분 받아주던 아침이 바뀌기 시작했다. 저 아래 도로에는 때 이른 교통 정체가 드문드문 일어난다. 햇살이 잠시 비추다가 사라진다. 그러다가 다시 비춘다. 그의 마음속에서 저 멀리 있는 엄청난 첨탑 네 개가 그늘과 눈부심 사이를 오간다. 사이사이에 햇살이 비출 때마다 높이 있는 글자가 모습을 드러낸다. **호산나.**

정오에 잉게가 웃음 띤 얼굴로 도착한다. 낙타색 치마에 블라우스를 입었는데 블라우스의 맨 위 단추는 채우지 않았다. 그녀는 약간 살이 있는 편이라 입고 있는 아주 짧은 치마가 부담스러워 보인다. 니코가 두 사람을 소개한다.

"어젯밤에 왜 전화 안 했어?" 잉게가 묻는다.

"전화하려 했는데 시간이 너무 늦어버렸어. 우린 11시에야 저녁을 먹었거든." 니코가 설명한다. "넌 틀림없이 외출했을 거라고 생각했어."

아니, 집에서 밤새도록 남자 친구의 전화를 기다리고 있었어, 잉게가 말한다. 그녀는 마드리드에서 사온 그림엽서로 부채질을 한다. 니코는 침실로 들어간다.

"여기 남자들은 형편없는 자식들이야." 잉게가 말한다. 니코가 들을 수 있도록 목소리를 높인다. "그 자식은 8시에 전화하기로 되어 있었어. 그런데 10시가 되어서야 전화를 한 거야. 얘기할 시간도 없었어. 잠시 후에 다시 전화하겠다고 하더라고. 하지만 전화는 없었어. 결국 난 잠이 들고 말았지."

니코는 잔주름이 촘촘한 연회색 주름치마에 레몬색 풀오버를 입었다. 그녀가 거울에 비친 자신의 뒷모습을 본다. 팔이 드러난 소매 없는 옷이다. 잉게는 거실에서 말하고 있다.

"남자들은 어떻게 처신해야 하는지 몰라. 그게 문제야. 아무 생각도 없어. 이들은 폴로 클럽엔 자주 가지만, 그것 말고는 아는 게 없어."

그녀가 맬컴에게 얘기하기 시작한다.

"누구와 함께 잠자리에 들었다면 그 뒤엔 잘 처신해야 하는 거예요. 서로 예의 바르게 대해야 한다고요. 하지만 여기선 그러지 않아요. 이곳 남자들은 여자를 존중하는 마음이 없어요."

그녀의 눈은 녹색이고 눈자위는 하얬다. 이도 하얬다. 맬컴은 이런 입을 갖는다면 어떤 기분일까, 생각한다. 그녀의 아버지는 외과 의사일 거라고 짐작해본다. 함부르크에서 일하는. 니코가 그렇지 않다고 말한다.

"여기 남자들은 어린애 같아요." 잉게가 말한다. "독일에서는 아직 여자를 존중하는 마음이 남아 있어요. 남자들이 그런 식으로 대하진 않아요. 뭘 어떻게 해야 하는지 안답니다."

"니코." 그가 부른다.

니코가 머리를 빗으며 나온다.

"난 그이를 깜짝 놀라게 해줬어." 잉게가 말한다. "내가 어떻게 한 줄 알아? 아침 5시에 전화를 했어. 내가 말했지. 왜 전화 안 했어? 그이가 모르겠어, 라고 말한 다음—난 그이가 자고 있었다는 걸 알 수 있었어—지금 몇 시야, 하고 묻더군. 5시, 내가 말했어. 나한테 화나지? 그러자 그이가 조금, 하고 말했어. 잘됐네, 나도 당신한테 화가 나 있으니까. 그렇게 말하고 나서 내가 전화를 탕 끊었지."

니코가 테라스 문을 닫고 새장을 안으로 들고 온다.

"날씨가 따뜻해." 맬컴이 말한다. "거기 놔둬. 그 애도 햇볕이 필요해."

니코가 앵무새를 들여다본다.

"어디가 안 좋은 것 같아." 그녀가 말한다.

"아무 이상 없어."

"같이 있던 녀석이 지난주에 죽었어." 그녀가 잉게에게 말해준다. "갑자기. 전혀 아프지 않았는데."

니코는 한쪽 문만 닫고 다른 쪽 문은 열어둔다. 앵무새는 이제 환한 햇빛 속에 깃털을 접고 조용히 앉아 있다.

"이 녀석들은 혼자서는 살지 못할 것 같아." 그녀가 말한다.

"괜찮아." 맬컴이 그녀를 안심시킨다. "보면 알잖아."

햇빛 덕에 앵무새의 색깔이 매우 선명하다. 녀석은 맨 위 횃대에 앉아있다. 눈에는 완벽하게 생긴 둥근 눈꺼풀이 있다. 녀석이 눈을 깜박거린다.

엘리베이터는 아직도 그 층에 머물러 있다. 잉게가 먼저 탄다. 맬컴이 엘리베이터의 좁은 문을 닫는다. 조그만 캐비닛 문을 닫는 것 같은 기분이다. 그들은 서로 얼굴을 가까이한 채 내려가기 시작한다. 맬컴은 잉게를 보고 있다. 그녀는 생각에 잠겨 있다.

그들은 커피를 한 잔 더 마시려고 아래층에 있는 조그만 바에 들른다. 맬컴이 두 여자가 안에 들어설 때까지 문을 잡아준다. 아무도 없다. 아니, 한 남자가 신문을 읽고 있다.

"그 자식한테 다시 전화를 해볼까 해." 잉게가 말한다.

"왜 아침 5시에 당신을 깨웠냐고 물어봐요." 맬컴이 말한다.

잉게가 웃는다.

"아하." 그녀가 말한다. "정말 좋은 생각이에요. 그렇게 할 거예요."

전화기는 대리석 카운터의 저쪽 끝에 있다. 하지만 니코가 그에게 말을 건네는 바람에 그는 통화 내용을 듣지 못한다.

"당신은 관심 없어?" 그가 묻는다.

"응." 그녀가 말한다.

잉게의 차는 파란색 폭스바겐이다. 어떤 항공 봉투의 색깔과 같은 파란색이다. 한쪽 펜더가 찌그러졌다.

"내 차 본 적 없죠?" 그녀가 말한다. "어떻게 생각해요? 내가 잘 산 건가요? 난 차에 대해선 아무것도 몰라요. 이게 첫 차예요. 아는 사람한테서 샀지요. 화가한테서. 그런데 사고가 있었어요. 모터가 타버렸답니다."

"난 운전할 줄 알아요." 그녀가 말한다. "그렇지만 누가 내 옆에 있으면 더 나아요. 운전할 줄 아세요?"

"그럼요." 그가 말한다.

그가 운전석에 앉아 시동을 건다. 니코는 뒷좌석에 앉았다.

"이 차 어떤 것 같아요?" 잉게가 묻는다.

"잠시 후에 말할게요."

차는 1년밖에 안 됐는데도 다소 낡았다. 천장 재질은 빛이 바랬다. 운전대도 함부로 거칠게 다룬 것 같다. 서너 구역쯤 운전한 후에 맬컴이 말한다. "괜찮은 것 같아요."

"그래요?"

"브레이크가 좀 약해요."

"그렇다면?"

"새 브레이크 패드로 교체해야 할 것 같네요."

"난 거기에 윤활유만 치게 했어요." 그녀가 말한다.

맬컴이 그녀를 쳐다본다. 진지한 얼굴이다.

"여기서 왼쪽으로." 그녀가 말한다.

그녀가 길을 안내한다. 이제 차량 정체가 약간 늘었지만 맬컴은 거의 멈추지 않고 나아간다. 바르셀로나의 교차로 가운데 많은 수는 팔각형 형태로 뻗어 나간다. 빨간 신호등은 많지 않다. 차는 오래된 아파트가 모여 있는 넓은 지역을 통과해서 공장지대를 지나 도시 변두리에서 처음 눈에 띄는 빈 들판을 지나간다. 잉게가 고개를 돌려 니코를 본다.

"난 이곳이 넌더리가 나." 잉게가 말한다. "로마로 가고 싶어."

차는 공항을 지나가고 있다. 바다로 가는 길은 붐빈다. 도시에 산재한 차량이, 버스와 트럭과 수없이 많은 조그만 자동차들이 모두 다 이곳으로 모이는 것 같다.

"이곳 사람들은 운전하는 법도 몰라." 잉게가 말한다. "이 사람들 지금 뭐 하는 거지? 지나갈 수 없어요?"

그녀는 "이런 젠장" 하고 말하며 맬컴 앞으로 손을 뻗어 경적을 울린다.

"소용없는 일이에요." 맬컴이 말한다.

잉게가 다시 경적을 울린다.

"재들도 움직일 수 없어요."

"아, 열 받게 하네." 그녀가 소리 지른다.

앞차에 탄 어린아이 두 명이 고개를 돌린다. 조그만 뒷유리로 보이는 아이들의 얼굴은 창백하고 다소곳하다.

"시제스Sitges 가봤어요?" 잉게가 묻는다.

"카다케스Cadaques는 가봤어요."

"아." 그녀가 말한다. "그렇군요. 아름다운 곳이죠. 그곳에 별장이 있는 사람을 알면 참 좋을 텐데요."

햇빛은 하얗다. 햇빛 아래 땅은 밀짚 빛깔로 누워 있다. 길은 해안과 나란히 달리며 싸구려 해수욕장, 야영장, 집, 호텔을 지나친다. 길과 바다 사이에 철길이 있고, 바다로 가려는 해수욕객을 위해 철길 밑으로 조그만 굴이 나 있다. 잠시 후 이런 풍경이 사라지기 시작한다. 차는 드넓은 황무지나 다름없는 곳을 달린다.

"시제스에는," 잉게가 말한다. "유럽의 온갖 금발 여자들이 다 있어요. 스웨덴, 독일, 네덜란드. 보면 알 거예요."

맬컴은 길을 바라본다.

"그 여자들에게 스페인 사람의 갈색 눈은 너무나도 유혹적이지요." 그녀가 말한다.

그녀는 그 앞으로 손을 뻗어 경적을 울린다.

"저걸 좀 봐요! 차들이 엉금엉금 기어가잖아요!"

"저들은 희망에 가득 차서 여기 와요." 잉게가 말한다. "여기 오려고 돈을 모으고, 스푼에 올려놓을 수 있을 만큼 작은 수영복을 사지요. 그런데 어떤 일이 벌어지나요? 아마 하룻밤 동안 사랑을 받을 거예요. 그게 다예요. 스페인 남자들은 여자를 대하는 법을 모르거든요."

뒷좌석에 앉은 니코는 말이 없다. 얼굴은 차분한 표정을 짓고 있는데 그것은 지루하다는 뜻이다.

"그들은 아무것도 몰라요." 잉게가 말한다.

시제스는 눅눅한 호텔과 녹색 덧문과 죽어가는 잔디가 있는 조그만 해변 휴양도시다. 어디나 차가 주차되어 있다. 도로에는 주차된 차들이 빽빽이 줄을 이루고 있다. 마침내 그들은 바다에서 두 구역 떨어진 곳에서 차를 세울 자리를 찾는다.

"차 문 잘 잠가요." 잉게가 말한다.

"이걸 훔쳐 갈 사람은 없을 거예요."

"썩 좋은 차라고는 생각하지 않는군요." 그녀가 말한다.

그들은 포장된 길을 걷는다. 오랜 더위에 길의 표면이 휘어진 것 같다. 주변에 보이는 거라곤 장식 없이 단조로운 집의 정면뿐이다. 집들은 서로 너무 가까이 붙어 있다. 그 많은 차량에도 불구하고 도시는 묘하게 비어 있다. 2시다. 다들 점심 중이다.

맬컴에겐 윤이 나는 파란색 투아레그 무명천으로 만든 까칠한 면 반바지가 있다. 반바지에는 손가락처럼 가느다란 조그만 벨트가 부착되어 있다. 허리를 빙 두르는 게 아니라 중간에서 끊기는 벨트다. 맬컴은 그 반바지를 입으면서 강한 힘을 느낀다. 그의 몸매는 달리기 선수의 몸매다. 한 플랑드르 그림에 나오는 순교자의 몸매처럼 흠잡을 데 없다. 팔다리에 핏줄이 끈처럼 불끈 돋아 있는 것을 볼 수 있다. 간이 건물의 뒷벽은 콘크리트고 바닥에는 대마가 깔렸다. 그는 못에 아무렇게나 옷을 걸었다. 그는 통로로 나선다. 여자들은 아직 옷을 벗고 있다. 두 사람이 어느 문 뒤에 있는지 그는 알지 못한다. 못에 조그만 거울이 걸려 있다. 그는 머리를 매만지며 기다린다. 밖에는 해가 비친다.

바다는 못처럼 날카로운 자갈이 깔린 경사진 길로 시작한다. 맬컴이 앞장선다. 니코가 말없이 그 뒤를 따른다. 물은 차갑다. 맬컴은 물이 다리로 올라와 반바지의 끝을 적시고, 이어 크게 부풀어 올라—그는 높이 솟아오르려 애쓴다—그를 감싸 안는 것을 느낀다. 그는 잠수한다. 빙그레 웃으며 물 밖으로 나온다. 소금기가 입술에서 느껴진다. 니코도 잠수했다가 얼마 후에 맬컴 가까이에 부드럽게 나타나 한 손으로 젖은 머리를 뒤로 넘긴다. 그녀는 자기가 있는 곳이 정확히 어디인지 모르는 채로 반쯤 눈을 감고 서 있다. 맬컴이 그녀의 허리에 한 팔을 두른다. 그녀가 웃는다. 그녀는 자신이 언제 가장 아름다운지 아는 확실한 본능을 지녔다. 잠시 두 사람은 평화로이 서로에게 의지한다. 맬컴은 두 팔로 그녀를 안아 올려서 바닷물의 도움을 받아 그녀를 더 깊은 곳으로 옮긴다. 니코의 머리가 그의 어깨에 엎힌다. 잉게는 비키니 차림으로 해변에 누워 〈슈테른Stern〉지를 읽고 있다.

"잉게는 뭐가 문제지?" 그가 말한다.

"모든 게 다."

"아니, 왜 물에 안 들어오냐고."

"생리 중이래." 니코가 말한다.

그들은 따로따로 수건을 깔고 잉게 옆에 눕는다. 맬컴은 잉게가 짙은 갈색으로 피부를 태웠다는 것을 알아차린다. 니코는 아무리 밖에 오래 있어도 절대 그렇게 되지 못한다. 그것은 마치 그가, 그 자신이 니코에게 햇볕을 주는데도 니코는 완강히 받아들이지 않으려 하는 것 같은 그런 고집스러움이라 할 만하다.

잉게는 하루 만에 이렇게 태웠다고 그들에게 말해준다. 하루 만에! 믿을 수 없을 정도다. 그녀는 그게 사실이라는 것을 보여주려는 듯 자신의 팔과 다리를 본다. 사실이에요. 카다케스의 바위에 알몸으로 누워서. 그녀는 자신의 배를 내려다본다. 그러자 토실한 살이, 여성스럽게 접힌 몇 겹의 뱃살이 드러난다.

"너, 살쪘다." 니코가 말한다.

잉게가 웃는다. "이건 내 저축이야." 그녀가 말한다.

그것은 저축처럼 보이고, 벨트처럼 보이고, 그녀가 입고 있는 옷의 일부처럼 보인다. 그녀가 다시 등을 대고 눕자 뱃살은 사라진다. 팔다리는 깨끗하다. 배는 그녀의 다른 부분과 마찬가지로 희미한 금빛 솜털로 덮여 있다. 스페인 젊은이 두 명이 바다를 따라 어슬렁어슬렁 지나간다.

그녀가 하늘에 대고 말한다. 만약 자기가 미국에 간다면 차를 가지고 가는 게 낫지 않을까? 그녀가 읊조리듯 말한다. 아무튼 자기는 그 차를 아주 싼 가격에 샀으니 만약 차를 더 이상 끌고 싶지 않고, 또 돈을 좀 벌고 싶은 마음이 생기면 그걸 팔

수도 있지 않겠냐고 한다.

"미국엔 폭스바겐이 널렸어요." 맬컴이 말한다.

"네?"

"독일 차가 엄청 많아요. 다들 독일 차를 몰거든요."

"틀림없이 독일 차를 좋아할 거예요." 그녀가 자신 있게 말한다. "메르세데스는 좋은 차예요."

"대단히 사랑받는 차죠." 맬컴이 말한다.

"내가 갖고 싶은 차가 그거예요. 두 대 갖고 싶어요. 돈이 있으면 그게 내 취미가 될 거예요." 그녀가 말한다. "난 탕헤르에서 살고 싶어요."

"아주 좋은 해변이죠."

"그렇죠? 난 아랍인처럼 까매질 거예요."

"옷을 입고 지내는 게 좋을 거예요." 맬컴이 말한다.

잉게가 미소 짓는다.

니코는 자는 것 같다. 그들은 말없이 거기 누워 있다. 그들의 발은 태양을 향해 있다. 태양의 힘은 이제 사라졌다. 있는 것은 더위가 지나가는 순간들뿐이다. 바람은 사그라지고 해는 그들 위에 맥없이 떠 있다. 햇빛은 힘을 잃었지만 사위에 흘러넘친다. 모든 게 끝나고 난 뒤의 우울의 시간이 찾아든다.

6시에 니코가 일어나 앉는다. 그녀는 춥다.

"자, 일어나." 잉게가 말한다. "바닷가를 좀 걸어보자."

그녀가 계속 조른다. 해는 아직 지지 않았다. 그녀는 매우 쾌활한 기분이 된다.

"자, 어서." 그녀가 말한다. "여긴 아주 좋은 구역이야. 커다란 저택들이 다 모여 있어. 걸어 다니면서 노인네들을 즐겁게 해주

자고."

"난 누구를 즐겁게 해주고 싶지 않아." 니코가 팔짱을 끼고 말한다.

"그냥 해본 말이야." 잉게가 니코를 안심시킨다.

니코는 뚱한 표정으로 따라나선다. 그녀는 팔짱을 낀 자세로 자신의 팔꿈치를 잡고 있다. 바람이 바닷가에서 불어온다. 조그만 파도가 인다. 그 파도가 정적을 깨뜨리는 것 같다. 파도가 내는 소리는 잊힌 존재의 소리처럼 부드럽다. 니코는 등이 파인 회색 원피스 수영복을 입고 있는데, 잉게가 부잣집 저택 앞에서 까불대는 동안 그녀는 모래밭을 내려다보고 있다.

잉게가 바다로 들어간다. 들어와. 그녀가 말한다. 물이 따뜻해. 그녀가 소리 내어 웃으며 행복해한다. 그녀의 유쾌함은 시간보다 강하고 추위보다 강하다. 맬컴이 친친히 그녀를 뒤따른다. 물이 **정말** 따뜻하다. 더 맑아진 것 같기도 하다. 그리고 바다는 텅 비어 있다. 눈길이 미치는 한 어디에도 사람은 없다. 그들만 수영하고 있는 것이다. 파도가 밀려와 그들을 가볍게 들어 올린다. 물이 찰싹 때리며 영혼을 씻는다.

간이 건물 입구 주위에 어린 스페인 남자애들이 서 있다. 혹시 샤워실 문이 재수 좋게 일찍 열린다면 재빨리 엿보려고 기다리는 것이었다. 그 애들은 파란색 모직 수영 팬츠를 입었다. 검정색 팬츠를 입은 아이도 있다. 그 애들의 발가락은 아주 긴 것 같다. 샤워실은 하나뿐이고, 그 안에는 하얀 샤워기가 딱 하나 있다. 물은 차갑다. 잉게가 제일 먼저 들어간다. 그녀의 옷이 보인다. 조그만 옷 쪼가리에 이어 두 번째 옷이 문 꼭대기에 걸쳐진다. 맬컴은 기다린다. 그는 부드럽게 철썩이는 소리와 그녀의 손놀림이 빚어내는 소리, 그녀가 옆으로 움직일 때 물이 갑자기 콘크리트에 부딪쳐 사방으로 흩어지는 소리를 들을 수 있다. 입구의 남자애들을 보니 우쭐한 기분이 된다. 그는 그 애들을 흘끗 본다. 녀석들은 낮은 목소리로 얘기하고 있다. 장난치는 것처럼 보이려고 손을 뻗어 서로를 놀린다.

시제스의 거리 모습이 바뀌었다. 한 시간이 지나자 저녁이 되었다. 어디나 한가로이 거니는 사람들로 붐빈다. 떨어지지 않고 함께 붙어 다니기가 쉽지 않다. 맬컴이 두 사람을 각각 팔로 두른 채 걷는다. 그들은 말처럼 그의 팔이 이끄는 대로 나아간다. 잉게가 씩 웃는다. 사람들은 우리 셋이서 함께 그걸 한다고 생각할 거예요, 그녀가 말한다.

그들은 카페에 들어간다. 좋은 카페가 아니네, 잉게가 불만스레 말한다.

"아주 좋은 곳이야." 니코가 간단히 말한다. 니코는 어디를 가든 어느 곳이 좋은 장소인지, 어느 곳이 좋은 식당이고 호텔인지 한눈에 알아본다. 그게 그녀의 자질 가운데 하나다.

"아니야." 잉게가 우긴다.

니코는 신경 쓰지 않는 것 같다. 두 사람의 눈길은 이제 따로따로 움직인다. 그러자 맬컴이 니코에게 속삭인다. "잉게는 뭘 찾고 있는 거지?"

"몰라서 묻는 거야?" 니코가 말한다.

"이 남자들 좀 봐." 잉게가 말한다. 그들은 다른 자리에, 바에 앉는다. 오랜 시간 햇볕에 몸을 태운 탓에 피부가 검게 그을고 머리털이 하얗게 바랜 젊은 남자들이 그들 주위 곳곳에 앉아 게으른 눈으로 달콤한 눈길을 던진다.

"이들은 돈이 없어." 잉게가 말한다. "우릴 데리고 가서 저녁을 대접할 수 있는 사람이 아무도 없어. 한 명도 없어. 이들은 가진 게 아무것도 없어. 여긴 스페인이야." 그녀가 말한다.

니코는 이곳을 저녁 먹을 장소로 고른 것이다. 그녀는 낮 동안 평소보다 변변치 못한 사람이 되었다. 이 친구가 있어서다. 이 여자는 아는 사람 하나 없고 심지어 거리 이름도 모르던 시절, 자신이 몹시 아파서 아버지에게 함께 전보를 보내던—그들은 전화가 없었다—시절, 낯선 도시에서 적응하기 위해 둘 다 버둥거리며 힘겹게 살아가던 나날에 서로 격식 차리지 않고 생활을 공유한 친구다. 그런 잉게의 이 같은 갑작스러운 폭로가 자신의 과거로부터 체면과 품위를 앗아가 버린 것 같다. 맬컴이 그녀에게 경멸감을 느끼는 게 틀림없다는 생각이 돌연 그녀의 가슴을 후벼 판다. 그녀의 자신감은 사라졌다. 자신감이 없는 그녀는 아무것도 아니다. 테이블보가 너무 희고 눈부셔 보인다. 그 보가 가차 없는 빛으로 그들 셋을 비추는 것 같다. 나이프와 포크는 수술을 위해 놓인 것만 같다. 음식은 차갑게 놓여 있다. 그녀는 배가 고프지 않지만 먹지 않겠다고 말할 엄두를 내지 못한다. 잉게는 남자 친구 얘기를 한다.

"그이는 형편없는 사람이야." 잉게가 말한다. "정이 없는 사람이지. 하지만 난 이해해. 나는 그이가 원하는 걸 알아. 아무튼 여자는 남자의 전부이기를 바랄 순 없어. 그건 자연스러운 게 아니야. 남자에겐 많은 여자가 필요해."

"너 미쳤니?" 니코가 말한다.

"사실이 그래."

니코의 사기를 꺾는 데는 그 말로 족하다. 맬컴은 자신의 시곗줄을 살펴보고 있다. 니코가 보기에 맬컴은 이 모든 것을 허용하고 있는 듯하다. 어리석은 사람, 그녀는 생각한다. 잉게는 출신 배경이 미천한 계집인데도 맬컴은 그걸 재미있어 한다. 잉게는 남자들이 자기랑 잤으니 자기랑 결혼할 거라고 생각한다. 천만의 말씀. 절대 그렇지 않다. 그건 진실과는 터무니없이 거리가 먼 생각이야, 니코는 생각한다. 자신의 생각이 틀릴 수도 있다는 걸 알면서도 니코는 그렇게 생각한다.

그들은 커피를 마시러 셰스완Chez Swann에 간다. 니코는 두 사람과 떨어져 따로 앉는다. 피곤해서, 그녀가 말한다. 그녀는 소파에 몸을 웅크리고 앉는다. 그리고 잠이 든다. 그녀는 지쳤다. 저녁 날씨는 꽤나 선선해졌다.

어떤 목소리가 그녀를 깨운다. 음악이다. 중간중간 나오는 기타 선율 속에서 들리는 놀라운 목소리다. 니코는 잠결에 그 목소리를 듣고 똑바로 앉는다. 맬컴과 잉게는 얘기를 하고 있다. 그 노래는 오랫동안 기다려온 무엇인 것만 같다. 그녀가 찾고 있던 그 무엇인 것만 같다. 그녀는 맬컴에게 가서 그의 팔을 만진다.

"들어봐." 그녀가 말한다.

"뭘?"

"들어봐." 그녀가 말한다. "마리아 프라데라Maria Pradera야."

"마리아 프라데라?"

"노랫말이 아름다워." 니코가 말한다.

단순한 구절이다. 그녀는 그 구절을 따라 한다. 마치 호칭기도 같다. 신비로운 반복 구절이다. 검은 머리 엄마…… 검은 머리 아이. 돌멩이처럼 매끄럽고 순수하게 닳은, 가난한 자의 웅변이다.

맬컴은 참을성 있게 귀 기울이지만 아무것도 들리지 않는다. 니코는 그가 변했다는 것을 알 수 있다. 그녀가 귓가로 스며드는 흉측한 스페인 이야기와 더불어 자는 동안 맬컴은 그 이야기에 시나브로 중독되어 이제는 그것들이 그의 핏줄 속을 떠돌아다니고 있다. 자기는 결코 남자가 필요로 하는 것의 일부 이상일 수 없다는 것을 아는 여자가 꾸며낸 스페인 이야기들이 말이다. 잉게는 침착하다. 그녀는 자기 자신을 믿는다. 그녀는 자신의 생존권과 지휘권을 믿는다.

길은 어둡다. 그들은 밤으로 통하는 차의 지붕을 열었다. 밤하늘에 별이 빼곡하다. 그 별들이 차 안으로 쏟아져 내릴 것만 같다. 뒷좌석에 앉은 니코는 겁이 난다. 잉게가 얘기를 한다. 그녀는 손을 뻗어 너무 느리게 가는 차들을 향해 경적을 울린다. 맬컴이 그걸 보고 웃는다. 바르셀로나에는 잉게가 남자 친구와 함께 타닥거리며 타는 따뜻한 불 앞에서 겨울 오후를 보내곤 하던 사적인 방들이 있다. 모피 담요 위에서 사랑을 나누곤 하던 집들이 있다. 물론 그때는 남자 친구가 그녀에게 잘해주었다. 잉게는 폴로 클럽에 대해서, 최고급 저택에서 열리는 디너파티에 대해서 상상하곤 했다.

도시의 도로에는 인적이 거의 없다. 자정이 가까운 시간이다. 일요일 자정. 낮 동안의 햇볕에 그들은 지쳤고, 물놀이에 힘이 빠졌다. 두 사람은 헤네랄미트레 대로에 이르러 차에서 내린다. 그리고 차창을 통해 작별 인사를 한다. 엘리베이터는 아주 천천히 올라간다. 그들의 입에 침묵이 걸려 있다. 돈을 잃은 노름꾼처럼 둘 다 바닥을 보고 있다.

아파트는 어둡다. 니코는 불을 켜고 사라진다. 맬컴은 손을 씻는다. 손을 닦는다. 실내가 아주 조용한 것 같다. 그는 천천히 이 방 저 방 살펴보다가 그녀를 발견한다. 그녀는 마치 넘어진 것처럼 테라스의 문간에 무릎을 꿇고 있다.

맬컴이 새장을 본다. 칼릴이 새장 바닥에 떨어져 있다.

"손수건 귀퉁이에 브랜디를 조금 적셔서 줘봐." 그가 말한다.

그녀가 새장의 문을 연다.

"죽었어." 그녀가 말한다.

"내가 좀 볼까?"

앵무새는 뻣뻣하다. 조그만 발은 동그랗게 말리고 잔가지처럼 메말라 있다. 왠지 더 가벼워진 것 같다. 숨은 깃털을 떠났다. 오렌지씨만 한 심장이 멈췄다. 새장은 차가운 문간에 빈 채로 놓여 있다. 할 말이 있는 것 같지 않다. 맬컴은 문을 닫는다.

나중에 침대에 누웠을 때 그는 니코가 흐느끼는 소리를 듣는다. 그녀를 달래려 애써보지만 달랠 수가 없다. 그녀는 등을 돌리고 있다. 그의 말에 대답하지 않을 것이다.

그녀는 가슴은 조그맣고 젖꼭지는 크다. 또한, 그녀 자신이 말하듯이, 엉덩이도 큼지막하다. 그녀의 아버지는 비서가 세 명이나 된다. 함부르크는 바다와 가깝다.

20분

어떤 사람은 실패하고 어떤 사람은 이혼했으며, 땅을 파는 일을 하는 더그 포티스 같은 사람은 경찰관의 아내와 정을 통하다가 트레일러 안에서 총을 맞았다. 그녀의 남편 같은 사람은 산타바버라로 가서 디너파티의 여분의 남자가 되었다.

이 일은 카본데일Carbondale 근처에서 제인 베어라는 여자에게 일어났다. 나는 언젠가 한 파티에서 그녀를 만났다. 그녀는 양팔을 옆으로 뻗은 자세로 소파에 앉아 있었다. 한 손에는 술잔이 들려 있었다. 우리는 개에 대해 얘기했다.

그녀에게는 늙은 그레이하운드가 있었다. 녀석의 목숨을 구하려고 녀석을 샀다고 했다. 경주에서 이기지 못하면 사람들은 그레이하운드에게 먹을 것을 주는 대신 내팽개쳤다. 때로는 한꺼번에 서너 마리를 트럭 뒷자리로 내던져서 폐기 처분하는 곳으로 데려갔다. 개의 이름은 필이었다. 몸이 뻣뻣하고 눈도 거의 보이지 않았지만 그녀는 녀석의 위엄을 높이 샀다. 녀석은 종종 거의 문손잡이 높이만큼 높게 다리를 들어 올려 벽에 기대곤 했다. 하지만 얼굴은 번듯했다.

부엌 식탁 위에는 딱딱한 빵이 놓여 있고, 넓은 판자로 된 바닥에는 진흙이 묻어 있었다. 낡은 재킷과 부츠 차림의 그녀는 젊은 말 사육사 같은 모습으로 성큼성큼 걸어 들어갔다. 그녀는 이른바 말 타기 좋은 균형 잡힌 엉덩이를 가졌고, 머리에는 벽에 걸린 말총처럼 층져 보이는 리본을 달았다. 아버지는 아일랜드에 살았다. 어느 일요일 아침 그녀는 말을 타고 와서 그곳 식당 방으로 갔는데, 주인은 옷을 다 갖춰 입은 채로 침대에 쓰러져 죽어 있었다. 그녀 자신의 인생도 그와 같이 되었다. 돈에 얽매인 인생, 새 차나 다름없는 자신의 스웨덴 차 옆구리에 생긴 움푹 팬 자국 같은 인생……. 남편과는 1년 전에 헤어졌다.

카본데일을 감싸고 흐르는 강은 하류로 내려가면서 넓어진다. 그곳에는 좁고 긴 구각교構脚橋가 있는데, 페인트칠을 여러 차례 다시 한 다리였다. 한때 석탄을 캤던 지역이다.

오후 늦은 시간, 한 차례 소나기가 지나갔다. 햇빛은 은빛으로 빛났다. 미묘한 빛이었다. 빗속을 뚫고 온 차들은 전조등을 켜고 와이퍼를 작동한 채 달렸다. 갓길에 세워진 노란색 도로 기계가 부자연스럽게 밝아 보였다.

하루의 일과가 끝난 그 시간, 관개용수는 땅 위 높은 곳에서 반짝이고 언덕은 이미 어두워지기 시작했다. 목초지는 연못 같다.

그녀는 혼자서 말을 타고 산등성이를 올랐다. 피우메라는 이름의 그 말은 크고 잘생겼으나 그리 영리하지는 않았다. 피우메는 말을 잘 알아듣지 못했으며 걸을 때 가끔 비틀거렸다. 그녀는 저수지까지 갔다가 해가 지는 서쪽으로 말을 몰아 돌아갔다. 이 수말은 달릴 수 있었다. 발굽 소리는 크고 힘찼다. 셔츠를 입은 그녀의 등으로 바람이 솔솔 들어왔고 안장은 삐걱거렸다. 말의 커다란 목이 땀으로 까맸다. 그녀와 말은 배수로를 따라 문을 향해 나아갔다. 그들은 언제나 그 문을 뛰어넘어 들어갔다.

마지막 순간에 뭔가 이상이 있었다. 순간적으로 생긴 일이었다. 말의 다리가 꼬였을 수도 있고 구멍을 밟았을 수도 있었다. 아무튼 말이 갑자기 포기했다. 그녀는 말의 머리 위로 튕겨 나갔고, 이어서 마치 슬로모션처럼 말이 그녀를 뒤따랐다. 말은 거꾸로 떨어졌다. 그녀는 땅바닥에 누워 붕 뜬 말이 그녀를 향해 곤두박질치는 것을 보았다. 말은 무방비로 노출된 그녀의 무릎으로 떨어졌다.

마치 차에 치인 것 같았다. 너무 놀라 정신이 아뜩했지만 아픔은 느껴지지 않았다. 일어나서 흙을 털어낼 수 있지 않을까 하는 생각이 잠시 들었다. 말은 일어섰다. 다리는 더러웠고 등에는 흙이 묻어 있었다. 그녀는 말굴레에서 나는 쟁그랑거리는 소리를 정적 속에서 들을 수 있었다. 심지어 배수로의 물 흐르는 소리도 들을 수 있었다. 주변은 모두 목초지와 적막뿐이었다. 배가 메슥거렸다. 그 부분에 극심한 부상을 입었다. 아무것도 느낄 수 없었지만 그건 알았다. 그녀는 시간이 약간 있다는 것을 알았다. 20분. 사람들은 늘 그렇게 말했다.

말은 풀을 뜯고 있었다. 그녀는 팔꿈치를 땅에 대고 몸을 일으켰다. 이내 현기증이 났다. "이 망할 자식!" 그녀가 소리쳤다. 그녀는 거의 울부짖었다. "멍청이! 집으로 가!" 누군가 빈 안장을 보게 될 수도 있을 것이다. 그녀는 눈을 감고 생각에 몰두하려 애썼다. 이 상황이 믿기지 않았다. 그녀에게 일어난 일이 사실일 리 없었다.

아침에 사람들이 와서 프리빗이 다쳤다는 말을 그녀에게 했을 때부터 징조가 좋지 않았다. 십장이 방목지에서 기다리고 있었다. "다리가 부러졌습니다." 그가 말했다.

"어떻게 해서 부러진 거예요?"

십장은 알지 못했다. "다른 말의 발에 차인 것 같아요." 십장이 짐작으로 말했다.

말은 나무 아래 누워 있었다. 그녀는 무릎을 꿇고 앉아 판자 같은 콧등을 쓰다듬었다. 말의 커다란 눈은 다른 곳을 보고 있는 것 같았다. 수의사가 캐서린 상점에서 차를 몰고 흙먼지를 피워 올리며 달려올 것이다. 하지만 시간이 한참 지난 뒤에야 왔다. 수의사는 조금 떨어진 곳에 차를 세우고 걸어서 다가왔다. 얼마 후 그가 말했다. 그녀는 그가 그렇게 말하리라는 것을 알고 있었다. 말을 포기해야 한다는 것이었다.

그녀는 누워서 그 생각을 떠올렸다. 날이 저물었다. 멀리 있는 집들에서 불이 하나둘씩 보이기 시작했다. 6시 뉴스를 할 시간이었다. 저 아래 멀리서 피뇨네스Piñones 목초지가 눈에 들어왔다. 100야드쯤 떨어진 훨씬 가까운 곳에는 트럭이 한 대 있었다. 그곳에다 집을 지으려는 사람의 트럭이었다. 트럭은 그곳 집터에 세워져 있었다. 움직이지 않았다. 1마일쯤 되는 곳에 다른 집들이 있었다. 산등성이 반대편에는 본 노인의 금속 지붕 집이 나무들 속에 숨어 있었다. 한때 이 모든 것을 소유했던 본 노인은 지금은 거동이 어려웠다. 멀리 서쪽으로는 빌 밀링어가 파산인가 뭔가로 빈털터리가 되기 전에 지은 아름다운 갈색 토담집이 있었다. 그는 멋진 취향을 가지고 있었다. 그 집은 껍질을 제거한 남서부식 원목 천장에 나바호 양탄자인디언 부족인 나바호족이 만든 기하학적 무늬의 양탄자가 있었고, 각 방마다 벽난로가 있었다. 색유리를 낀 창으로 산 풍경이 드넓게 들어왔다. 그 같은 집을 지을 수 있을 만큼 아는 사람은 온갖 것을 다 아는 사람이기 마련이었다.

그녀는 그에게 훌륭한 식사를 대접한 적이 있었다. 잊을 수 없는 밤이었다. 구름은 온종일 소프리스Sopris 쪽 하늘에서 몰려왔고, 이어 눈이 내렸다. 그들은 벽난로 불 앞에서 이야기를 나누었다. 벽난로 선반 위에는 와인 병들이 널려 있었다. 다들 좋은 옷을 입었다. 밖에서는 눈이 펑펑 내렸다. 그녀는 풀어 헤친 머리에 실크 바지 차림이었다. 마침내 그녀는 부엌 문간 가까이에서 그와 단둘이 섰다. 그녀는 몸이 달아 있었고 조금 취하기도 했다. 그도 그랬을까?

그는 그의 양복 옷깃 가장자리를 살며시 누르는 그녀의 손가락을 지켜보았다. 그녀의 심장이 쿵쿵거렸다. "오늘 밤을 나 혼자 보내게 하진 않겠지요?" 그녀가 물었다.

그의 머리는 금발이고 작은 귀는 머리 가까이에 붙어 있었다. "어……." 그가 입을 열었다.

"뭔데요?"

"모르시나요? 내 취향은 다른 쪽동성애자라는 뜻이랍니다."

어느 쪽이냐고 그녀가 따지듯이 말했다. 쓸데없는 일이었다. 길은 거의 막혔고 집은 눈에 잠겨 있었다. 그녀는 애원하기 시작했고—그러지 않을 도리가 없었다—나중에는 화가 났다. 실크 바지, 가구, 그 모든 것이 증오스러웠다.

아침에도 그의 차는 밖에 있었다. 그녀는 그가 부엌에서 아침 식사를 만들고 있는 것을 발견했다. 그는 소파에서 잤다. 그가 긴 머리를 손가락으로 쓸어 넘겼다. 까칠한 금빛 수염이 눈에 띄었다. "잘 잤어요?" 그가 물었다.

때로는 그 반대의 경우도 있었다. 새러토가Saratoga의 한 바에서는 장사로 큰돈을 번 키 큰 영국인이 우상이었다. 당신 여기서 살아요? 그가 물었다. 가까이서 보면 눈은 물기가 있어 보였지만 그 영국식 억양의 목소리는 매우 맑았다. "이곳에 와서 당신 같은 사람을 만나다니 정말 놀라운 일입니다." 그가 말했다.

그녀는 거기 계속 있을지 떠날지 결정하지 못한 채 그와 함께 술을 한잔했다. 그가 담배를 피웠다.

"담배 얘기 듣지 못했어요?" 그녀가 말했다.

"못 들었는데요. 어떤 얘기요?"

"우리 몸에 암을 일으킬 거래요."

"우리?"

"퀘이커 교도들이 하는 말이에요."

"당신 정말 퀘이커 교도요?"

"아, 오래전에."

그는 그녀의 팔꿈치를 잡았다. "내가 하고 싶은 게 뭔지 알아요? 당신과 그걸 하고 싶소." 그가 말했다.

그녀는 그의 손에서 벗어나려고 팔을 구부렸다.

"진심이오." 그가 말했다. "오늘 밤."

"다음에." 그녀가 말했다.

"난 다음 기회가 없어요. 아내가 내일 오거든요. 난 오늘 밤밖에 없어요."

"참 안됐군요. 난 매일 밤이 다 자유로운 시간인데."

그녀는 그를 잊지 않았다. 이름은 잊었지만 말이다. 그가 입은 옷은 푸른색 줄무늬가 우아하게 들어간 셔츠였다. "아, 나쁜 자식." 그녀가 갑자기 소리를 질렀다. 말이었다. 집으로 가지 않은 것이었다. 말은 울타리 옆에 가만히 서 있었다. 그녀는 말을 부르기 시작했다. "이리와, 애야. 이리 오렴." 그녀가 간절한 마음으로 말했다. 말은 움직이지 않았다.

뭘 어떻게 해야 할지 알 수 없었다. 5분이 지났다. 아니, 그 이상의 시간이 지났을 것이다. 오, 하느님. 그녀가 중얼거렸다. 오, 주여, 오, 하느님 아버지. 고속도로에서 갈라져 나와 길게 뻗은 길이 그녀의 시야에 들어왔다. 포장하지 않은 길의 표면은 매우 흐릿했다. 누가 거기 나타난다 해도 그 길을 벗어나려 하지는 않을 것이다. 재수 없는 길이었다. 그때 그녀는 남편이 운전하는 차를 타고 그 길을 가고 있었다. 그는 그녀에게 말하고 싶은 게 있다고 했다. 헨리는 우스꽝스러운 각도로 고개를 뒤로 젖히며 그 말을 했다. 남편의 생활에 뭔가 변화가 있었다. 그녀의 심장이 팔딱팔딱 뛰었다. 마라와 관계를 끊을 거라고 그가 말했다.

침묵이 고였다.

이윽고 그녀가 입을 열었다. "누구와?"

남편은 자신의 실수를 깨달았다. "건축 사무소에서 일하는…… 여자. 제도사야."

"관계를 끊는다는 건 무슨 뜻이야?" 입을 열어 말을 하기도 힘들었다. 그녀는 도망 다니는 사람을 쳐다보듯이 남편을 쳐다보았다.

"당신도 알고 있지 않았어? 난 당신이 알 거라고 생각했어. 어쨌든 끝난 일이야. 당신에게 털어놓고 싶었어. 그 일을 깨끗이 정리하고 싶었던 거야."

"차 세워." 그녀가 말했다. "더 이상 말하지 마. 여기서 세워."

남편은 어떻게든 해명을 해보려고 그녀 옆에서 보조를 맞추어 차를 끌었다. 그러나 그녀는 눈에 띄는 돌덩이 중에서 가장 큰 돌덩이를 집어 들어 차를 향해 던졌다. 그런 다음 들판을 가로질러 휘청휘청 걸어갔다. 세이지 관목들에 다리가 긁혔다.

자정이 지난 뒤 그가 차를 끌고 오는 소리를 들은 그녀는 침대에서 벌떡 일어나 창가로 뛰어가서 소리쳤다. "안 돼, 오지 마! 꺼져!"

"왜 아무도 그 얘길 내게 해주지 않았는지 난 정말 이해할 수 없었어." 그녀는 이렇게 말하곤 했다. "내 친구라고 생각했던 사람들이 말이야."

어떤 사람은 실패하고 어떤 사람은 이혼했으며, 땅을 파는 일을 하는 더그 포티스 같은 사람은 경찰관의 아내와 정을 통하다가 트레일러 안에서 총을 맞았다. 그녀의 남편 같은 사람은 산타바버라로 가서 디너파티의 여분의 남자가 되었다.

날이 어두워졌다. 도와줘요, 누구 없어요? 도와줘요, 그녀는 계속 반복했다. 누군가 올 것이다. 와야 했다. 그녀는 겁을 집어먹지 않으려고 애썼다. 아버지를 떠올렸다. 아버지는 인생을 한 문장으로 설명할 줄 알았다. "삶은 우릴 때려눕히고 우린 다시 일어나는 거야. 그게 전부야." 아버지는 단 하나의 좋은 점만을 인식했다. 무슨 일이 일어났는지 아버지가 듣는다면, 당신의 딸이 단지 거기 누워 있을 뿐이라는 것만 들을 것이다. 그녀는 집에 가려고 노력해야 했다. 아주 조금밖에 가지 못하더라도. 몇 야드밖에 가지 못하더라도.

그녀는 손바닥으로 땅바닥을 밀어 가까스로 몸을 끌면서 평소처럼 말을 불렀다. 말이 오면 등자를 붙잡을 수 있을 것도 같았다. 그녀는 말을 찾으려 했다. 마지막 남은 스러져가는 빛 속에서 미루나무의 어렴풋한 형체만 보이고 나머지는 사라져버렸다. 울타리 기둥들이 사라졌다. 목초지도 형체 없이 사라졌다.

그녀는 놀이를 하려고 했다. 지금 자신은 배수로 근처에 누워 있는 게 아니라 다른 장소에 있었다. 그녀가 가본 모든 장소에 있었다. 식당의 커다란 채광창 위로 보이는, 11번가에 있는 그 첫 아파트에 있었다. 소살리토Sausalito의 아침, 하녀가 문을 두드리자 헨리는 스페인어로 소리쳤다. 지금은 안 돼, 지금은 안 돼! 그리고 서랍장 대리석 상판 위에 놓인 그림엽서와 그들이 산 물건들……. 아이티의 한 호텔 밖에서 택시 운전사들이 차에 몸을 기댄 채 부드러운 목소리로 외쳤다. 이봐요, **백인분들**, 멋진 해변에 가실 거예요? 이보Ibo 해변에? 그들은 하루에 30달러를 달라고 했다. 그것은 아마 원래 가격은 5달러쯤 된다는 뜻일 터였다. 그렇게 하자, 저 사람에게 돈 줘, 그녀가 말했다. 그녀는 손쉽게 그곳에 있을 수 있었다. 혹은 비바람이 거칠게 창문을 두드리는 폭풍우 치는 날에 발치에서 노니는 개들과 함께 자신의 침대에 들어가 책을 읽을 수도 있었다. 책상 위에는 사진들이 있었다. 말 사진들과 그녀가 말에 뛰어오르는 모습의 사진이 있고, 서른 살 때 버닝트리 클럽에서 점심을 먹는 아버지 사진도 한 장 있었다. 그녀는 어느 날 아버지에게 전화를 했다. 나 결혼해요, 그녀가 말했다. 결혼해? 아버지가 말했다. 어떤 사람이랑? 헨리 베어라는 사람이에요, 그녀가 말했다. 멋진 옷을 입으며 손이 크고 잘생겼다는 말을 덧붙이고 싶었다.

내일이에요, 그녀가 말했다.

"내일?" 아버지의 목소리가 더 멀게 느껴졌다. "네가 옳은 일을 하고 있다고 확신하니?"

"물론이에요."

"행복을 빈다." 아버지가 말했다.

그해 여름 그들은 이곳으로 와서—헨리가 살아온 곳이었다—맥레이 집 너머에 있는 그 집을 샀다. 그들은 그해 내내 집 수리를 했고, 헨리는 조경 사업을 시작했다. 그들에게는 자신들의 세계가 있었다. 반바지 차림으로 들판을 돌아다녔다. 발밑의 땅은 따뜻했다. 개울에서 수영을 하고 나면 피부에 흙이 묻어 얼룩져 보였다. 깊고 차가운 개울물에서 두 사람은 햇볕에 탄 아이들처럼, 아니 그보다 더 신나게 물놀이를 했다. 망을 친 문이 텅 닫히고, 부엌 식탁 위에는 상품 안내서와 칼과 여러 가지 새 물건이 놓여 있었다. 가을 하늘은 눈부시게 푸르렀고, 서쪽에서 첫 폭풍우가 몰려왔다.

이제 산등성이 위쪽만 빼고는 사방이 다 어두웠다. 그녀가 하고자 했던 일들이 수없이 많았다. 다시 동부로 가고자 했고, 몇몇 친구들을 찾아가고자 했고, 1년을 바닷가에서 살고자 했다. 그게 다 끝났다는 것을 믿을 수 없었다. 이곳 땅바닥에 팽개쳐질 것이라고는 믿을 수 없었다.

그녀는 갑자기 도와달라고 소리치기 시작했다. 목의 힘줄이 불끈 솟도록 미친 듯이 소리 질렀다. 어둠 속에서 말이 머리를 치켜들었다. 계속 소리쳤다. 그녀는 이미 목숨을 지불해야 하리라는 것을 알았다. 악령이 빠져나가고 있다는 것을 알았다. 마침내 소리 지르기를 멈췄다. 그녀는 심장이 쿵쾅거리는 소리를 들을 수 있었고, 그 너머 다른 소리도 들을 수 있었다. 오, 하느님. 그녀는 애원하기 시작했다. 거기 누운 채 처음으로 엄숙한 북소리를 들었다. 느릿느릿한 오싹한 소리였다.

그게 뭐든, 아무리 나쁜 것이라 해도 난 아버지처럼 행동할 거야, 그녀는 생각했다. 허둥지둥 아버지를 떠올렸다. 그러는 동안 뭔가 길쭉한 것이, 뭔가 무쇠 같은 것이 그녀를 꿰뚫고 지나갔다. 믿을 수 없을 만큼 짧은 순간에 그녀는 그것의 힘을 깨달았다. 그것이 그녀를 어디로 데려갈지, 그게 무슨 의미인지 깨달았다.

얼굴은 땀에 젖고 몸은 떨렸다. 이제 때가 된 것이었다. 이제 각오해야 한다는 것을 알아차렸다. 그녀는 신이 있다는 것을 알았다. 신이 있기를 바랐다. 눈을 감았다. 눈을 떴을 때 그것은 이미 시작되었다. 전혀 예기치 않은 양상으로, 쏜살같은 속도로……. 그녀는 뭔가 시커먼 것이 울타리를 따라 움직이는 것을 보았다. 그녀의 조랑말이었다. 아버지가 오래전에 그녀에게 준 조랑말이었다. 그녀의 검은 조랑말이 넓은 들판을 가로질러, 풀밭을 가로질러 집으로 가고 있었다. 기다려, 날 데리고 가!

그녀는 비명을 지르기 시작했다.

배수로를 따라 불빛이 위아래로 휙휙 움직였다. 울퉁불퉁한 땅을 픽업트럭이 천천히 나아가고 있었다. 드문드문 외딴곳에 집 짓는 일을 하는 남자와 남자의 딸인 펀이라는 고등학생이 타고 있었다. 펀은 골프장에서 일했다. 그들은 차창을 닫고 있었다. 트럭이 돌 때 불빛이 말 바로 곁을 비추고 지나갔으나 그들은 말을 보지 못했다. 나중에야, 서로 아무 말도 하지 않고 돌아올 때에야 말을 보았다. 어둠 속에서 그들을 잠자코 바라보는 말의 크고 잘생긴 얼굴을 보았다.

"안장이 있어요." 펀이 깜짝 놀라며 말했다.

말은 차분히 서 있었다. 그렇게 해서 그녀를 발견했다. 그들은 그녀를 트럭 뒤에 싣고—그녀는 축 늘어져 있었고 귀에 흙이 묻어 있었다—미리 전화하려고 도중에 멈추는 일도 없이 거의 시속 130킬로미터 속도로 달려서 글렌우드로 갔다.

나중에 누가 말했듯이 그것은 알맞은 선택이 아니었다. 반대쪽 길로 가서 약 5킬로미터 위에 있는 밥 램의 집으로 갔더라면 더 나았을 것이다. 밥 램은 수의사이긴 하지만 뭔가 조치를 취할 수 있었을 것이다. 누가 뭐래도 그는 이 근방 최고의 의사였다.

그들은 전조등을 환하게 밝힌 채 그 하얀 농가로 차를 몰고 갔어야 했다. 그동안 적잖이 그런 일이 있었듯이 말이다. 누구나 밥 램을 알았다. 헛간 뒤쪽에는 수많은 개가 묻혔고, 그중에는 그 자신의 개도 있었다.

아메리칸 급행열차

그녀가 고개를 돌렸다. 깨끗한 용모였고 얼굴에는 표정이 없었다. 새가, 금방이라도 날아가버릴 것 같은 새가 고개를 돌려 바라보는 것 같은 얼굴이었다.

이제는 그 모든 장소와 모든 밤을 생각하는 것이 쉽지 않다. 깊고 환한, 철노차량 같은 느낌의 니콜라, 사람들로 붐비는 **엉, 드, 투아**Un, Deux, Trois와 빌리. 바를 가득 메운 반짝반짝 빛나는 모르는 얼굴들. 잠시 이글거리다 사라지는 극적인 표정의 검은 눈.

그 시절에 그들은 멋지고 개성적인 가구들이 있는 아파트에서 살았고, 일요일이면 정오까지 늦잠을 잤다. 그들은 법률사무소의 말단 변호사였다. 똑똑한 주니어 변호사들이 그들 바로 위에 있었다. 파트너, 어소시에이트 같은 변호사들은 고급스러운 옷을 입고 포시즌스에서 점심을 먹었다. 프랭크의 아버지는 일주일에 서너 번 그곳이나 센트리클럽에 갔다. 그도 아니면 유니언에 갔는데, 거기에는 프랭크의 아버지보다 더 나이 많은 사람들도 있었다. 아버지의 말에 따르면, 그들 중 절반은 소변을 누지 못하고 나머지 절반은 소변을 참지 못했다.

한편 앨런은 클리블랜드 태생으로, 그의 아버지는 좋은 쪽인지 나쁜 쪽인지는 모르겠지만 그 지역에서 잘 알려진 사람이었다. 심하게 나쁜 죄를 지은 피고인은 없었고, 분명하고 뻔한 사건도 없었다. 다른 지역에서 일할 때 한번은 살인자를 변호한 적이 있었다. 흑인이었다. 그는 배심원들이 무슨 생각을 하는지 알았고, 자신이 배심원에게 어떻게 보이는지 알았다. 그는 천천히 일어났다. 배심원들은 그에 관한 어떤 이야기를 들었을 수도 있었다. 예컨대 배심원들은 그가 뉴욕의 일류 변호사 출신이라는 이야기를 들었을 것이다. 그가 입은 정장은 300달러짜리고 캐딜락을 몰며 비싼 시가를 피운다는 이야기를 들었을 것이다. 그는 바닥에서 무엇을 찾고 있는 것처럼 걸음을 옮겼다. 그들은 그가 유대인임을 들었을 것이다.

그는 걸음을 멈추고 고개를 들었다. 음, 저는 뉴욕 출신입니다, 그가 말했다. 자기는 300달러짜리 정장을 입고 캐딜락을 몰고 커다란 시가를 피우며 또 자신은 유대인이라고 말했다. "이제 그 점은 다 얘기됐으니 이 사건에 대해 얘기합시다."

변호사들과 변호사의 아들들. 젊음의 시절이었다. 아침이면 지하철은 퀴퀴한 어둠 속에서 비명을 질러댔다.

"접수처에 새로 온 아가씨, 눈여겨봤어?"

"뭘 눈여겨봐?" 프랭크가 물었다.

그들은 로켓을 발사하는 것 같은 소음에 둘러싸였다.

"뜨거운 여자야." 앨런이 말했다.

"어떻게 알아?"

"그냥 알아."

"그냥 안다니?"

"직감이야."

"**직감?**" 프랭크가 말했다.

"왜?"

"그건 중요하지 않아."

그들은 일과 잡담과 꿈을 함께 공유하는 터라 서로 떨어질 수 없었다. 둘이서 그런 얘기를 나누긴 했지만 프랭크나 앨런이 근시에다 머리털이 부스스하고 머리숱이 풍성한 접수처 여자와 알고 지낸 적은 없었다. 그들은 다른 여자들을 여럿 알았다. 줄리를 알았고, 캐서린을 알았고, 에임스를 알았다. 근 2년 동안은 브렌다가 최고의 여자였다. 브렌다는 어찌어찌해서 메리마운트 대학을 졸업했으며 웨스트포스에 설비가 잘 갖춰진 아파트를 가지고 있었다. 매끈하고 얇은 은색 액자에는 아버지가 두 딸과 함께 플라자 호텔에서 찍은 사진이 담겼는데, 열세 살의 브렌다는 엷은 미소를 야릇하게 머금고 있었다.

"저 때 당신을 알았더라면 좋았을걸." 프랭크가 그녀에게 말했다.

브렌다가 말했다. "글쎄 말이야."

그는 그녀의 목소리를 좋아했다. 경멸하는 어조이면서도 따뜻한, 도시적인 목소리였다. 우리는 비슷한 부류의 사람이야, 라고 그녀는 말하곤 했는데 그 말은 어느 정도 사실이었다. 둘은 주인이 피아노를 치는 그녀의 단골 업소로 가서 술을 마셨는데 모두들 그녀를 아는 것 같았다. 그런데도 그녀는 그에게 의지했다. 이 도시는 비할 데 없이 짜릿한 순간들을 품고 있었다. 아파트의 벽을 따라 움직이고 돌면서 키스하고, 돌멩이처럼 부딪쳤다. 오후 5시, 빛이 사그라지는 시간이었다. "안 돼." 그녀가 명령

하듯 말했다. "하지 마. 안 돼, 안 돼."

그는 그녀의 목에 키스했다. "당신의 그 아름다운 목울대를 어디다 쓰려고?"

"저녁 안 사줄 거야?"

"당연히 사줘야지."

"아름다운 뭐라고?"

그녀는 커다란 개처럼 그의 품에서 펄쩍 벗어났다.

"이리 와." 그가 꼬드겼다.

그녀는 화장실로 들어가서 머리를 빗기 시작했다. "어느 식당으로 갈 거야?" 그녀가 소리쳐 물었다.

브렌다는 몸을 주곤 했으나 대개는 예측할 수 없었다. 그녀는 어머니가 하지 않은 행동들을 하면서도 어머니가 살았던 것처럼 살았다. 같은 종류의 아파트에서 살았고, 똑같이 부드러운 의자를 장만했다. 크리스마스에는 아파트 수위에게 주려고 팁을 넣은 봉투를 준비했고, 눈보라가 심한 날에는 학교에서 돌아오는 아이들을 걱정했다. 그녀는 아버지를 존경했다. 아버지와 함께 하와이로 여행을 갔을 때는 커다란 글씨로 두세 줄 급히 갈겨쓴 그림엽서들을 보냈다.

여름이었다.

"누구 없어요?" 프랭크가 소리쳐 불렀다.

조금 열려 있는 문을 똑똑 두드렸다. 그는 재킷을 벗어서 손에 들고 있었다. 날이 더웠다.

"좋아." 그가 큰 목소리로 말했다. "머리 위로 손들고 나와. 앨런, 뒤쪽을 수색해."

파티는 끝난 것 같았다. 그는 문을 밀어서 열었다. 전등 하나에만 불이 켜져 있어서 실내는 어둑했다.

"이봐, 브렌, 우리가 너무 늦었지?" 프랭크가 큰 소리로 말했다. 그녀가 신기하게 문간에 나타났다. 맨발 차림이었는데도 하이힐을 신고 있었다. "일찍 오려 했는데 할 일이 생겨서 말이야. 사무실을 빠져나올 수가 없었어. 다른 사람들은 다 어디 있는 거야? 음식은? 이봐 앨런, 우리가 늦었어. 먹을 게 없나 봐. 아무것도."

그녀는 문간 쪽 벽에 몸을 기대고 있었다.

"우리도 빨리 오려고 노력했어." 앨런이 말했다. "그런데 택시가 잡혀야 말이지."

프랭크가 소파에 털썩 주저앉았다. "브렌, 화내지 마." 그가 말했다. "우린 일을 하고 왔어. 사실이야. 전화했어야 했는데……. 음악이든 뭐든 좀 틀어줄 수 있어? 뭐 마실 거 없나?"

"보드카는 많이 있어." 그녀가 이윽고 입을 열었다.

"얼음은?"

"아마 두 덩이밖에 없을 거야." 그녀가 심드렁한 태도로 벽에서 몸을 뗐다. 프랭크는 그녀가 부엌으로 들어가는 것을 지켜보았다. 이어 냉장고 문이 열리는 소리를 들었다.

"앨런, 어떻게 생각해?" 프랭크가 말했다. "이제 뭘 할 거야?"

"나?"

"루이스는 어디 있어?" 프랭크가 큰 소리로 물었다.

"자고 있겠지." 브렌다가 말했다.

"루이스가 정말 집에 가버렸어?"

"그 친구, 아침에 일하러 가야 해."

"앨런도 마찬가지야."

브렌다가 술을 가지고 부엌에서 나왔다.

"늦어서 미안해." 프랭크가 잔을 들여다보며 말했다. "파티는 좋았어?" 그가 손가락으로 내용물을 저었다. "이게 얼음이야?"

"제인 하라가 해고됐어." 브렌다가 말했다.

"안됐군. 제인이 누군데?"

"큰 건을 맡아서 하고 있었어. 로스는 내가 그 자리를 물려받길 원해."

"잘됐네."

"내가 그러는 게 좋은지 난 잘 모르겠어." 그녀가 시큰둥하게 말했다.

"왜?"

"제인 하라는 로스와 잤거든."

"그런데 잘렸어?"

"로스가 잘못한 거지? 안 그래?"

"그 여자가 잘못한 거야."

"맙소사. 누가 남자 아니랄까 봐."

"그 여자는 어떻게 생겼어? 루이스처럼 생겼나?"

사진에서 보았던 열세 살 아이의 미소가 브렌다의 얼굴에 떠올랐다. "루이스처럼 생긴 사람은 아무도 없어." 브렌다가 말했다. 그녀의 목소리가 앨런이 꿈꾸는 멋진 다리의 주인공 이름을 쥐어짰다. "제인은 입술이 얇아."

"그게 다야?"

"입술이 얇은 여자는 늘 차가워."

"어디, 당신 입술 좀 볼까." 프랭크가 말했다.

"관둬."

"당신 입술은 얇지 않은데. 앨런, 얇지 않지? 브렌다, 입술 가리지 마."

"당신들, 어디 갔었어? 실은 일하고 온 거 아니잖아."

프랭크가 그녀의 손을 잡아 내렸다. "그러지 마. 그냥 자연스럽게 놔둬." 그가 말했다. "얇지 않아. 멋진 입술이야. 전에는 미처 몰랐는걸." 그가 몸을 뒤로 젖혔다. "앨런, 뭐 하고 있어? 졸려?"

"뭘 좀 생각하고 있었어. 이 도시가 얼마나 많이 변했는지 생각했어." 앨런이 말했다.

"5년 사이에?"

"내가 여기서 산 지도 거의 6년이 됐어."

"그래, 많이 변했지. 저들은 추락하고, 우린 오르고."

앨런은 사라져버린 루이스를 생각했다. 그녀가 없으니 그에게 남은 일이라곤 차를 잡아타고 끝없는 거리를 덜컹덜컹 달려서 집으로 가는 것뿐이었다. "알아."

그해에 그들은 한증탕에서 축축한 수건을 깔고 앉아 유칼립투스 향기를 맡으며 하드만 로에 관해 이야기했다. 얼마 후 둘은 투사처럼 샤워실로 걸어갔다. 그들의 몸은 아직 탄탄했다. 엉덩이 역시 단단하고 탄력이 있었다.

하드만 로는 코네티컷 주에 있는 조그만 제약 회사로 자기 분야를 약간 벗어난 일을 했는데, 어찌하다 보니 애매모호한 특허를 침해했다는 이유로 규모가 큰 제조업체에 소송을 제기하게 되었다. 이 사건은 이길 가능성이 거의 없는 대단히 전문적인 사건이었다. 상대편 변호사들은 이의신청과 연기라는 바리케이드를 쳐놓았다. 사건은 내리막길을 걸어 이 두 농땡이가 담당하게 되었는데, 이들은 사무실이 복사기와 가까워서 하릴없이 복사 같은 것이나 해대곤 했다. 이들이 쉭쉭거리는 한증탕의 증기 속에서 이 사건을 곰곰이 생각해본 것이었다. 다른 누구도 이 사건을 맡으려 하지 않았는데, 그 때문에 이 사건이 매력적으로 보이기도 했다.

그래서 그들은 열심히 일했다. 다시 학생이 된 것처럼 폴로셔츠 차림으로 두 발을 책상 위에 올려놓은 채 마주앉았다. 가망 없는 착상들은 팽개쳤다. 종이 뭉치를 구겨가면서 머리를 쥐어짰다. 늦게까지 도서관에 앉아 눈이 침침해지도록 책을 읽었다.

그들은 휴가 때도 주말에도 사무실에 나왔으며, 때로는 사무실에서 잠을 자고 남들이 출근하기 한참 전에 커피를 끓이기도 했다. 늦은 저녁을 먹고 나서도 그 사건에 관해, 그 사건의 복잡성에 관해 얘기했다. 어떤 요소들이 어디에 들어맞는지 얘기하고, 일련의 문서들을 순서대로 살펴보고, 학술지에 실린 논문들을 읽고, 미팅을 갖고, 의미의 한계를 따져보았다. 브렌다는 은행에서 일하는 잘생긴 네덜란드 사내를 만났다. 앨런은 호피를 만났다. 여전히 그들은 끝 모를 숲에서 헤매고 있었다. 나무의 몸통과 덩굴이 빛을 차단하고, 멀리 있는 것들의 뿌리가 연결되어 있는 숲이었다. 달이 갈수록 그들은 이 사건에 더욱 깊숙이 빠져들었지만 자신들이 어디까지 왔는지, 혹은 이 일이 끝날 수 있을 것인지에 대한 확신은 더 약해졌다. 그들은 존재감이 서서히 졸아드는 늙은 파트너 변호사처럼 되었다. 전화도 줄었고, 업무 협의도 줄었다. 점심을 즐기는 인생처럼 되었다. 사람들은 이들이 알아낼 게 거의 없는 사건에 휩쓸려 허우적거린다고 알았다. 그러나 사실은 반대였다. 아무도 이 사건의 구체적인 내용을 이해하지 못한 것이었다. 3년이 지났다. 오랜 기간만이 이 사건을 중요하게 만들었다. 그들이 몸담은 법률사무소의 평판은, 적어도 역설적인 의미에서, 그들에게 달려 있었다.

이 사건의 공판이 열리기 두 달 전에 그들은 웨일랜드 브라운 법률사무소를 그만뒀다. 프랭크는 일요일 점심을 기다리며 윤이 나는 탁자에 앉았다. 그의 아버지는 이 도시에서 가장 훌륭한 변호사 가운데 한 사람이었다. 세상에는 신뢰할 수 있는 변호사, 그리하여 친구가 되는 변호사가 있다. "무슨 일로?" 아버지는 알고 싶어 했다.

"우리만의 법률사무소를 시작하려고요." 프랭크가 말했다.

"네가 그동안 맡아온 사건은 어떡하고? 네가 수년 동안 준비한 소송을 놔두고 그 사람들을 떠난다는 건 있을 수 없는 일이야."

"그러진 않을 거예요. 그 사건은 우리가 가져갈 거예요." 프랭크가 말했다.

잠시 무거운 침묵이 흘렀다.

"그걸 너희가 가져간다? 그건 안 된다. 프랭크, 넌 명문 대학을 다녔어. 네 의뢰인들이 널 고소할 거야. 넌 몰락하게 될 거다."

"그건 우리도 생각했어요."

"내 말 들어라." 아버지가 말했다.

모두가 다 그렇게 말했다. 어머니도, 쿡 삼촌도, 친구들도 그런 식으로 말했다. 몰락 이상일 거라고, 치욕일 거라고 아버지가 말했다.

결과적으로 말하자면 하드만 로는 법정으로 끌고 가지 않았다. 6주 후에 합의가 있었다. 합의금은 3800만 달러였고, 그중 3분의 1이 그들의 보수였다.

승산 없는 일이라는 아버지의 생각은 틀렸다. 그들은 고소당하지도 않았다. 그 문제 역시 해결되었다. 몰락하는 대신 브라이언트 공원을 내려다보는 새 사무실이 생겼다. 공원은 위에서 보면 어두운 대저택의 뒤뜰처럼 보였다. 젊은 의뢰인이 생겼고 오페라 티켓이 생겼으며 이혼한 여자의 아파트에서 저녁을 먹는 일이 생겼다. 책이 많고 타일 깔린 커다란 부엌이 있는, 전남편에게서 넘겨받은 아파트에서 말이다.

그가 말했듯이 도시는 올라가는 사람과 추락하는 사람으로 나뉘었다. 붐비는 식당에 있는 사람과 거리에 있는 사람, 시중을 받는 사람과 그러지 않는 사람, 문에 자물쇠가 세 개인 사람과 거울과 호두나무 널빤지로 꾸민 현관에서 엘리베이터를 타고 올라가는 사람으로 나뉘었다.

그리고 자신감이 있어 보이긴 하나 중간 상태에 놓인 크리스티 부인 같은 사람들도 있었다. 그녀는 전남편과의 합의 사항을 재조정하고 싶어 했다. 프랭크가 서류를 휙휙 넘기며 훑어보았다. "어떻게 생각하세요?" 그녀가 솔직하게 물었다.

"다시 결혼하는 게 더 쉬울 거라는 생각이 드네요."

그녀는 검은 선을 넣어 디자인한 모피 외투를 입었다. 그녀가 못 미더워하며 가볍게 한숨을 내뿜었다. "그렇게 쉬운 게 아니랍니다." 그녀가 말했다.

그게 어떤 것인지 선생님은 몰라요, 그녀가 말했다. 얼마 전에 그녀는 아주 잘 아는 부부로부터 한 남자를 소개받았었다.

"함께 저녁을 먹으러 갑시다." 그들 부부가 말했다. "당신은 그이를 사랑하게 될 거예요. 그이한테는 당신이 딱 어울려요. 그이는 책에 대해 이야기하길 좋아한답니다."

그들은 그 사람의 아파트로 갔다. 두 여자는 이내 부엌으로 들어가서 요리를 하기 시작했다. 그 사람 어땠어요? 프랭크가 묻자 그녀는 얼핏 보았을 뿐이지만 아주 마음에 들었다고 했다. 멋지게 벗어진 머리도 실내복도 마음에 들었다. 그녀는 푸른색이 너무 많이 눈에 띄는 이 아파트를 어떻게 할까 하는 계획을 세우기 시작했다. 그 남자는—그의 이름은 워런이었다—저녁 내내 말이 없었다. 그이는 직업을 잃었다고 부엌에서 그녀의 친구가 말해주었다. 돈은 많으니까 문제가 안 되지만 그이가 의기소침해 있다고 했다. "그이는 널 보고 깜짝 놀랐어." 친구가 말했다. "네가 마음에 든 거야." 실제로 그 남자는 그녀에게 다시 볼 수 있을지 물었다.

"내일 차 마시러 오지 않을래요?" 그가 말했다.

"갈 수 있을 것 같아요." 그녀가 말했다. "갈게요. 어차피 이 근처에 들를 일이 있거든요." 그녀가 덧붙였다.

다음 날 그녀는 선물로 구입한 책이 가득 든 가방을 들고 4시에 찾아왔다. 100달러어치 이상의 책이었다. 그는 파자마 차림이었다. 차 대접은 없었다. 그는 그녀가 누구인지, 왜 왔는지도 모르는 것처럼 보일 지경이었다. 그녀는 누구를 만나야 하는데 깜빡 잊고 있었다고 말하며 책을 두고 나왔다. 엘리베이터를 타고 내려가는 동안 갑자기 속이 메슥거리는 것을 느꼈다.

"음." 프랭크가 말했다. "합의 사항을 뒤집을 가능성이 있을 것도 같네요, 크리스티 부인. 그러나 비용이 많이 들어갈 거예요."

"그렇군요." 그녀의 목소리가 작아졌다. "다른 사건들에서 받는 것과 같은 비율로 수수료를 받으실 순 없나요?"

"이런 종류의 사건은 안 됩니다." 그가 말했다.

해 질 녘이었다. 그는 그녀에게 마실 것을 권했다. 그녀는 생각에 잠긴 모습으로 입술을 오므렸다. "그럼 어떡해야 좋을까요?"

그녀의 인생은 실망으로 점철되었다고 그녀가 잔을 들여다보며 말했다. 실망의 대부분은 바보 같은 사랑에 빠진 결과였다고 했다. 그녀의 고향인 내슈빌에서 만든 하얀 정장을 입었다는 이유만으로 나이가 조금 많은 남자와 데이트를 했다. 메인주 연안 바다에서 그 남자 조지 크리스티와 요트를 타는 동안 그와의 결혼에 동의해버렸다고 했다. "돈을 어디서 마련해야 할지," 그녀가 말했다. "또는 어떻게 마련해야 할지 모르겠어요."

그녀는 눈을 들어 쳐다보았다. 그가 그녀를 바라보고 있다는 것을 알았다. 싫은 감정이 없는 눈빛이었다. 공원을 둘러싼 빌딩들에 불이 들어오고 있었다. 거리에도, 집으로 가는 자동차에도 불이 들어왔다. 그들은 저녁이 찾아들 때까지 이야기를 했다. 그리고 함께 저녁을 먹으러 갔다.

그해 크리스마스에 앨런과 그의 아내는 헤어졌다. "농담이지?" 프랭크가 말했다. 그는 새집으로 이사했다. 새집에는 두꺼운 수건과 멋진 양탄자가 있었다. 입구 쪽에는 검정색, 황갈색, 금색이 어우러진 비더마이어Biedermeier. 단순함과 실용성을 강조한 1800년대 전반기 유럽 가구 디자인 양식 책상이 하나 놓였다. 길 건너편에는 사립학교가 있었다.

앨런은 창밖을 내다보았다. 유리창은 선박 옆구리처럼 차가웠다. "뭘 해야 할지 모르겠어." 그가 낙심한 목소리로 말했다. "난 이혼은 원치 않아. 딸을 잃고 싶지 않아." 딸의 이름은 카미유였다. 두 살이었다.

"네 기분 알아." 프랭크가 말했다.

"애가 있다면 알겠지."

"이거 봤어?" 프랭크가 동창 회보를 들어 보이며 물었다. 졸업 15주년 기념 동창 회보였다. "이 친구들 중에 아는 애 있어?"

다섯 명이 성공한 사람으로 소개되었다. 앨런은 그중 두세 명은 알아보았다. "커밍스." 그가 말했다. "이 친구는 모자라는 친구였는데 국회의원으로 선출되었군. 아, 난 어떻게 해야 할지 모르겠어."

"아무튼 아내가 아파트를 차지하게 하지는 마." 프랭크가 말했다.

물론 그건 말처럼 쉽지 않았다. 아내가 아닌 다른 사람일 경우에는 쉬웠지만 말이다. 낸 크리스티는 결혼하기로 결심했다. 어느 날 저녁에 그 얘기를 꺼냈다.

"나는 그렇게 생각하지 않아요." 이윽고 프랭크가 입을 열었다.

"당신, 날 사랑하죠?"

"지금은 그걸 묻기에 좋은 시간이 아닌 것 같아요."

두 사람은 말없이 누웠다. 그녀는 방 안 저편의 어떤 것을 응시하고 있었다. 그녀가 그를 불편하게 만들고 있었다. "결혼은 그리 좋은 게 아닐 거예요. 상반되는 것의 결합이니까요." 그가 말했다.

"우린 상반되지 않아요."

"당신과 나를 말하는 게 아니에요. 여자들은 남자를 알게 되면 사랑에 빠지지요. 남자들은 정반대예요. 남자들이 마침내 여자를 알게 되면, 그땐 떠날 준비를 한답니다."

그녀는 아무 말도 하지 않고 일어나서 옷을 주섬주섬 챙겨 입기 시작했다. 그는 말없이 그녀의 옷을 바라보았다. 별다른 느낌이 없었다. 우스운 것은 그녀랑 계속 함께할 생각이었다는 점이었다.

"택시 잡아줄게요." 그가 말했다.

"당신은 똑똑한 사람인 줄 알았는데." 그녀가 말했다. 반은 자기 자신에게 한 말이었다. 그는 진이 빠진 상태로 전화번호를 찾았다. "택시 필요 없어요. 걸어서 갈래요."

"공원을 가로질러서?"

"예." 다음 날 신문에서 자신에 관한 기사를 언뜻 본 것 같은 느낌이 그녀의 뇌리를 스쳤다. 문 앞에서 잠시 걸음을 멈춘 그녀가 "안녕" 하고 침착하게 말했다.

그녀는 그에게 편지를 한 통 써 보냈고, 그는 여러 차례 읽었다. **내가 해온 모든 사랑 가운데 당신과의 사랑만큼 나를 벅차게 한 것은 없었어요. 모든 남자 가운데 당신만큼 내게 많은 것을 준 사람은 없었어요.** 그는 그 편지를 앨런에게 보여주었다. 앨런은 아무 말도 하지 않았다.

"밖에 나가서 한잔하자고." 프랭크가 말했다.

그들은 렉싱턴까지 걸어갔다. 목도리를 두르고 외투의 단추를 풀어 헤친 모습의 프랭크는 태평스러워 보였다. 머리숱은 예전 같지 않았다. "너도 알겠지만……." 프랭크가 어렵게 입을 열었다.

그들은 잭이라는 술집으로 들어갔다. 짙은 빛깔의 목재와 좁은 선반 위에 줄지어 늘어선 잔들이 환하게 빛났다. 젊은 바텐더가 양손을 바의 가장자리에 내려놓은 채 서 있었다. "어서 오십시오." 그가 빙긋 웃으며 말했다. "다시 뵙게 되어 반갑습니다."

"날 알아요?" 프랭크가 물었다.

"뵌 적이 있는 분 같습니다." 바텐더가 미소를 머금었다.

"나를? 어쨌든 이 집 이름이 뭐죠? 다시 여기 오지 않으려면 이름을 외워둬야 하니까."

바에는 대여섯 명의 다른 손님들이 있었다. 가장 가까이에 있는 사람이 조심스럽게 시선을 돌렸다. 잠시 뒤에 매니저가 왔다. 매니저는 갈색 커튼을 친 뒤쪽에서 나왔다. "불편하신 점이 있습니까, 손님?" 그가 공손히 물었다.

프랭크가 그를 쳐다보았다. "아뇨." 그가 말했다. "불편한 거 없어요."

"오늘 우린 큰일을 치렀어요." 앨런이 말했다. "이제야 좀 한숨 돌리게 됐고요."

"위층에 별도의 방이 있습니다." 매니저가 말했다. 매니저 뒤편으로 개 그림 액자를 지나서 철제 나선계단이 있었다. 개들은 보르조이종種으로 보였다. "매일 저녁 6시부터 11시까지 이용하실 수 있습니다."

"알겠습니다." 프랭크가 말했다. "그런데 이봐요, 당신네 바텐더는 날 알지 못해요."

"그 친구가 실수했습니다." 매니저가 말했다.

"그 사람은 나를 알지 못하고 앞으로도 결코 날 알지 못하는 거요."

"아무것도 아니에요, 아무것도 아니에요." 앨런이 손을 저으며 말했다.

두 사람은 창가 쪽 탁자에 앉았다. "난 자기가 모든 사람의 친구라고 생각하는 이 얼치기 배우 같은 녀석들은 못 봐주겠어." 프랭크가 한마디 했다.

저녁을 먹으면서 두 사람은 낸 크리스티에 대해 얘기했다. 앨런은 그녀의 실크 드레스와 그녀의 헌신적인 태도를 생각했다. 앨런이 얼마 후에 자기는 그 같은 여자를, 가끔 이 술집 바깥 거리를 지나가기도 하는 그런 여자를 절대 못 만날 것 같다는 게 문제라고 말했다. 자기가 지금 만나고 있는 여자는 너무 인간적이라고 불평했다. 앨런은 아내와 별거한 뒤로 늘 알맞은 짝이 될 여자를 찾고 있었다.

"넌 아무 문제도 없어야 해." 프랭크가 말했다. "여자들이 다 너 같은 사람을 찾고 있으니까."

"너 같은 사람을 찾겠지."

"과연 그럴까."

프랭크는 수표로 지불했다. 수표를 들여다보지도 않았다. "결혼 생활을 경험하고 나면," 앨런이 설명했다. "다시 결혼하고 싶은 마음이 돼."

"난 그 누구도 결혼하고 싶을 만큼 신뢰하지 않아." 프랭크가 말했다.

"그럼 뭘 원하는데?"

"그냥 이대로가 좋아." 프랭크가 말했다.

그에게는 뭔가 빠진 게 있었고, 그래서 여자들은 그게 뭔지 알아내려고 늘 뭔가를 했다. 여자들은 앞으로도 늘 그럴 것이다. 그건 생각보다 단순한 것일지도 모른다고 앨런은 생각했다. 어쩌면 빠진 게 없는지도 모른다.

차가, 큼지막한 르노 투어링카가, 속도를 줄이더니 **아우토스트라다**autostrada. 이탈리아의 고속도로를 벗어나 가게 앞에서 멈춰 섰다. 뒷좌석에 브렌다가 타고 있었는데, 입을 약간 벌린 채 졸고 있었다. 광대뼈에서 햇살이 튕겨 나왔다. 코모Como 근처였다. 그들은 막 국경을 넘었다. 국경을 넘을 때 경찰이 차 안을 들여다보며 그녀를 흘깃 보았다.

"이봐, 브렌, 일어나. 커피 한 잔 하고 가자." 그들이 말했다.

그녀가 머리를 매만지고 립스틱을 새로 바른 모습으로 화장실에서 돌아왔다. 하얀 재킷을 입은 젊은 남자가 카운터 뒤에서 스푼을 씻고 있었다.

"브렌다, 잊어버려서 묻는 건데, **에스프레소**야 **엑스프레소**expresso야?" 프랭크가 물었다.

"에스프레소." 그녀가 말했다.

"그걸 당신이 어떻게 알아?"

"뉴욕 출신이니까." 그녀가 말했다.

"맞아." 그가 기억을 떠올리며 말했다. "이탈리아어에는 **엑스**x가 없어. 그렇지?"

"이탈리아어엔 **제이**j도 없잖아." 앨런이 말했다.

"왜 그렇지?"

"이 나라 사람들은 그만큼 부주의한 사람들이야." 브렌다가 말했다. "그걸 챙기지 못하고 잃어버린 거지."

옛날로 돌아간 것 같았다. 그녀는 두프인지 부스인지, 뭐 그런 이름의 사람과 이혼했다. 두 어린 딸은 엄마랑 같이 살았다. 브렌다의 미소에는 꾀바른 구석이 있었다.

파리에서 프랭크는 그들을 데리고 크레이지호스로 갔다. 벨벳 같은 깜깜한 어둠 속에서 음악이 연주되기 시작하자 눈부신 불빛 속에서 여자 여섯 명이 일제히 다리를 번쩍번쩍 들어 올렸다. 그들은 조그만 가죽끈이 달린 하이힐을 신고 있었다. 불멸의 누드였다. 프랭크는 어둠 속에서 한쪽 팔꿈치에 몸을 기대고 있었다. 그는 브렌다를 흘깃 쳐다보았다. "아직도 열심히 관찰하고 계신가?" 그녀가 말했다.

그들은 3주 동안 나가 있었다. 어쩌면 프랑스 남부인지 어딘지에 집을 하나 얻어서 더 오래 있었던 것 같은데, 프랭크는 확신할 수 없었다. 그들이 오랫동안 자리를 비운 탓에 의뢰인들은 무척 힘겹게 바둥거리고 있을 터였다. 잠시 떠나 있어야 할 때가 오는 법이라고 그가 말했다.

그들은 인부들이 호텔 분수대의 돌을 쪼는 소리를 들으며 호텔에서 함께 아침을 먹었다. 그들은 화난 여자가 부엌에서 지르는 소리를 들었고, 차를 몰고 조그만 고장들을 찾아다녔으며, 매일 밤 술을 마셨다. 그들은 큰 배의 개인 전용실 같은 방을, 빛바랜 보트의 승객들처럼 따로 썼다.

정오가 되면 사람들은 멀리까지 걸어갔고, 빛은 건물의 곡면을 따라 움직였다. 비둘기의 물결이 빠른 걸음으로 달려온 개 앞에서 위로 솟아올랐다. 그들 앞에 있는 탁자에 앉은 남자는 쌍안경으로 여기저기를 둘러보았다. 스웨덴 여자 두 명이 가벼운 걸음걸이로 지나갔다.

“재들이 어두워졌어.” 쌍안경 남자가 말했다.

“뭐가?” 그의 아내가 말했다.

“비둘기들이.”

“앨런.” 프랭크가 은밀히 말했다.

“뭐?”

“비둘기들이 어두워졌대.”

“유감이군.”

잠시 침묵이 흘렀다.

“그냥 사진을 찍지 그래?” 여자가 말했다.

“사진?”

“저 여자들. 당신, 열심히 들여다보고 있잖아.”

그가 쌍안경을 내려놓았다.

“건물의 곡면이 참 우아해.” 그녀가 말했다. “저게 있어서 이 광장이 이토록 멋진 거야.”

“날씨가 기가 막히게 좋지?” 프랭크가 같은 어조로 말했다.

“그래. 비둘기도 그렇고.” 앨런이 말했다.

“맞아. 비둘기도.”

잠시 후에 앞에 있던 부부는 일어나서 자리를 떴다. 비둘기들이 달려오는 아이를 피해서 날아올라 머리 위에서 구구거렸다.

“장난치는 건 여전하네.” 브렌다가 말했다. 프랭크가 싱긋 웃었다.

“우린 뉴욕에서 다시 뭉쳐야 해.” 그날 저녁 그녀가 말했다. 그들은 앨런이 내려오기를 기다리고 있었다. 그녀가 탁자 위로 손을 뻗어 잡지를 집어 들었다. “당신, 우리 애들 한 번도 안 봤지?" 그녀가 말했다.

"응."

"아주 예쁘고 귀여운 애들이야." 그녀가 잡지를 건성으로 휙휙 넘기면서 말했다. 팔뚝은 까맣게 그을었다. 그녀는 결혼반지를 끼고 있지 않았다. 제1막이 끝났다. 아니, 첫 5분이 지났다고나 할까. 이제 계략을 드러냈다. "골디스 술집에서의 그 밤들 생각나?" 그녀가 말했다.

"그땐 지금과는 많이 달랐어. 그렇지?"

"그리 많이 다르진 않았어."

"무슨 뜻이야?"

그녀가 반지 없는 넷째 손가락을 꼼지락거리며 그를 흘깃 쳐다보았다. 바로 그때 앨런이 나타났다. 앨런이 자리에 앉아 두 사람을 번갈아 쳐다보았다. "왜 그래?" 그가 물었다. "내가 뭘 방해했나?"

그녀는 떠날 때가 되자 그들이 함께 차를 타고 로마로 가기를 원했다. 로마에서 함께 이틀쯤 보낸 다음 거기서 헤어져서 비행기를 타고 집으로 돌아갈 수 있을 터였다. 그러나 프랭크는 자기들이 가려는 곳은 그쪽이 아니라고 말했다.

"차로 세 시간이면 가잖아."

"알아. 하지만 우린 다른 방향으로 갈 거야." 그가 말했다.

"맙소사. 왜 날 차로 데려다주지 않으려는 거야?"

"그렇게 하자." 앨런이 말했다.

"그럼 둘이 그렇게 해. 난 여기 있을 테니."

"당신은 정계에 진출했어야 하는데." 브렌다가 말했다. "그쪽 방면엔 정말 소질이 있어."

그녀가 떠난 뒤로 분위기가 바뀌었다. 이제 남자 둘뿐이었다. 그들은 조용하고 나른한 나라의 북쪽을 향해 차를 몰았다. 베니스에 어둠이 내리자 푸른 물이 찰싹거렸다. 몇몇 **팔라초**Palazzo. 이탈리아 도시의 부유한 시민의 대저택, 관저, 청사 등을 이르는 말에 불이 들어왔다. 커튼이 쳐진 위층에서 귀부인들의 다리가 드러났다. 그 다리들이 뱀처럼 스르르 바닥을 나아갔다.

술집 해리에서 프랭크는 차갑게 얼린 불투명한 잔에 담긴 술을 들고 아버지가 쓰던 언사로 속삭이듯 말했다. "좋은 밤이구려, 형씨들." 옆 탁자에 앉은 사람들에게 건넨 말이었다. 그들은 뒤셀도르프에 있는 한 호텔의 매니저인 독일 남자와 그 사람의 여자 친구였다. 여자는 프랭크를 계속 쳐다보고 있었다. "맛보고 싶으세요?" 그가 여자에게 물었다. 그의 두 번째 잔이었다. 여자가 그를 똑바로 쳐다보며 자기 술잔을 기울였다. "술을 다 비운 것 같군요." 프랭크가 말했다.

"네, 맛보고 싶네요."

그가 싱긋 웃었다. 프랭크는 술을 마실 때는 이상하게 침착했다. 그때 루가노의 그 공원에서 한 마리 새가 그의 신발에 내려앉았다.

아침이 되자 강처럼 넓은 운하 건너편의 주데카Giudecca 섬이 눈에 들어왔다. 그곳의 연한 빛깔 건물들이 눈에 들어왔고, 물에 가라앉은, 지붕이 있는 커다란 바지선 한 척도 보였고, 몸통이 가려진 나무줄기들도 보였다. 처음으로 가을 기운이 느껴지는 바람이 불어와 잔물결을 일으켰다.

그들은 베니스를 떠났다. 프랭크가 운전을 했다. 프랭크는 차를 탈 때는 꼭 자기가 운전을 하려 했다. 앨런은 뒷좌석에 앉아 창밖을 내다보았다. 햇빛이 오래된 도시의 언덕 비탈에 쏟아져 내렸다. 유럽에서의 나날……. 사방은 고요했다. 바늘은 160킬로미터를 오락가락했다.

파도바에서 앨런은 일찍 일어났다. 시장에 좌판이 들어서고 있었다. 햇볕이 들기 전이라 날씨는 차가웠다. 한 남자가 보도에 널빤지를 배치하고 있었다. 문짝 같은 널빤지 여덟 개로 곡물 자루를 올려놓을 단을 만들었다. 남자가 입은 재킷은 정장 상의였다. 남자는 트럭을 뒤져 조그만 나뭇조각들을 가져와, 그것들을 사용하여 널빤지를 괸 다음 발로 밟으며 튼튼한지 시험해 보았다.

하늘이 보랏빛이 되었다. 콜로네이드 아래 고기 파는 사람들은 보통 닭과 수탉의 쭉 뻗은 두 다리를 묶어서 걸어놓았다. 남자 두 명이 앉아서 아티초크국화과에 속하는 식용 식물를 다듬고 있었다. 파란색 경찰차가 느릿느릿 지나갔다. 이제 쌀자루와 마른 콩을 담은 자루들의 주둥이가 열렸는데 주둥이 끝이 소매 끝동처럼 접혀 있었다. 맞춤 외투 차림에 머리에 스카프를 두른 여자가 큰 소리로 불렀다. "Signore,(선생님,)" 그런 다음 거들먹거리는 태도로 말했다. "dica!(말씀해보세요!)"

그는 세상을 새롭게 보았다. 보도와 건축물, 1000년을 이어져 내려온 이름들이 다 새로웠다. 자신의 인생이 명료해지는 것 같았고, 마음속 찌꺼기가 떠내려가는 것 같았다. 길 건너 보석 가게에서 한 여자가 진열창에 상품을 진열하고 있었다. 그녀는 하얀 장갑을 낀 손으로 매우 조심스럽게 물건들을 다루었다. 그가 서서 바라보고 있을 때 그녀가 눈을 들어 쳐다보았다. 잠시 반짝이는 유리창을 사이에 두고 두 사람의 눈이 마주쳤다. 그녀가 경찰차의 파란색을 띤 청금석 팔찌를 들어 올렸다. 대담해진 그가 입 모양을 지어 소리 없이 말했다. Quanto costa?(얼마예요?) Tre cento settante mille,(37만,) 그녀의 입술이 말했다. 호텔로 돌아왔을 때는 아침 8시였다. 택시가 멈춰 섰다가 잠시 후에 털털거리며 좁은 길을 나아갔다. 저녁 식사를 위해 차려입은 여자가 차에서 내려 호텔 안으로 들어갔다.

날이 흘러갔다. 베로나에서는 첨탑의 끝이, 이어 첨탑의 돔이 안개 위로 떠올랐다. 흰색 상의를 입은 웨이터들이 부엌에서 나타났다. **프리미**Primi. 첫 번째 요리, **세콘디**secondi. 두 번째 요리, **돌체**dolce. 디저트. 그들은 아레초이탈리아 중부의 도시에 잠시 들렀다. 프랭크가 탁자로 돌아왔다. 그는 그림엽서를 몇 장 가지고 있었다. 앨런은 일주일에 한 번씩 딸에게 엽서나 편지를 써 보내려고 노력했다. 그런데 무슨 말을 써야 할지 알 수 없었다. 자기들이 어디에 갔는지, 뭘 보았는지도 쓰기 어려웠다. 조토Giotto di Bondone. 이탈리아의 화가이자 건축가. 조토의 그림이 딸에게 무슨 의미가 있겠는가?

그들은 차에 앉았다. 프랭크는 부드러운 트위드 재킷을 입었다. 캐시미어 같았다. 그는 미소니에서, 그리고 다른 여러 곳에서 쇼핑을 했다. 윈드브레이커도 사고 신발도 샀다. 검은 스커트를 입은 여학생들이 아치를 지나서 길을 건너오고 있었다. 얼마 후 한 여학생이 혼자서 건너왔다. 그녀는 누군가를 기다리는 듯 서 있었다. 앨런은 지도를 살펴보고 있었다. 차의 시동이 걸리는 것을 느꼈다. 차가 매우 느리게 앞으로 나아갔다. 차창이 스르르 내려갔다.

"Scusi, signorina.(실례해요.)" 그는 프랭크가 말하는 것을 들었다.

그녀가 고개를 돌렸다. 깨끗한 용모였고 얼굴에는 표정이 없었다. 새가, 금방이라도 날아가버릴 것 같은 새가 고개를 돌려 바라보는 것 같은 얼굴이었다.

시내 중심가, **첸트로**Centro는 어느 쪽이야? 프랭크가 그녀에게 물었다. 그녀가 한쪽을 쳐다보다가 다른 쪽을 쳐다보았다.

"저쪽이요." 그녀가 말했다.

"틀림없니?" 프랭크가 말했다. 그는 서두르지 않고 고개를 돌려 그녀가 가리키는 방향을 건성으로 쳐다보았다.

"Si.(네.)" 그녀가 말했다.

시에나에 가는 중이라고 프랭크가 말했다. 침묵이 흘렀다. 시에나로 가는 길 아니? 프랭크가 물었다.

그녀가 다른 쪽을 가리켰다.

"앨런, 저 애를 차에 태울까?" 그가 물었다.

"무슨 소리를 하는 거야?"

의사처럼 흰 가운을 입은 두 남자가 교회의 나무 문을 수리하고 있었다. 그들은 비계의 맨 위 단에서 작업을 했다. 프랭크가 뒤로 손을 뻗어 뒷문을 열었다.

"드라이브하고 싶지 않니?" 프랭크가 손가락으로 조그만 원을 그리며 물었다.

그들은 차를 타고 말없이 길을 달렸다. 라디오 소리가 흘러나왔을 뿐 아무도 입을 열지 않았다. 프랭크는 뒷거울로 한두 번 그녀를 흘깃 쳐다보았다. 폴란드에서 사제를 살해한 유명한 살인 사건이 일어난 시기였다. 황혼이 내리고 있었다. 상점의 쇼윈도에 불이 들어오고, 가판대에는 석간신문이 비치되어 있었다. 살해당한 사람의 시신이 놓인 기다란 관이 〈코리에레델라세라Corriere della Sera〉 신문의 상단 오른쪽 구석에 자리 잡았다. 끔찍한 사건을 뒤로 한 채 근로자 같은 깨끗한 옷을 입은 모습이었다.

"아페리티보식사 전에 마시는 가벼운 술이나 음료 한 잔 할까?" 프랭크가 어깨 너머로 물었다.

"아니요." 그녀가 말했다.

그들은 다시 차를 몰고 교회가 있는 곳으로 돌아갔다. 프랭크는 차에서 내려 몇 분 동안 그녀와 함께 있었다. 그의 머리털이 매우 가늘다는 것을 앨런은 알아차렸다. 묘하게도 그게 그를 더 젊어 보이게 했다. 프랭크와 여학생은 서서 얘기를 나누었다. 잠시 후 그녀는 몸을 돌려 길을 걸어갔다.

"걔한테 뭐라고 했어?" 앨런이 물었다. 그는 불안했다.

"택시를 타고 가겠냐고 물었어."

"곤란한 일이 생길 수 있어."

"곤란한 일 따윈 없을 거야." 프랭크가 말했다.

프랭크의 방은 구석에 있었다. 창 주위로 앉아서 쉴 수 있는 공간이 있는 넓은 방이었다. 마룻바닥에는 낡은 동양산 융단 두 장이 깔려 있었다. 화장실의 유리 수납장에는 그의 빗과 로션과 오드콜로뉴가 있었다. 연녹색 수건에는 호텔 이름이 흰색으로 박혀 있었다. 그녀는 그 어느 것도 똑바로 쳐다보지 않았다. 프랭크는 수위에게 4만 리라를 주었다. 이탈리아에서는 법이 매우 엄했다. 어제와 거의 같은 시간이었다. 그는 무릎을 꿇고 그녀의 신발을 벗겼다.

그는 커튼을 쳤지만 커튼 주위로 빛이 새어 들어왔다. 어느 순간 그녀가 떠는 것 같았다. 그녀의 몸이 떨렸다. "괜찮아?" 그가 말했다.

그녀는 눈을 감았다.

얼마 후 그는 서서 거울에 비친 자신의 모습을 바라보았다. 허리에 살이 붙은 것 같았다. 그 모습이 눈에 덜 띄게 하려고 몸을 돌렸다. 그는 다시 침대로 들어갔다. 그러나 너무 서둘렀다. "Basta.(됐어요, 이제 그만.)" 이윽고 그녀가 입을 열었다.

그들은 얼마 있다가 아래층으로 내려가 카페에서 앨런을 만났다. 앨런은 그들을 쳐다보기가 어려웠다. 그래서인지 바보 같은 얘기를 꺼내고 말았다. 학교에선 뭘 배우지? 그가 물었다. 맙소사, 프랭크가 말했다. 음, 아버지는 뭐 하셔? 그녀는 이해하지 못했다.

"아버지는 무슨 일을 하시냐고?"

"가구." 그녀가 말했다.

"가구를 팔아?"

"Restauro.(수리.)"

"우리 나라에선 'Restauro'는 없어." 앨런이 손짓을 해가며 설명했다. "그냥 내다 버리지."

"나는 다시 달리기를 시작해야겠어." 프랭크는 결심했다.

다음 날은 토요일이었다. 그는 그녀에게 전화를 걸어달라고 수위더러 부탁하며 전화기를 건넸다.

"안녕, 에다? 나 프랭크야."

"알아요."

"지금 뭐 해?"

그는 그녀의 대답을 알아듣지 못했다.

"우린 플로렌스로 갈 거야. 너도 플로렌스 가고 싶지 않니?" 그가 말했다. 침묵이 흘렀다. "우리랑 같이 가서 2, 3일 보내지 않을래?"

"아니요." 그녀가 말했다.

"왜?"

더 나직한 목소리로 그녀가 말했다. "그걸 어떻게 설명해요?"

"좀 더 생각해봐."

맞은편 탁자에서는 아이들이 카드놀이를 하고 있고, 아이들 엄마인 옷을 잘 차려입은 여자 셋이 그 옆에 앉아 얘기를 나누고 있었다. 카드 패를 내려칠 때 아이들의 입에서 흥분의 함성이 터져 나왔다.

"에다?"

그녀는 아직 수화기를 들고 있었다. "네." 그녀가 말했다.

언덕에서는 사람들이 나뭇잎을 태우고 있었다. 연기는 보이지 않았지만 그들은 그곳을 지나가면서 연기 냄새를 맡았다. 식당이나 제지 공장에서 나는 냄새 같았다. 그 냄새에 프랭크는 갑자기 아버지와 함께 잔디밭에서 갈퀴로 나뭇잎을 긁어모았던 오래전 어린 시절과 시골집을 떠올렸다. 녹색 이정표에 플로렌스가 나타나기 시작했다. 비가 내리기 시작했다. 와이퍼가 조용히 좌우로 움직이며 앞 유리를 닦았다. 모든 게 아름답고 흐릿했다.

그들은 실내장식이 거의 없는 식당에서 저녁을 먹었다. 실내의 벽을 지하 저장고의 둥근 천장처럼 희게 회칠한 소박한 식당이었다. 그녀는 매우 젊어 보였다. 어린 강아지처럼 보였다. 흰 눈자위는 맑고 깨끗했다. 말을 거의 하지 않은 채 메뉴판에서 떼어낸 분홍색 종이띠를 만지작거리며 놀았다.

다음 날 아침 그들은 목적 없이 그냥 걸었다. 상점 진열창에는 그녀보다 나이 많은, 최소한 30대는 되는 여성들을 위한 물건들이 진열되어 있었다. 실크 드레스, 팔찌, 스카프……. 펜디 가게에 아름다운 외투가 있었다. 외투 밑에 가격이 조그만 금속 숫자로 표시되어 있었다.

"저거 맘에 드니?" 그가 물었다. "따라와, 저 옷 사줄게."

가게로 들어간 그는 진열창의 외투를 보고 싶다고 말했다.

"이 아가씨가 입을 거예요?"

"예."

그녀는 이해하지 못하는 표정이었다. 그녀의 얼굴이 모피에 묻혔다. 그는 모피를 헤치고 그녀의 볼을 어루만졌다.

"그거 얼만지 알아?" 앨런이 말했다. "450만 리라야."

"맘에 들어?" 프랭크가 그녀에게 물었다.

그녀는 그 외투를 자꾸자꾸 입었다. 그녀는 다리를 꼬고 앉아 텔레비전에서 중계하는 축구 경기를 시청했다. 종일 밖에 나가지 않은 탓에 방은 잔뜩 어질러져 있었다.

"여길 떠나는 건 어떨까?" 앨런이 불쑥 물었다. 텔레비전의 아나운서들이 이탈리아 말로 소리 질렀다. "스폴레토를 보고 싶었거든."

"좋아. 거기가 어딘데?" 프랭크가 말했다. 그는 그녀의 무릎 위에 손을 얹고 마치 조는 고양이를 쓰다듬듯 손을 아주 약간만 움직여서 무릎을 어루만지고 있었다.

그 지방은 평평했으며 안개가 부옇게 끼어 있었다. 그들은 과거를 뒤에 남기고 떠나왔다. 씻지 않은 잔들과 화장실 바닥에 널브러진 수건들을 뒤로하고 떠나온 것이다. 프랭크는 옷깃에 얼룩이 묻어 있는 것을 식당에서 발견했다. 수석 웨이터가 각각의 접시에 놓인 신선한 파르메산parmesan 치즈를 강판에 갈아주는 동안 프랭크는 냅킨의 모서리를 물에 적셔서 그 얼룩을 문질렀다. 그들의 자리는 문간 가까이에 위치해 있어서 프런트에서도 보였다. 에다는 귀고리를 고치고 있었다.

"냅킨으로 그걸 가려." 앨런이 프랭크에게 말했다.

"여기, 이걸 좀 지워줄래?" 프랭크가 에다에게 부탁했다.

그녀는 손톱으로 재빨리 얼룩을 긁어냈다.

"에다가 없으면 난 어떡해야 하지?" 프랭크가 말했다.

"'에다가 없으면'이라니? 그게 무슨 말이야?"

"자, 스폴레토에 왔으니," 프랭크가 말했다. 얼룩은 없어졌다. "와인 좀 더 마시면서 기분을 내사고." 그가 웨이터를 불렀다. "Senta.(이봐요.) 네가 말해줘." 그가 에다에게 말했다.

그들은 웃고 떠들며 옛 시절에 대해 얘기했다. 하루에 열 시간, 열두 시간씩 일하며 일주일에 800달러를 벌던 시절 얘기를 했다.

그들은 웨일랜드 법률사무소 시절과 프랭크의 코에 생긴 실핏줄을 떠올렸다. 그가 노상 사용한 말은 '생생한' 증거였다. 꽤나 생생한, 아주 생생한, 다소 생생한 증거나 증언이라는 말을 입에 달고 다녔다.

그들은 크게 떠들면서 그곳을 나왔다. 커다란 외투를 입은 에다가 두 사람 사이에서 걸었다. "Alla rovina," 그들이 거리에 이르렀을 때 프런트에 있던 직원이 중얼거렸다. "alle macerie," 그가 말했다. 전화 교환대에 있던 여자가 프랭크를 건너다보며 말했다. "alla polvere." 대충 쓰레기, 먼지라는 뜻의 단어였다.

아침 날씨가 쌀쌀해졌다. 정원에 놓인 탁자 다리에 몸을 기댄 나뭇잎들이 쌓여갔다. 앨런은 바에 혼자 앉아 있었다. 입술에 사마귀가 난 웨이트리스가 들어와서 커피 머신을 가동하기 시작했다. 프랭크가 내려왔다. 그는 외투를 어깨에 걸쳤다. 넥타이를 매지 않은 셔츠 차림의 그는 병원 생활을 하는 부유한 환자 같아 보였다. 농산물 생산업체의 소유주로, 밤새 카드놀이를 한 사람처럼 보이기도 했다.

"오늘은 어떡할 생각이야?" 앨런이 말했다.

프랭크가 자리에 앉았다. "날씨가 참 좋군." 그가 말했다. "어디론가 가야겠지."

이 바에서, 어쩌면 호텔 전체에서 그들의 목소리가 유일한 소리일 듯싶었다. 그들의 목소리는 청소를 하는 사람이 가볍게 톡탁거리며 청소하는 소리처럼 낮고 불규칙했다. 한 사람이 소리 죽여 말하면 다른 사람이 받아서 소리 죽여 말하곤 했다.

"에다는 어딨어?"

"목욕하고 있어."

"난 걔한테 작별 인사를 할 생각이었어."

"왜? 웬일로?"

"집으로 돌아갈까 생각 중이야."

"무슨 일 있어?" 프랭크가 말했다.

앨런은 바 뒤에 있는 거울을 통해 자신의 모습을, 자신의 연갈색 머리를 볼 수 있었다. 왠지 창백해 보였다. 존재하지 않는 것처럼 보였다. "아무 일도 없어." 그가 말했다. 에다가 바 안으로 들어와 반대편 끝자리에 앉았다. 앨런은 가슴이 꽉 조이는 느낌이 들었다. "유럽이 날 우울하게 해."

프랭크가 그를 쳐다보았다. "에다 때문이야?"

"아니. 잘 모르겠어." 실내가 지독스럽게 조용한 것 같았다. 앨런은 두 손을 무릎에 내려놓았다. 손이 떨렸다.

"그게 전부야? 걔는 우리 둘이 함께 나누어 가질 수 있어." 프랭크가 말했다.

"무슨 소리야?" 앨런은 너무 불안해서 똑바로 얘기할 수 없었다. 그는 에다를 흘끗 훔쳐보았다. 그녀는 바깥 정원에 있는 뭔가를 바라보고 있었다.

"에다." 프랭크가 큰 소리로 말했다. "뭐 좀 마실래? Cosa vuoi?(뭐 마실 거야?)" 그는 잔을 들어 입에 대는 시늉을 지었다. 대학에서 그는 대단히 인기 있는 학생이었다. 친구들은 그의 성인 슈퍼드를 줄여서 슈프라고 불렀고, 나중에는 슈즈라고 했다. 그는 펜 릴레이 대회에서 달리기 선수로 뛰었다. 그의 어머니는 6대까지 거슬러 올라가 확인할 수 있는 가문 출신이었다.

"오렌지주스." 그녀가 말했다.

두 남자는 거기 앉아서 조용히 얘기했다. 흔히 그런다는 것을 에다는 알고 있었다. 그들은 뉴욕의 사업이나 그와 관련된 얘기들을 나누곤 했다.

그날 저녁 호텔로 돌아왔을 때 프랭크가 에다에게 그 문제에 관해 설명했다. 그녀는 즉시 이해했다. 싫어요. 그녀는 고개를 저었다. 앨런은 바에 혼자 앉아 있었다. 달착지근한 리큐어를 마셨다. 그런 일은 일어나지 않을 거라고 그는 생각했다. 어쨌든 상관없었다. 그렇지만 부끄러웠다. 머리 위에 있는 호텔, 호텔의 복도, 조용한 방들, 이것들이 그거 말고 다른 무엇을 위해 존재하겠는가?

프랭크와 에다가 들어왔다. 그는 어렵사리 그들을 향해 고개를 돌렸다. 그녀는 무표정해 보이는 것 같았지만 그로서는 알 수 없었다. 지금 내가 마시고 있는 이게 뭐지? 그가 마침내 입을 열어 물어보았다. 그녀는 질문을 이해하지 못했다. 그는 프랭크가 동의한다는 듯이 한 차례 가볍게 고개를 끄덕이는 것을 보았다. 그들은 도둑 같았다.

다음 날 새벽, 창유리에 내려앉은 하루의 첫 햇빛은 푸르스름했다. 빗소리가 들렸다. 정원에서는 낙엽들이 바람에 날려 자갈 위를 굴러다녔다. 앨런은 침대에서 슬며시 빠져나와 느슨한 덧문을 잠갔다. 창 아래에서는 산울타리에 반쯤 가려진 하얀 조각상이 어슴푸레 빛났다. 주차된 차량 몇 대도 희미하게 빛났다. 그녀는 부드러우면서도 묵직한 베개를 베고 잠들어 있었다. 그는 그녀를 깨우기가 겁났다. "에다." 그가 나직이 속삭였다. "에다."

그녀의 눈이 약간 뜨였다가 다시 감겼다. 그녀는 젊었으므로 계속 잘 수 있었다. 그는 그녀의 몸을 만지는 게 두려웠다. 그녀의 기분이 언짢다는 것을 그는 알고 있었다. 맨살을 고스란히 드러낸 목, 머리카락, 그가 볼 수 없는 것들……. 그들이 그것에 익숙해지기까지는 시간이 조금 걸릴 것이다. 그는 뭘 해야 할지 몰랐다. 그 점을 제외하곤 완벽했다. 그건 세상에서 가장 자연스러운 일이었다. 앨런은 그녀에게 자기가 직접 뭔가를 사줄 생각이었다. 멋들어진 것으로.

화장실에 들어간 그는 창가에 서서 꾸물거렸다. 그와 프랭크가 웨일랜드브라운 법률사무소에 출근한 첫날을 생각하고 있었다. 그들은 서로 떨어질 수 없는 사이가 되리라. 베네토의 정원에 가을이 왔다. 지금은 이른 새벽이었다. 그는 프랭크와의 만남을 항상 기억할 것이다. 앨런 자신은 이러한 일들을 할 수 없었을 것이다. 갑자기 모자를 쓴 한 젊은이가 아래쪽 출입구에서 나왔다. 젊은이는 진입로를 가로질러 걸어서 오토바이에 올라탔다. 시동을 거는 소리가 희미하게 들려왔다. 그는 헤드라이트를 켜고 출발했다. 오토바이 뒤쪽에 배달 바구니가 놓여 있었다. 아침 식사용 빵을 가지러 가는 것이었다. 그 젊은이의 생활은 단순했다. 공기는 맑고 서늘했다. 젊은이는 임금으로 살아가는 사람들의 거대한 불변의 질서의 일부였다. 그 세상은 불이 켜 있지 않다. 또한 그 사람들은 위에 무엇이 있는지 깨닫지 못한다.

이국의 해변

충격이었다. 충격 이상이었다.
하긴 정말 사리에 맞는 것은
이제 더 이상 없었다. 거의 없었다.

펜스 아줌마와 아줌마의 하얀 구두가 떠나갔다. 아줌마가 이틀 선에 떠난 계단 위쪽 방은 비어 있었다. 화장대 위에 널려 있던 화장품도 사라졌고 다리미판도 마침내 치워졌다. 남은 것은 군데군데 눈에 띄는 머리핀 몇 개와 얼마 안 남은 탤컴파우더뿐이었다. 다음 날 트루스가 여행 가방 두 개를 가지고 왔다. 얼룩 반점이 있는 얼굴이었다. 3월, 쌀쌀한 날씨였다. 크리스토퍼는 부엌에서 뜻밖의 일인 것처럼 그녀를 맞았다. "총 쏠 줄 알아요?" 아이가 물었다.

그녀는 네덜란드 여자였고, 알고 보니 취업 허가증이 없었다. 하지만 집 안이 엉망이었다. "일주일에 135달러 줄게." 글로리아가 말했다.

크리스토퍼는 처음에는 트루스를 좋아하지 않았다. 그러나 그녀는 곧 조리대 위에 쌓인 그릇을 씻어서 치우고 바닥 청소를 했다. 청소하는 여자애가 오는 날은 일주일에 한 번뿐이어서 지저분했던 집 안이 대충 정리되어 갔다. 트루스는 굼떴지만 부지런했다. 간호사 자격증이 있는 펜스 아줌마는 절대 하지 않던 빨래도 했다. 장도 보고 요리도 하고 크리스토퍼도 돌보았다. 그녀는 열심히 일했다. 열아홉 살인데도 얼굴빛이 칙칙했다. 글로리아는 그녀를 사우샘프턴에 있는 엘리자베스 아든 미용실에 보내 얼굴을 깨끗이 다듬게 했다. 매주 월요일은 쉬게 했고, 일주일에 한 차례 외박을 허락했다.

트루스는 차츰 집안 사정을 알게 되었다. 커다란 마차 차고를 개조한 이 집은 세 들어 사는 집이었다. 글로리아는 스물아홉이고 늦잠 자는 것을 좋아하며 가끔 거실 양탄자에 담뱃불 자국을 냈다. 크리스토퍼의 아빠는 캘리포니아에 살고, 글로리아는 네드라는 남자 친구가 있었다. "그 개자식," 그녀는 자주 이렇게 말했다. "내 돈을 갚기 전엔 크리스토퍼를 다시 볼 생각은 잊어버리는 게 좋을 거야."

"물론이지." 네드가 말했다.

날씨가 따뜻해지자 마을의 이 가게 저 가게에서 트루스의 모습이 눈에 띄었다. 크리스토퍼를 데리고 거리를 걸어가는 모습이 보이기도 했다. 그녀는 얼마간 우중충한 모습이었다. 그 무렵에 그녀는 다른 여자를 알게 되었다. 프랑스 여자였는데, 그녀와 마찬가지로 입주 가정부였다. 트루스는 그 여자와 함께 영화를 보러 가곤 했다. 새 잎이 돋은 나무 아래로 비싼 차들이 미끄러지듯 나아갔고, 차는 날이 갈수록 늘어났다. 트루스는 크리스토퍼를 데리고 해변으로 가기 시작했다. 글로리아는 집을 나서는 두 사람을 지켜보았다. 여전히 목욕 가운 차림일 때가 많았다. 그녀는 두 사람을 향해 손을 흔들며 커피를 마셨다. 그녀는 매우 운이 좋았다. 모든 친구들이 그렇게 말했고, 그녀도 그걸 알았다. 트루스는 선물 같은 존재였다. 가족의 일원이나 다름없었다.

"트루스는 애완용 생쥐를 구하려면 어디로 가야 하는지 알아." 크리스토퍼가 말했다.

"뭘 구해?"

"조그만 생쥐."

"아, 생쥐." 글로리아가 말했다.

크리스토퍼는 엄마가 화장하는 모습을 홀린 듯이 바라보았다. 글로리아는 얼굴을 거울에 빠짝 대고 정신을 집중해서 긴 속눈썹을 들어 올렸다. 머리는 풍성한 금발이었다. 윗입술에 점이 하나 있었는데 그 점에서 잔털 몇 가닥이 자랐고, 이마에는 조그만 잡티가 있었다. 그걸 빼고는 예쁜 얼굴이었다. 그녀가 모습을 드러내면 사람들은 늘 경탄했다. 그러고 나서는 늘씬한 다리로 눈을 가져가기 십상이었다. 그녀가 귀족 다리라고 부르는 다리였는데, 어머니의 다리도 그처럼 늘씬했다. 저녁이 깊어지면 그녀의 완벽함은 시들어갔다. 입술의 립글로스는 지워지고 귀고리는 어디에 두었는지 생각나지 않았다. 고속도로 순찰 대원들은 다 그녀를 알았다. 몇 주 전에는 파티에 갔다가 집으로 돌아가는 중에 배수로에 차를 처박고 새벽 3시에 조지아로를 걸어갔으며, 집에 도착해서는 유리창 두 장을 깨고 나서야 부엌문을 열고 들어갔다.

"생쥐를 구하려면 어디로 가야 하는지 트루스의 친구가 안대." 크리스토퍼가 말했다.

"어떤 친구?"

"아, 그냥 친구예요." 트루스가 말했다.

"우리 그 아저씨 만났어."

글로리아는 거울 속 자신의 두 눈에서 눈을 떼고 잠시 긴장을 풀더니 트루스의 눈을 들여다보았다. 트루스도 크리스토퍼 만큼이나 넋 놓아 글로리아를 쳐다보고 있었다.

"생쥐 키워도 돼?" 크리스토퍼가 졸랐다.

"응?"

"제발."

"얘야, 안 돼."

"제발!"

"안 돼. 쥐는 지금 집에 있는 것만으로도 충분해."

"어디에 있어?"

"집 안 곳곳에."

"제발!"

"안 돼. 이제 그만." 글로리아는 트루스에게 지나가는 투로 물었다. "남자 친구야?"

"아무 관계도 아니에요." 트루스가 말했다. "그냥 만난 사람이에요."

"아무튼 조심해야 한다는 걸 잊지 마. 만나는 사람이 어떤 사람인지 모르니 조심하는 수밖에 없어." 글로리아는 얼굴을 약간 뒤로 빼고 검은 아이라인을 그려 넣은 자신의 커다란 눈을 살펴보았다. "여기가 이탈리아가 아닌 걸 고마워해야 해." 그녀가 말했다.

"이탈리아요?"

"거기선 길을 걷기도 힘들어. 신발 한 켤레 사는 것도 쉽지가 않아. 남자들이 사방에서 만지고 건들면서 추근거리니까."

그 일은 딘앤델루카 슈퍼마켓 앞에서 일어났다. 크리스토퍼가 쇼핑백을 자기가 들겠다고 우기며 들고 가다가 슈퍼마켓 문을 막 나왔을 때 떨어뜨리고 말았다.

"이런." 트루스가 짜증 난 목소리로 말했다. "떨어뜨리면 안 된다고 했잖아."

"떨어뜨린 거 아냐. 이게 그냥 미끄러졌어."

"만지지 마." 그녀가 경고했다. "깨진 유리가 있어."

크리스토퍼는 바닥을 똑바로 바라보았다. 단단한 몸매의 아이는 머리를 짧게 깎았고 턱에는 쫓겨난 아빠를 닮아서 턱 보조개가 있었다. 사람들이 그들을 지나쳐 갔다. 트루스는 짜증이 났다. 날씨는 덥고 가게는 붐비는데 다시 안으로 들어가야 할 상황이었다.

"작은 사고가 있었나 보네요." 누가 말을 건넸다. "뭐 깨진 게 있나 보죠? 괜찮아요. 바꿔줄 거예요. 내가 계산대 직원을 잘 알아요."

잠시 후에 다시 밖으로 나온 그가 크리스토퍼에게 말했다. "이번엔 잘 들 수 있겠니?"

크리스토퍼는 대답하지 않았다.

"이름이 뭐니?"

"이름 말해야지." 트루스가 말했다. 잠시 후에 그녀가 다시 "크리스토퍼예요"라고 말했다.

"크리스토퍼, 오늘 아침에 나랑 함께 있었으면 좋았을 텐데 그러지 못해 아쉽구나. 아침에 길들인 생쥐가 많이 있는 곳에 갔었거든. 생쥐 본 적 있니?"

"어디로 갔는데요?" 크리스토퍼가 말했다.

"그 생쥐들은 사람 손에도 앉아."

"어디에 있어요?"

"우린 생쥐 못 키워." 트루스가 말했다.

"키울 수 있어." 크리스토퍼는 걸어가면서 계속 그 말을 되풀이했다. "난 갖고 싶은 건 뭐든 가질 수 있단 말이야."

"조용히 하렴." 두 사람은 크리스토퍼의 머리 위에서 얘기를 나누며 걸었다. 길모퉁이 가까이에서 잠시 걸음을 멈췄다. 두 사람이 얘기를 하는 동안 크리스토퍼는 말없이 서 있었다. 누가 머리카락을 잡아당기는 것을 느꼈지만 고개를 들어 쳐다보지 않았다.

"인사해라, 크리스토퍼."

크리스토퍼는 아무 말도 하지 않았다. 고개를 들려고도 하지 않았다.

한낮의 태양은 용광로 같았다. 태양을 등진 모든 것이 거뭇했고, 수평선은 일렁이는 아지랑이 속에서 사라져버렸다. 멀리 해변 저 아래쪽에 멋진 저택들이 늘어서 있고, 그중 어느 한 저택 앞에 커다란 깃발이 나부끼고 있었다. 트루스는 모래밭을 터벅터벅 걸었고 크리스토퍼가 그 뒤를 따랐다. 마침내 그녀가 찾는 것이 눈에 들어왔다. 위쪽 모래언덕에 누가 앉아 있는 것이었다.

"우리 어디로 가고 있는 거야?" 크리스토퍼가 물었다.

"바로 저 위."

크리스토퍼는 곧 어디로 가는지 알아차렸다.

"생쥐 가져왔다"가 남자의 첫마디였다.

"정말이에요?"

"이름 알고 싶지 않니?" 대팻밥을 넣은 통 안에 어쩔 줄 몰라 하는 사막쥐 두 마리가 들어 있었다. "캣맨과 배티란다." 그가 말했다.

"캣맨?"

"큰 놈이 캣맨이야." 트루스가 수건을 깔자 그가 알아차리고 말했다. "여기 있게요?"

"네."

"왜?" 크리스토퍼가 물었다. 아이는 물 가까이로 가고 싶어 했다. 결국 트루스는 허락했다.

"하지만 반드시 내가 볼 수 있는 곳에서 놀아야 해." 그녀가 말했다.

크리스토퍼가 양동이를 들고 내달릴 때 모래삽이 양동이에서 떨어졌다. 그녀는 큰 소리로 아이를 불러서 돌아오게 했다. 아이는 삽을 주워 담고 다시 달렸고, 트루스는 아이를 지켜보는 척했다.

"와줘서 정말 기뻐요. 그런데 아직 당신 이름도 모르고 있네요. 아이 이름은 아는데 당신 이름은 몰라요."

"트루스."

"그런 이름은 들어본 적이 없어요. 어느 나라 이름이에요? 프랑스?"

"네덜란드예요."

"아, 그래요?"

남자의 이름은 로비 워너였다. "좀 촌스러운 이름이죠." 남자가 말했다. 웃음이 편안한 연푸른 눈의 남자였다. 하지만 어딘가 불량기가 있어 보였는데, 퇴학 처분을 받고도 개의치 않는 학생 같은 느낌의 불량기였다. 태양이 불볕을 퍼부으며 셔츠 속 트루스의 어깨를 뜨겁게 달구었다. 셔츠 속에는 파란색 원피스 수영복을 입고 있었다. 그녀는 자신이 너무 살쪘다는 것과 뜨거운 열기를 의식했다. 그녀 가까이에서 죽 뻗고 있는 굵고 튼튼한 다리도 의식했다.

"여기 살아요?" 그녀가 물었다.

"여기로 휴가 온 거예요."

"어디서 왔어요?"

"알아맞혀봐요."

"모르겠어요." 그녀가 말했다. 뭘 알아맞히는 데는 소질이 없었다.

"사우디아라비아." 그가 말했다. "이보다 세 배는 더운 곳이에요."

그는 거기서 일한다고 했다. 거기에 자신의 아파트도 있고 무료 전화도 있다고 했다. 그녀는 처음에는 그의 말을 믿지 않았다. 그가 말할 때 얼굴을 힐끗 보고 나서야 사실을 얘기하고 있다는 것을 알았다. 1년에 두 달 휴가를 받는데 주로 유럽에서 보낸다고 했다. 그녀는 호텔에서 잠을 자고 느지막이 일어나서 점심을 먹으러 밖에 나오는 모습을 머리에 그려보았다. 그가 말을 멈추지 않기를 바랐다. 할 말이 생각나지 않았던 것이다.

"당신은요?" 그가 말했다. "무슨 일을 해요?"

"아, 난 크리스토퍼를 돌보고 있어요."

"걔 엄마는 어디 있는데요?"

"여기서 살아요. 이혼했어요." 트루스가 말했다.

"사람들이 이혼하는 걸 보면 끔찍한 기분이 들어요." 그가 말했다.

"나도 그래요."

"애초에 결혼은 왜 하는 거예요?" 그가 말했다. "당신 부모님은 함께 사시나요?"

"네." 그녀가 말했다. 그렇지만 부모님이 좋은 예는 아닌 것 같았다. 두 분은 거의 25년 동안 결혼 생활을 유지해왔지만 결혼에 진력이 난 모양이었다. 특히 어머니가 그랬다.

갑자기 로비가 몸을 조금 일으켜 세웠다. "어?" 그가 말했다.

"무슨 일이에요?"

"당신 아이. 아이가 안 보여요."

트루스가 벌떡 일어나 두리번거리다가 물가로 달려갔다. 조수가 만들어놓은 둔덕 같은 게 있어서 바닷가가 잘 보이지 않았다. 마침내 둔덕 너머에서 조그만 금발의 머리가 달려가는 그녀의 눈에 들어왔다. 그녀는 크리스토퍼를 소리쳐 불렀다.

"내가 볼 수 있는 곳에서 놀아야 한다고 했잖아." 아이가 있는 곳에 다다른 그녀가 숨을 헐떡이며 소리쳤다. "여기까지 달려왔단 말이야. 너 때문에 얼마나 겁이 났는지 알아?"

크리스토퍼는 별다른 목적 없이 삽으로 모래를 다독거렸다. 그러고 나서 고개를 들어 쳐다보니 로비가 거기 있었다. "아저씨, 모래성 쌓기 할래요?" 크리스토퍼가 순진하게 물었다.

"좋아." 로비가 잠시 후에 말했다. "이리 와. 조금 더 내려가자.

물가 가까이로. 그러면 성 둘레를 파서 못을 만들 수도 있잖아." 그러고 나서 트루스에게 말했다. "성 쌓는 거 도와줄래요?"

"안 돼요." 크리스토퍼가 말했다. "트루스는 그런 거 못해요."

"아냐, 할 수 있어. 트루스가 우릴 위해 아주 중요한 일을 해 줄 거야."

"뭔데요?"

"곧 알게 돼." 그들은 조수에 쓸려 축축해진 부드러운 경사지를 걸어 내려갔다.

"이름이 뭐예요?" 크리스토퍼가 물었다.

"로비. 여기가 좋겠다." 그는 무릎을 꿇고 모래를 한 줌 가득 퍼냈다.

"아저씨, 고추 있어요?"

"그럼."

"나도 있는데." 크리스토퍼가 말했다.

그녀가 아이의 저녁을 준비하는 동안 아이는 테라스에서 삽으로 점판암 바닥을 두드리며 놀았다. 날이 몹시 더웠다. 옷이 몸에 달라붙고 윗입술로 땀이 흘러내렸다. 나중에 위층으로 올라가 샤워를 할 생각이었다. 그녀의 방은 2층에 있었다. 펜스 아줌마가 쓰던 방이 아니라 작은 손님방을 썼는데, 문에 원래 달렸던 자물쇠를 떼어낸 자리에 생긴 조악한 땜질 자국을 빼고는 다 흰색으로 칠해진 방이었다. 창밖으로 나무들과 옆집의 무성한 산울타리가 보였다. 남향에다 바람이 잘 통하는 방이었다. 크리스토퍼는 보통 아침 녘에 그녀의 침대로 기어들곤 했다. 아이의 다리는 서늘했고 머리에서는 약간 시큼한 냄새가 났다. 방 안에는 말간 햇빛이 가득했다. 그녀는 침대 시트에서 모래를 느낄 수 있었다. 있는지 없는지조차 모를 정도의 모래 알갱이였다. 잠이 덜 깬 채로 고개를 돌려 머리맡 탁자에 놓아둔 시계를 본다. 아직 6시도 되지 않았다. 새들의 첫 울음소리가 들렸다. 옆에는 입을 조금 벌려 앙증맞은 이를 드러낸 모습으로 잠이 든 이 완벽한 꼬마 아이가 누워 있었다.

크리스토퍼는 꽃 주위의 흙을 팠다. 그 흙을 테라스 가장자리에 쌓고 있었다.

"하지 마. 꽃이 다치잖아." 트루스가 말했다. "계속 그러면 널 나무 위에 올려놔버린다. 창고 옆에 있는 나무에 말이야."

전화벨이 울렸다. 집 안 다른 곳에 있는 글로리아가 전화를 받았다. 잠시 후에 글로리아가 큰 소리로 말했다. "네 전화야."

"여보세요." 트루스가 말했다.

"안녕하세요." 로비였다.

"안녕하세요." 그녀가 말했다. 글로리아가 수화기를 내려놓았는지 알 수 없었다. 그때 딸깍하는 소리가 들렸다.

"오늘 저녁에 만날 수 있을까요?"

"네, 만날 수 있어요." 그녀가 말했다. 가슴이 환해지는 느낌이었다.

크리스토퍼가 삽으로 방충망을 긁어대기 시작했다. "잠깐만요." 그녀는 그렇게 말하고 나서 전화기의 송화구를 손으로 막았다. "그만해." 그녀가 명령했다.

그녀는 전화를 끊은 뒤 크리스토퍼에게 고개를 돌렸다. 아이는 문에서 그녀를 보고 있었다. "배고파?" 그녀가 물었다.

"아니."

"이리 와. 손 씻자."

"뭐 하러 밖에 나가?"

"그냥 놀려고. 이리 와."

"어디 갈 거야?"

"그만. 그만 물어보렴."

그날 밤은 바람 한 점 없었다. 더위가 쏟아붓는 물처럼 와락 몰려들었다. 두 사람은 어두워진 역을 지나 엄청 시원한 런드리 식당으로 들어가서 바 근처 자리에 앉았다. 바에는 남자들이 줄지어 앉아 있었다. 시끄럽고 붐볐다. 이따금 사람들이 인사말을 던지며 지나갔다.

"동물원처럼 시끌벅적하네요." 로비가 말했다.

그녀는 글로리아가 이곳에 자주 온다는 것을 알고 있었다.

"뭘 마실래요?"

"맥주." 그녀가 말했다.

바에 앉은 남자는 적어도 스무 명은 되어 보였다. 그녀는 가끔씩 자신을 흘깃 보는 남자들의 눈길을 알아차렸다.

"수영복 입은 모습이 나쁘지 않던데요." 로비가 말했다.

트루스는 그 반대일 거라고 생각했다.

"살을 조금 빼볼 생각은 하지 않았어요?" 로비가 말했다. 그는 늘 말을 서두르지 않고 차분하게 했다. "그럼 정말 도움이 될 텐데요."

"네, 알아요." 그녀가 말했다.

"모델로 일할 생각을 해본 적은 없어요?"

그녀는 그를 외면했다.

"농담 아니에요." 그가 말했다. "참 잘생긴 얼굴이에요."

"난 모델과는 거리가 멀어요." 그녀가 어물어물 말했다.

"얼굴뿐만이 아니에요. 엉덩이도 아주 훌륭해요. 이런 말 해도 괜찮죠?"

그녀는 고개를 저었다.

얼마 후에 그들은 차를 타고 불 꺼진 커다란 집들을 지나갔다. 길이 끝나는 곳에서 예기치 않게 시야가 확 트였다. 왠지 그녀가 익히 알고 있는 풍경이 그녀에게 열린 것만 같은 기분이었다. 완만하게 경사진 들판과 멀리서 반짝이는 불빛이 눈에 들어왔다. '이집트 레인'이라고 쓰인 도로명 표지판이—그녀는 너무 어지러워 글씨를 읽을 수 없었다—전조등 불빛에 잠시 떠올랐다 사라졌다.

"여기가 어딘지 알아요?"

"아니요." 그녀가 말했다.

"저게 메이드스톤 클럽이에요."

그들은 조그만 다리를 건너 계속 나아갔다. 마침내 진입로에 들어섰다. 그가 시동을 끄자 바닷소리가 트루스의 귀에 들어왔다. 근처에 두 대의 차가 주차되어 있었다.

"여기 누가 있어요?"

"아니요. 다 자고 있어요." 그가 나직이 말했다.

두 사람은 잔디밭을 걸어서 집 뒤편으로 갔다. 그의 방은 별채 같은 건물에 있었다. 방에서 눅눅한 냄새가 났다. 서랍장 위에 옷가지와 면도 용품과 잡지들이 어지러이 흩어져 있었다. 그가 성냥을 켜서 양초에 불을 붙일 때 트루스는 이 모든 것을 어렴풋이 보았다.

"정말 여기 아무도 없는 거죠?" 그녀가 물었다.
"걱정 말아요."
모든 게 조금씩 서툴렀다. 나중에 그들은 함께 샤워를 했다.

메뉴판에는 글로리아가 먹고 싶은 게 하나도 없었다.
"뭐 먹을 거야?" 그녀가 물었다.
"게살 샐러드." 네드가 말했다.
"난 아보카도나 먹어야겠어." 그녀는 결정했다.
웨이터가 메뉴판을 들고 갔다.
"제약 회사라고 했지?"
"큰 제약 회사에서 일하는 것 같아." 그녀가 말했다.
"회사 이름이 뭐래?"
"몰라. 사우디아라비아에 있대."
"사우디아라비아?" 그가 미심쩍은 얼굴로 말했다.
"돈이 다 거기에 있잖아? 안 그래?" 그녀가 말했다. "아무튼 이곳엔 돈이 없는 게 확실해."
"그 친구를 어떻게 만났대?"
"그냥 길에서 낚았나 봐."
"뻔한 스토리군." 네드가 손가락으로 코에 걸린 무테안경을 밀어 올리며 말했다. 그는 소매를 걷어 올린 망사 스웨터 차림이었다. 머리는 햇볕에 빛이 바랬다. 어린 소년 같은 잘생긴 얼굴이었다. 나이는 스물셋이고 결혼한 적은 없었다. 그에게는 딱 두 가지 문제가 있었다. 어머니가 모든 돈을 신탁에 맡겼다는 것과 그의 등이었다. 그의 등은 뭔가 문제가 있었다. 심한 경련이 일 때가 있고 가끔 몇 시간씩 바닥에 누워 있어야 할 때도 있었다.

"그 사람도 트루스가 애 봐주는 여자일 뿐이라는 걸 아나 봐. 휴가차 여기 있는 거래. 그 사람, 트루스에게 상처를 주지 않아야 할 텐데." 글로리아가 말했다. "실은 그 사람이 나타나준 게 고맙기도 해. 크리스토퍼한테 잘된 일이야. 크리스토퍼가 트루스한테 에로틱한 감정을 가지고 있는데, 이제 트루스가 그걸 잘 받아주지 않을 테니까."

"뭐?"

"정말이라니까. 내 상상이 아니야."

"오, 그러지 마, 글로리아."

"뭔가 있어. 트루스는 모를지도 몰라. 하지만 걔는 늘 트루스의 침대에 있단 말이야."

"걔는 겨우 다섯 살이야."

"다섯 살에도 발기는 해." 글로리아가 말했다.

"그런가?"

"자기야, 난 걔가 발기한 걸 여러 번 봤어."

"다섯 살인데?"

"놀랍지?" 그녀가 말했다. "남자들은 그렇게 타고나는 거야. 당신이 기억하지 못할 뿐이야."

트루스는 상사병이 나지도 않았고 수심에 잠기지도 않았다. 몇 주 동안 더 말이 없어졌지만 더 안정돼 보이기도 했다. 특별히 슬퍼하는 것 같지는 않았다. 그녀는 평소처럼 장을 보러 갈 때 굽 낮은 신발을 신었는데, 그 때문에 약간 땅딸막해 보였다. 글로리아는 그녀가 임신했을지도 모른다는 생각마저 들었다.

"아무 일 없는 거지?" 글로리아가 물었다.

"네?"

"아무 문제 없냐고 물었어. 내가 무슨 말 하는지 알잖아."

가끔 트루스가 아이를 데리고 해변에 갔다 와서 아이의 발에 묻은 모래를 참을성 있게 털어주는 것을 보면 글로리아는 그녀가 참 안됐다는 생각이 들었고 왜 그녀가 말수가 없는지 이해가 되었다. 사람의 얼굴에는 얼마나 많은 운명이 담겨 있는가! 트루스의 얼굴은 표정 없이 멍해 보였다. 크리스토퍼와 놀 때만 밝아졌다. 그녀는 정말 어린애 같았다. 상상력이 부족한 놀이 친구여서 시간이 지나면 자연스레 잊힐 덩치 큰 어린애 같았다. 그리고 꿈은 얼마나 바보 같은가! 그녀는 어느 날 패션 디자이너가 되고 싶다고 말했다. 그녀는 옷을 디자인하는 일에 관심이 많았다.

남자 친구가 떠난 뒤 트루스가 과연 어떤 기분이었을지 아는 사람은 없었다. 그녀는 식료품을 사 들고 들어왔다. 뒤에서 망사문이 텅 닫혔다. 전화를 받고 메모를 받아 적었다. 저녁에는 위층에서 크리스토퍼와 함께 낡은 소파에 앉아 텔레비전을 보았다. 때때로 둘이 함께 웃었다. 선반에는 놀이 도구와 플라스틱 장난감과 어린이 책이 쌓여 있었다. 가끔 글로리아가 크리스토퍼에게 책을 가져오게 해서 이야기를 읽어주었다. 아이가 책을 좋아하게 하는 건 엄청 중요한 일이야, 글로리아가 말했다.

구석에 아랍어가 인쇄된 하늘색 봉투였다. 트루스는 부엌 조리대에 서서 봉투를 뜯어 편지를 읽기 시작했다. 글씨는 작았다. 어린아이가 쓴 것 같은 글씨체였다. **트루스에게**. 편지는 그렇게 시작했다. **편지 고마워요. 편지 받고 기뻤어요. 그런데 사우디아라비아로 편지 보낼 때는 그렇게 많은 우표를 붙이지 않아도 돼요. 미국 항공우표 하나면 충분해요. 내가 그립다는 말 들으니 기뻐요.** 그녀는 고개를 들었다. 크리스토퍼가 문간에서 뭔가를 두드리고 있었다.

"이게 잘 안 돼." 크리스토퍼가 말했다.

아이가 공기를 주입해야 움직이는 장난감 차를 끌고 왔다.

"줘봐. 내가 볼게." 그녀가 말했다. 아이는 금방이라도 울음을 터뜨릴 것 같은 얼굴이었다. "이걸 여기에 끼워야겠지?" 그녀는 조그만 플라스틱 호스를 부착했다. "이렇게 하면 잘될 거야."

"아냐, 안 될 거야." 크리스토퍼가 말했다.

"아냐, 안 될 거야." 그녀가 아이의 말을 그대로 흉내 냈다.

그녀가 공기를 주입하는 동안 아이는 침울한 표정으로 지켜보았다. 운전대가 빳빳해지자 그녀는 차를 바닥에 내려놓고 방향을 정해서 출발시켰다. 자동차는 방을 가로질러 달려서 맞은편 벽을 들이받았다. 아이가 그리로 가서 자동차를 발로 살짝 건드려보았다.

"그거 가지고 놀 거야?"

"아니."

"그럼 딴 데다 치워놔."

아이는 꼼짝하지 않았다.

"딴…… 데다…… 치워……." 그녀가 굵은 목소리로 말하며 아이를 향해 한 번에 한 걸음씩 다가갔다. 아이는 곁눈으로 그녀를 지켜보았다. 한 걸음 더 뒤뚱 다가섰다. "안 치우면 잡아먹는다." 그녀가 으르렁거렸다.

크리스토퍼는 비명을 지르며 계단으로 도망갔다. 그녀는 가락을 넣어 그 말을 계속 반복하면서 발을 끌며 천천히 계단으로 나아갔다. 개가 짖었다. 글로리아가 현관문을 열고 들어와 몸을 숙여 구두를 벗었다. 이어 발로 구두를 한쪽으로 밀쳤다. "안녕, 전화 온 거 있어?" 그녀가 물었다.

트루스는 연기를 중단했다. "아니요. 없어요."

글로리아는 어머니한테 다녀왔다. 언제나 성가시고 피곤한 일이었다. 그녀는 주위를 둘러보았다. 뭔가 평소와는 다른 분위기라는 것을 알아차렸다. "크리스토퍼는 어디 있어?"

반짝이는 금발이 층계참 위에 언뜻 나타났다 사라졌다.

"안녕, 아가야." 그녀가 말했다. 아무 소리도 들리지 않았다. "엄마가 안녕 했잖아. 왜 그래? 무슨 일 있어?"

"그냥 놀이하는 중이에요." 트루스가 대답했다.

"아, 잠깐 놀이를 멈추고 엄마한테 와서 뽀뽀해주렴."

글로리아는 아이를 데리고 거실로 들어갔다. 트루스는 위층으로 갔다. 얼마 후 자신을 부르는 소리가 들렸다. 그녀는 이미 대여섯 번이나 읽은 편지를 접은 다음 계단 꼭대기 단으로 갔다. "네?"

"내려와줄 수 있어?" 글로리아가 소리쳤다. "얘 때문에 미치겠어."

"얜 어떻게 해볼 수가 없네." 트루스가 들어가자 글로리아가 말했다. "우유를 엎지르질 않나, 개 물통을 차서 엎어뜨리질 않나. 이 꼬락서니를 좀 봐!"

"밖에 나가서 놀자." 트루스는 손을 뻗어 아이의 손을 잡으려 했으나 아이가 손을 뿌리쳤다. "가자. 아니면 조랑말을 타고 가고 싶니?"

아이는 바닥만 내려다보았다. 트루스는 방 안에 자기 말고는 아무도 없는 것처럼 손과 무릎을 바닥에 대고 엎드렸다. 이어 머리를 흔들며 이상한 소리를 냈다. 쟁그랑거리는 유리처럼 맑고 희미한 말 울음소리였다. 트루스는 고개를 돌려 자신의 어깨 너머로 아이를 무심히 바라보았다. 크리스토퍼는 그 모습을 지켜보고 있었다.

"타십시오." 그녀가 차분히 말했다. "전하의 조랑말이 기다리고 있습니다."

그 뒤로 편지가 오면 트루스는 글로리아가 우편물을 살펴보는 동안 편지를 접어서 호주머니에 넣었다. 글로리아의 우편물은 대개 청구서, 전시회 홍보물, 긴급 지불 요청서 등이었고 편지는 드문드문 있었다. 글로리아는 편지를 거의 쓰지 않으면서도 편지가 없으면 매번 투덜댔다. 이런 말을 하면 그녀의 짜증만 돋울 뿐이었다.

가을이 다가왔다. 하지만 모든 게 그걸 부인하는 것 같았다. 날은 여전히 더웠다. 늦여름 햇볕이 대단한 기세로 쏟아져 내렸다. 나뭇잎은 그 어느 때보다 무성하게 자라 나뭇가지를 뒤덮었다. 산울타리 너머 옆집의 잔디 깎는 기계가 마지막으로 용을 쓰며 움직였다. 뜨겁게 달구어진 테라스 바닥에는 홀로 남겨진 메뚜기가 암녹색과 누런색 얼룩무늬 복장을 한 퇴역 군인처럼 절뚝거리며 나아갔다. 새에게 한쪽 다리를 뜯긴 것이었다.

어느 날 아침 글로리아가 위층에 있을 때 뭔가 우연히 그녀의 시선을 끌었다. 작은 손님방 문이 열려 있었는데, 그 문을 통해 침대 옆 탁자 위에 접힌 채로 놓인 편지가 눈에 들어온 것이었다. 편지는 접힌 반쪽이 날개처럼 공중을 향한 모습으로 조용히 놓여 있었다. 집에는 그녀 혼자뿐이었다. 트루스는 장을 본 다음 유치원에 들러 크리스토퍼를 데려올 것이다. 글로리아는 어린 여학생 같은 호기심으로 침대에 앉았다. 접힌 봉투를 펴고 편지를 꺼냈다. 눈길이 처음 간 곳은 중간 바로 윗줄이었다. 기절할 뻔했다. 잠시 머리가 어뜩했다. 그녀는 안절부절못하며 편지를 끝까지 읽었다. 서랍을 열었다. 편지가 더 있었다. 그것들도 읽었다. 연애편지처럼 같은 얘기를 반복하고 있었지만 연애편지가 아니었다. 이 남자는 단순히 사무실에서 일하는 사람이 아니었다. 그보다 훨씬 심한 일을 했다. 그는 유럽의 이 도시 저 도시를 돌아다니며 호텔 방과 싸구려 아파트에서—그녀는 그 모습을 떠올리며 진저리를 쳤다—발가벗고 갖은 추잡한 행위에 탐닉할 젊은이들을 찾고 있었다. 편지는 고등학생이 쓴 편지 같았는데 그게 가장 끔찍한 부분이었다. 모집 광고나 다름없는, 너무 단순해서 글을 잘 모르는 사람이 베껴 쓴 것 같은 편지였다.

문 열린 방의 침대에 앉은 그녀의 손이 미세하게 떨렸다. 뭘 어떻게 해야 할지 생각이 나지 않았다. 몹시 당혹스럽고 겁이 났으며 배신감이 치밀었다. 창밖을 내다보았다. 당장 유치원으로 가서—몇 분 이내에 갈 수 있었다—크리스토퍼를 안전한 곳으로 데려가야 하는 게 아닐까 하는 생각이 들었다. 아니, 그건 어리석은 행동일 것이다. 그녀는 급히 아래층으로 내려가 전화를 했다.

"네드." 네드가 전화를 받자 그녀가 말했다. 목소리가 떨렸다.

그녀는 사무적인 여러 가지 질문이 적힌 비슷한 편지들 가운데 하나를 펴서 내려다보고 있었다.

"뭔데 그래? 무슨 일 있어?"

"지금 당장 와줘. 당신이 필요해. 문제가 생겼어."

그녀는 잠시 편지를 손에 쥔 채 그 자리에 서 있었다. 그러다가 허겁지겁 주위를 둘러보고 나서 정원용 씨앗들을 보관해둔 서랍에 그 편지들을 넣었다. 네드가 차를 몰고 시내에서 여기까지 오는 데 얼마나 걸릴까, 그녀는 계산하기 시작했다.

그들이 오는 소리가 들렸다. 글로리아는 자기 방에 있었다. 그녀는 마음을 가라앉히고 평정을 되찾았지만 부엌에 들어서자 다시 가슴이 마구 뛰는 것을 느꼈다. 트루스는 점심을 준비하고 있었다.

"엄마, 이거 봐." 크리스토퍼가 말했다. 아이는 종이 한 장을 들었다. "이게 뭔지 알아?"

"응. 아주 잘 그렸구나."

"이건 소방차야." 크리스토퍼가 말했다. "이건 날개. 이것들은 총."

글로리아는 화려한 색으로 삐뚤빼뚤 그린 그림에 정신을 집중하려 했으나 조리대 뒤에서 일하는 트루스에게만 신경이 쓰였다. 트루스가 음식을 식탁으로 나를 때 글로리아는 그녀의 얼굴을 침착하게 바라보려 애썼다. 전에는 보지 못한 얼굴이라는 생각이 들었다. 그 얼굴에서 처음으로 타락을 알아보았다. 그리고 트루스의 팔다리에서, 부드럽고 살진 팔다리에서 야만과 악을 보았다. 밖에서는 집 주변의 나무와 지붕과 잔디밭과 여기저기 흩어진 장난감들이 여느 때와 다르지 않은 햇빛에 잠겨 있었다. 너무 한가롭고 너무 고요한, 불길해 보이는 풍경이었다.

"손가락을 쓰지 마, 크리스토퍼." 아이와 함께 식탁에 앉은 트루스가 말했다. "포크를 사용해야지."

"안 닿는단 말이야." 아이가 말했다.

트루스가 접시를 조금 아이 쪽으로 밀어주었다.

"자, 이제 해봐." 그녀가 말했다.

얼마 후 글로리아는 트루스와 크리스토퍼가 잔디밭에서 노는 모습을 지켜보았는데, 아들의 흥분한 모습에서 야성적인, 거의 짐승 같은 면을 의식하지 않을 수 없었다. 상스러움이 아이의 일부가 되어 아이를 더럽히는 것만 같았다. 편지의 많은 구절 가운데 그녀의 머릿속에서 고통스럽게 꿈틀거리는 한 구절이 나왔다. **다음에 만날 때 당신이 나의 커다란 성기를 받아들일 준비가 되어 있길 바랄게요. 추신. 최근에 큰 성기 먹어본 적 있어요? 나는 당신을 생각하고 당신을 그리워해요. 그러면 성기가 엄청 단단해져요.** "이런 거 읽은 적 있어?" 글로리아가 물었다.

"이 정도까지는 아니었어."

"정말 역겹기 짝이 없어. 믿을 수가 없어."

"그야 말할 필요도 없지. 하지만 트루스가 쓴 건 아니잖아." 네드가 말했다.

"이걸 보관하고 있었어. 그게 더 나빠."

편지는 모두 네드의 손에 들려 있었다. **당신이 유럽에 온다면 정말 좋을 텐데요.** 한 편지에는 이렇게 쓰여 있었다. **우리는 함께 여행할 것이고 당신이 날 도울 수 있을 거예요. 우리는 함께 일할 수 있어요. 당신은 이 일을 아주 잘할 거예요. 난 그걸 알아요. 우리가 찾는**

여자는 13세에서 18세 사이의 여자예요. 남자도 찾는데, 남자는 조금 더 나이 든 사람이 좋아요.

"당신이 가서 떠나라고 말해줘." 글로리아가 말했다. "집에서 나가야 한다고 말해줘."

네드는 다시 편지를 들여다보았다. **몇몇 애들은 정말 잘빠졌어요. 보면 아마 놀랄 거예요. 당신도 우리가 어떤 유형의 애들을 찾는지 알 거예요.**

"난 잘 모르겠어……. 이것들은 그냥 유치한 연애편지에 불과한 건지도 몰라."

"네드. 나 농담하는 거 아냐." 그녀가 말했다.

물론 섹스도 많이 하게 될 거예요.

"나, FBI에 신고할 거야."

"안 돼." 그가 말했다. "알았어. 이거 가지고 있어. 내가 가서 말할게."

트루스는 부엌에 있었다. 네드는 그녀에게 말을 하면서 그녀의 회색 눈동자에서 자신이 미처 못 알아본 대담함을 보려고 노력했다. 그러나 있는 거라곤 혼란스러워하는 기색뿐이었다. 트루스는 그의 말을 이해하지 못하는 듯했다. 그녀는 글로리아에게로 갔다. 금방이라도 눈물을 쏟을 것 같은 얼굴이었다. "왜요?" 그녀는 이유를 알고 싶었다.

"편지를 봤어." 글로리아가 할 말은 그게 전부였다.

"무슨 편지요?"

책상 위에 편지들이 놓여 있었다. 글로리아가 그걸 집어 들었다.

"그건 내 편지예요." 트루스가 따졌다. "내 거라고요."

"FBI에 신고했다." 글로리아가 말했다.

"제발 돌려주세요."

"난 돌려주지 않을 거야. 태워버릴 거야."

"제발 저에게 돌려주세요." 트루스가 간곡히 부탁했다.

그녀는 당혹감에 휩싸여 눈물을 흘렸다. 잠시 후 네드를 지나쳐 위층으로 올라갔다. 네드는 편지에서—나중에 네드는 그 편지들을 사우디 편지라고 불렀다—칭찬한 그녀의 특징을 알 수 있을 것 같았다.

방에 들어온 트루스는 침대에 앉았다. 무엇을 해야 할지, 어디로 가야 할지 몰랐다. 옷가지를 꾸리기 시작했다. 시간을 오래 끌면 뭔가 상황이 바뀔지 모른다는 기대감으로 아주 천천히 움직였다.

"어디 가려고?" 크리스토퍼가 문에서 물었다.

그녀는 대답하지 않았다. 아이가 방 안으로 들어오며 다시 물었다.

"엄마 보러 갈 거야." 그녀가 말했다.

"엄마는 아래층에 있잖아."

트루스는 고개를 저었다.

"정말이야. 아래층에 있어." 아이가 우겼다.

"저리 가. 지금 날 귀찮게 하지 마." 그녀가 쌀쌀맞은 목소리로 말했다.

크리스토퍼는 발로 문을 차기 시작했다. 잠시 후 소파에 앉았다. 그러더니 사라졌다.

그녀를 태울 택시가 왔을 때 크리스토퍼는 진입로 근처의 나무 뒤에 숨어 있었다. 그녀는 떠날 무렵에 계속 크리스토퍼를 찾고 있었다.

"아, 거기 있구나." 그녀가 말했다. 그녀는 여행 가방을 내려놓고 작별 인사를 하기 위해 무릎을 꿇었다. 아이는 고개를 숙인 채 서 있었다. 멀리서 보면 그 모습은 항복하는 자세처럼 보였다.

"저거 봐." 글로리아가 말했다. 그녀는 집 안에 있었다. 네드가 옆에 서 있었다. "남자들은 언제나 헤픈 여자를 좋아해." 그녀가 말했다.

크리스토퍼는 택시가 떠난 뒤에도 길가에 서 있었다. 그날 밤 아이는 엄마 방으로 내려왔다. 울고 있었다. 글로리아가 불을 켰다.

"왜 그래?" 그녀가 말했다. 그녀는 아들을 달랬다. "울지 마, 아가야. 무서운 게 있었니? 이리 와. 엄마가 위층으로 데려다줄게. 걱정 마. 다 잘될 거야."

"잘 자, 크리스토퍼." 네드가 말했다.

"안녕히 주무세요, 해야지."

그녀는 위층으로 올라가 아이와 함께 침대로 들어갔다. 이윽고 아이를 재우긴 했지만 아이가 너무 심하게 발길질을 해대서 그녀는 가운 자락을 여미며 다시 아래층으로 내려갔다. 네드가 메모를 남겨두었다. 허리 통증이 도졌다고 했다. 그는 집에 가고 없었다.

트루스 자리는 콜롬비아 여자가 채웠다. 신앙심이 깊고 술도 담배도 안 하는 여자였다. 그다음에는 매티라는 흑인 여자가 왔는데, 술도 마시고 담배도 피웠지만 오래 있었다.

어느 날 밤, 글로리아는 침대에서 〈타운앤컨트리Town and Country〉라는 잡지를 읽다가 우연히 뭔가를 발견하고 깜짝 놀랐다. 브뤼셀의 어느 가든파티 사진이었다. 조그만 사진에 불과했지만 그녀는 한 얼굴을 알아보았다. 틀림없다고 확신했다. 그녀는 가슴이 무겁게 내려앉는 것을 느끼며 그 부분을 전등 가까이로 가져갔다. 글로리아는 화장을 안 한 상태였고, 정서적으로 매우 불안정한 시기에 있었다. 그녀는 사진을 꼼꼼히 살펴보았다. 이제 네드하고는 얘기하지 않았다. 안 만난 지 1년이 넘었다. 그런데도 그에게 전화를 하고 싶은 충동을 느꼈다. 그녀는 사진 캡션을 읽고 나서 다시 사진을 들여다보며 자기가 잘못 보았다는 결론을 내렸다. 트루스가 아니었다. 트루스를 닮은 여자일 뿐이었다. 어쨌든 그게 무슨 상관인가? 그 모든 게 오래전의 일 같았다. 크리스토퍼는 트루스를 잊었다. 이제 학교에 다니는데 아주 잘 지냈다. 벌써 축구팀에 들어가 여덟 살, 아홉 살 아이들과 경기를 했다. 그 아이들보다 컸고, 똘똘했다. 아마 190센티미터까지는 클 것이다. 여자 친구들이, 바하마에 저택이 있는 집안의 여자들이 줄을 설 것이고, 크리스토퍼는 걔들을 압도할 것이다.

그런데도 그녀는 잡지를 무릎 위에 올려놓고 누워서 자기도 모르게 그 생각에 빠져들었다. 정말 트루스는 어떻게 되었을까? 그녀는 사진을 다시 쳐다보았다. 암스테르담이나 파리로 가서 지저분한 영화나 그 비슷한 뭔가를 만들다가 누군가를 만난 걸까? 화장으로 가리긴 했지만 여전히 좋지 않은 안색에 파리만도 못한 도덕심을 지닌 트루스가 여기저기 초대받아 지금은 전보다 날씬해진 모습으로 사람이 붐비는 화려한 식당에 앉아 있을 거라고 생각하니 참을 수 없었다. 세상에는 노력 없이 손쉽게 얻는 행복이 있고, 어떤 사람들은 편리하게 그런 길을 간다고 생각하니 구역질이 날 지경이었다. 네드와 결혼한 여자가 그런 경우였다. 그 여자는 브리지햄프턴 인근 고속도로에서 약간 떨어진 곳에 있는 출장 요리 전문점에서 일했었다. 충격이었다. 충격 이상이었다. 하긴 정말 사리에 맞는 것은 이제 더 이상 없었다. 거의 없었다.

영화

그녀가 그의 대사를 읊었다. 랭 자신이 쓴 대사를 말이다. 그 대사들은 신발 같았다. 그녀는 그걸 신어보았다. 잘 어울렸다. 그녀는 누가 그것을 만들었는지에 대해서는 전혀 생각하지 않았다.

1

10시 30분에 그녀는 도착했다. 그들은 기다리고 있었다. 맞은편 문이 열리자 여학생처럼 긴 머리를 늘어뜨린 그녀가 흐릿한 어둠 속에 누군가 있는지 알아보려는 표정으로 다소 수줍게, 천천히, 주저하는 듯한 걸음걸이로 다가왔다. 모든 사람이 그 모습을 지켜보았다. 그녀의 비서인 젊은 여자가 뒤따라 들어왔다.

위대한 얼굴은 설명이 안 된다. 그녀의 코와 입은 기다랗고 두 눈 사이의 거리는 특이했다. 숨김없는 얼굴이면서도 알 수 없는 얼굴이었다. 왠지 삶에 무관심하다고 선언하는 듯한 얼굴이었다.

남자 주연배우인 귀비는 그녀를 소개받을 때 빙그레 웃었다. 그의 이는 큼지막했고, 앞니 사이에는 공간이 있었다. 그의 턱에는 사마귀가 있었다. 당시에는 이 같은 결함을 숭상시했다. 그는 네다섯 작품에만 출연했다. 그의 발견은 갑작스러운 일이었다. 그가 처음 등장한 장면은 흔히 모든 영화 중에서도 가장 기억할 만한 도입부 가운데 하나로 꼽혔다. 그것은 사실이었다. 때로는 하나의 이미지가 그 어떤 것보다 오래가는 경우가 있다. 이름이 잊히더라도 살아남는 이미지가 있는 것이다. 그는 그녀를 위해 의자를 잡아주었다. 그녀는 귀비를 소개받고 희미하게 인사말을 건넸는데, 그녀의 목소리는 거의 들리지 않았다.

감독은 몸을 앞으로 숙이고 이야기를 하기 시작했다. 그들은 아무것도 없는 이 홀에서 열흘 동안 리허설을 할 예정이었다. 그가 말하는 동안 애나는 옷깃에 얼굴을 묻었다. 그녀에게 이 감독은 처음이었다. 그는 열심히 일하는 사람으로 알려진 체구가 작은 남자였다. 말을 할 때 입에서 침이 튀어나왔다. 이전에 그녀는 영화 리허설을 해본 적이 없었다. 펠리니감독도, 샤브롤감독도 리허설을 하지 않았다. 애나는 감독의 말에 열심히 귀 기울였다. 그녀는 주변에 있는 사람들의 존재감을 강하게 느끼고 있었다. 귀비는 조용히 앉아 담배를 피웠다. 그녀는 눈치채지 않게 그를 흘깃 쳐다보았다.

그들은 함께 탁자에 앉아 시나리오를 읽기 시작했다. 의미를 찾으려고 하지 마. 감독인 아일스가 그들에게 말했다. 너무 서두르지 말고. 이제 첫걸음일 뿐이니까. 그곳에는 창문이 없었다. 낮과 밤이 따로 없었다. 그들이 하는 말들은 연기처럼 그들 위로 피어올랐다가 사라지는 듯싶었다. 귀비는 특별히 중요하지 않은 카드를 내려놓는 것처럼 자신의 대사를 읽었다. 그는 브리지 게임에 빠져 있었다. 밤새도록 브리지 게임을 하곤 했다. 시나리오를 읽어나가던 그가 마치 은밀한 부위를 만지기라도 하듯이 그녀의 어깨를 살짝 만졌다. 애나는 알아차리지 못한 것처럼 보였다. 그녀는 도마뱀처럼 목으로만 소리를 울려댔다. 다음번에 귀비는 그녀의 머리를 만졌다. 그 단일한 동작은 의도가 없는 것처럼 너무 자연스러워서 그녀가 두려움을 잠재우고 잠자코 있게 만들었다.

나중에 애나는 도망치듯 그곳을 나왔다. 그녀는 곧장 호텔 데빌레로 돌아갔다. 그녀의 방은 물건들로 가득했다. 책상 위에는 아직 갈색 포장지를 뜯지도 않은 책들과 여러 언어의 잡지들, 급하게 읽어치운 편지들이 놓여 있었다. 정식으로 만들어진 것은 아니지만 조그만 대기실이 있었고, 그 너머에 침실이 있었다. 침대는 널찍했다. 카메라가 우리의 이해력을 점점 늘려가면서 사물을 하나하나 조심스럽게 연속적으로 보여주는 시퀀스 방식으로 표현하자면, 반쯤 열린 화장실 문을 통해 우리는 검은 향수병과 약병들과 정체를 알 수 없는 병들이 엄청 많이 놓여 있는 것을 보게 된다. 저 아래 시스티나 거리를 오가는 차 소리가 들렸다.

다음 날 애나는 더 나은 모습을 보였다. 그녀는 일할 준비가 된 여자 같았다. 시나리오를 읽으면서 한 손으로 머리를 뒤로 쓸어 넘겼다. 그녀는 집중했고, 한번은 웃기까지 했다.

작은 잔에 담긴 커피가 뜰 건너편에서 배달되어 왔다.

"당신이 듣기엔 어떤 것 같아요?" 그녀가 시나리오작가에게 물었다.

"글쎄요……." 그가 머뭇거렸다.

시나리오작가는 우유부단한 성격의 피터 랭이라는 남자였

다. 한때 그의 이름은 렝스너였다. 그녀의 성스러운 삶을 줄곧 보아온 그는 그녀를 빛의 인물이라고 여겼다. 랭은 그녀에게 쓴 연애편지라 할 수 있는 〈바자〉에 실린 기사를 읽었다. 그 기사에는 그녀의 완벽한 단아함과 그녀의 본능, 얼굴 모양이 묘사되어 있었다. 맞은편 페이지에는 사진이 실렸는데, 그는 그 사진을 오려서 일기장에 넣어두었다. 그가 시나리오를 쓴 이 영화, 가장 새로운 예술로서의 이 중요한 작품은 그의 마음속에서 이미 완성된 형태로 존재했다. 이 작품의 힘은 우아함, 이미지의 절제에서 비롯된다. 이것은 에둘러 표현한 영화다. 표면적으로는 평온하다. 일상의 평온함이 깃들어 있다. 하지만 그것이 아무 일 없다는 뜻은 아니었다. 눈에 보이는 것 이면에 숨김으로써 더 강력해지는 감정들이 있다. 다만, 빙산의 봉우리가 난데없이 불길하게 나타났다가 다시 수면 아래로 내려가 시야에서 사라지는 것처럼 공포가 드문드문 시야에 나타나곤 한다.

애나가 그에게 고개를 돌리자 그는 압도되어 무슨 말을 해야 할지 생각이 나지 않았다. 그러나 상관없었다. 귀비가 대답을 한 것이었다.

“우린 아직 일부 대사들을 조금 불안해하고 있는 것 같아요.” 귀비가 말했다. “음, 당신이 좀 어려운 걸 썼잖아요.”

“아, 뭐…….”

“거의 불가능한 걸 쓴 거예요. 오해하진 마세요. 아주 좋아요. 다만 완벽하게 다듬어져야 할 것 같아요.”

애나는 이미 고개를 돌려 감독과 얘기하고 있었다.

“셰익스피어는 이런 대사들로 가득 차 있죠.” 귀비가 말을 계속했다. 그는 〈오셀로〉를 읊기 시작했다.

이제 아일스 감독의 차례였다. 그의 생각을 말할 시간이었다. 그는 불쑥 끼어들었다. 광적인 교장 선생님 같은 태도로 작품에 대해 설명했다. 부분적으로는 프로이트처럼, 부분적으로는 사랑에 애태우는 칼럼니스트처럼, 강물처럼 깊은 대사의 내적 의미와 동기들을 추적하며 작품을 설명했다. 영화 제작진들이 살며시 홀 안으로 들어와 문 가까이에 서 있었다. 귀비가 자신의 대본에 뭔가 적었다.

"그래, 적어요. 받아 적어요." 아일스가 귀비에게 말했다. "내가 지금 아주 멋진 얘기를 하고 있는 중이니까."

연기는 유화처럼 덧보태면서 발전해나간다는 것이 아일스의 지론이었다. 이것으로 시작하고, 이것을 더하고, 그리고 또 이것을 더하고……. 연기는 그런 식으로 확장되고 비옥해지고 깊이와 심층적 정서가 강화된다. 막판에 이를 줄여 반 정도의 크기로 축소하는 것, 이것이 그가 말하는 좋은 연기였다.

그는 랭에게 털어놓았다. "나는 그들에게 모든 걸 다 말하진 않아. 예를 하나 들어볼게. 병원 장면을 찍을 땐 이래. 나는 귀비에게 힘든 상황을 겪게 될 거라고 얘기하지. 그러면 그는 비명을 지르는 걸 생각하고, 실제로 비명을 지르지. 그는 비명이 새어 나오지 않게 입에 수건을 쑤셔 넣어야 해. 그러고 나서 촬영에 들어가기 직전에 난 그에게 수건 없이 해봐, 라고 말하지. 이제 알겠어?"

그의 에너지가 연기자들에게 감염되기 시작했다. 흥분된 기분, 나아가 열병 같은 감정까지 그들에게 전해졌다. 그는 그들을 흥분시켰다. 그가 설명하는 세계, 그 놀랍도록 복잡하고 미묘한 부분을 드러내기 위해 힘든 상황으로 밀어붙이는 세계가 곧 그들의 세계였다.

만약 그가 천재라면 그는 마지막에 왕관을 쓸 것이었다. 왜냐하면 그의 작업은 발자크처럼 매우 방대했기 때문이다. 그 또한 끝없이 이어지는 매 페이지를 숭고함, 평범함, 멋진 인물, 통찰력, 인간의 나약함, 쓰레기 들로 가득 채우고 있었다. 내가 영화를 1년에 두 편씩 30년 동안 만든다면……. 그가 말했다. 프로젝트가 그의 삶이었다.

6시에 리무진이 대기하고 있었다. 하늘에는 아직 빛이 남아 있고 공기 중에는 가을의 쌀쌀함이 배어 있었다. 그들은 문가에 서서 이야기를 나누다가 주저주저하며 헤어졌다. 감독은 그들을 개조했다. 그는 그들의 주인이었다. 그들은 가볍게 손을 흔들며 따로따로 차를 타고 떠났다. 혼자 남겨진 랭은 황혼 속에서 있었다.

저녁 식사를 함께하게 되었다. 귀비는 애나 옆에 앉았다. 네 번째 날이었다. 애나는 귀비의 어깨에 머리를 기댔다. 귀비는 여성의 어리석음에 대해 얘기했다. 여자들이 정말로 똑똑한 건 아니에요, 그가 말했다. 여자들이 똑똑하다고 여기는 건 서구 사회의 신화지요.

"내가 당신들을 놀라게 해줄게요." 아일스가 말했다. "내 생각은 어떤지 알아요? 난 여자들이 남자만큼 똑똑하다고 생각하지 않아요. 여자들이 **더** 똑똑하니까."

애나가 고개를 가볍게 살짝 저었다.

"여자들은 논리적이지 않아요." 귀비가 말했다. "논리는 그들의 방식이 아니죠. 여자의 본질은 여기 있어요." 그가 자신의 배 아래쪽을 가리켰다. "자궁 말이에요." 그가 말했다. "그 밖에 다른 건 없어요. 감독님은 브리지 게임 선수 중에 훌륭한 여자 선수는 없다는 걸 알고 계십니까?"

애나는 귀비의 생각에 전적으로 동조하는 것처럼 보였다. 음식을 먹는 동안 아무 말도 하지 않았다. 디저트는 거의 손대지 않았다. 애나는 귀비가 존중하는 여성이 되는 것에 만족했다. 그녀는 자신의 힘을 알았다. 귀비는 밤이면 그 힘에 굴복했다. 그의 마음은 방황하고 있었다. 벌써 애나에게 무관심해지고 있었다. 그는 이길 수 없는 패를 들고 게임을 하는 사람처럼 그 행위를 수행했다. 그로서는 그 패로 최선을 다했다. 하얀 구름이 그에게서 튀어나왔다. 그녀가 신음 소리를 냈다.

"나는 사실 로맨틱한 사람에다 고전주의자야." 귀비가 말했다. "**거의** 사랑에 빠졌던 적이 두 번 있었어."

그녀가 시선을 떨구었다. 그가 무슨 말인가 그녀에게 속삭였다.

"그러나 정말 사랑한 적은 한 번도 없어." 그가 말했다. "깊이 사랑한 적은 한 번도 없었지 뭐야. 이제 난 그런 사랑에 빠지고 싶어. 그럴 준비가 돼 있어."

탁자 아래서 그녀의 손이 그걸 알아차렸다. 웨이터들이 음식 부스러기를 치우고 있었다.

랭은 잉길테라 호텔의 한쪽 귀퉁이에 있는 작은 방에서 지내고 있었다. 그는 저녁 회식이 끝난 지 한참이 지났는데도 아직 그 생각 속에서 헤엄치고 있었다. 그는 심란한 마음으로 속옷을 빨았다. 문이 닫힌 이 도시 어딘가에, 해가 져서 강물이 까매진 이곳 어딘가에 귀비와 애나가 함께 있다는 것을 그는 알았다. 그 사실을 분하게 여기지는 않았다. 그는 가난한 학생처럼 침대에 누워—인생의 변화는 처음부터 끝까지 얼마나 미미

한가—그의 꿈을 움켜쥔 채 잠이 들었다. 창문은 열려 있었다. 바다를 항해하는 눈먼 선원에게 쏟아져 내리듯 찬 공기가 그에게로 쏟아지고, 그를 흠뻑 적시고, 방 안을 가득 채웠다. 그는 어떤 순교자처럼 발목 부분에서 다리를 교차시킨 채 누워 있었다. 얼굴은 신을 향했다.

아일스는 그랜드 호텔 스위트룸에 있었다. 그 방의 문들은 큼지막했고 마룻바닥에서는 삐걱거리는 소리가 났다. 객실 청소부들이 복도를 지나가는 소리가 들렸다. 그는 감기에 걸려 잠을 이룰 수 없었다. 미국에 있는 아내에게 전화를 걸었다. 미국은 저녁이 막 시작되었다. 두 사람은 오랫동안 얘기를 나눴다. 그는 의기소침해 있었다. 귀비는 전혀 연기자가 아니었던 것이다.

"그 사람, 뭐가 문제죠?"

"음, 걘 아무것도 없는 친구야. 깊이도 없고 감정도 없어."

"다른 사람을 구할 순 없나요?"

"너무 늦었어."

뭔가 해결책을 찾아야겠지, 그가 말했다. 그는 베개에 전화기를 받치고 있었다. 시선은 정처 없이 방 안을 떠돌아다녔다. 캐릭터를 어떤 식으로든지 바꿔야 할 것이다. 거짓을 영화의 한 부분으로 만들어야 할 것이다. 애나는 괜찮았다. 애나는 마음에 들었다. 아무튼 자기들은 뭔가를 할 것이다. 어떻게든 영화에 생기를 불어넣어 죽은 새들이 날아오르게 할 것이다.

그 주 주말께 그들은 서서 리허설을 했다. 날은 추웠다. 그들은 외투를 입고 한 장소에서 다른 장소로 옮겨 다니며 리허설을 했다. 애나는 귀비 근처에 서 있었다. 그녀는 그의 손가락에서 담배를 빼앗아 한 모금 빨았다. 그들은 때때로 웃었다.

아일스는 작업으로 생기가 돌았다. 머리카락이 얼굴 위로 흘러내렸다. 그는 동작과 세부 사항을 설명했다. 배우들의 지식에 의지하지 않고 모든 것을 직접 다듬고 손보았다. 그는 보통 동작에 대사를 묶었다. 다시 말해서 동작에 알맞게 말을 맞추었다. 귀비가 애나의 팔꿈치를 만졌다. 애나가 눈을 돌리지 않고 말했다. "저리 가."

랭은 가만히 앉아서 지켜보았다. 때때로 그들은 랭 가까이에서, 랭 바로 앞에서 연습을 하기도 했다. 랭은 온전히 주의를 기울일 수 없었다. 그녀가 **그의** 대사를 읊었다. 랭 자신이 쓴 대사를 말이다. 그 대사들은 신발 같았다. 그녀는 그걸 신어보았다. 잘 어울렸다. 그녀는 누가 그것을 만들었는지에 대해서는 전혀 생각하지 않았다.

"애나는 연기의 폭이 좁아요." 귀비가 털어놓았다.

랭은 그러냐고 대답했다. 그는 연기에 대해서, 이 비밀스러운 세계에 대해서 더 많이 알고 싶었다.

"그러나 얼마나 대단한 얼굴이에요." 귀비가 말했다.

"그 눈!"

"그 안에 백치미가 약간 있잖아요. 안 그래요?" 귀비가 말했다.

그녀는 그들이 얘기를 나누는 모습을 볼 수 있었다. 나중에 그녀는 랭에게 사람을 보냈다. 랭이 귀비에게 무슨 말을 했는지 그녀도 알고 싶었던 것이다. 랭은 애나를 멀찍이서 쳐다보았다. 그녀는 랭을 무시하고 있었다.

랭은 혼란스러웠다. 그게 심각한 것인지 아닌지 그는 알지 못했다. 할 게 아무것도 없는 단역배우들이 낡은 소파 두 개에 앉아 있었다. 홀의 바닥은 백토로 되어 있어서 그들의 신발에 먼지가 쌓였다. 아일스는 장면 장면을 면밀히 지켜보며 고개를 끄덕여 승인했다. 그래그래, 좋아, 훌륭해. 대본 담당 여자가 감독의 뒤를 따라다녔다. 그녀의 목에는 스톱워치가 걸려 있었다. 그녀는 마흔다섯 살이었다. 밤이면 다리가 쑤셨다. 그녀는 반쯤 박힌 못을 밟지 않도록 주의해서 걸어 다니며 모든 것을 메모했다.

"이봐, 내 사랑." 아일스가 그녀를 향해 고개를 돌렸다. 그는 그녀의 이름을 잊어버렸다. "얼마나 걸렸지?"

그들은 언제나 너무 많은 시간이 걸렸다. 감독은 그들을 재촉해야 했다. 경제적으로 일하게 해야 했다.

마지막에는 학교에서처럼 최종 테스트가 있었다. 배우들이 모든 것을 완벽하게 해내는 것 같았다. 몸짓과 감독이 원하는 억양까지도. 아일스는 그들이 달리기 선수인 것처럼 시간을 쟀다. 두 시간 이십 분.

"훌륭해." 그가 배우들에게 말했다.

그날 밤 랭은 제작자가 마련한 파티에서 술에 취했다. 파티는 조그만 레스토랑에서 열렸다. 진열된 음식과 음식 냄새가 입구에 가득했다. 요리사들이 주방에서 고개를 끄덕였다. 50여 명의 사람이 거기 있었다. 아니, 100명쯤 돼 보였다. 그들은 떼 지어 모여서 서로 다른 언어로 이야기했다. 그중에 애나는 여왕처럼 빛났다. 손목에 찬 불가리 신제품 팔찌가 눈에 띄었다. 그걸 살 때 그녀는 태연히 값을 깎아달라고 요구했고, 점원은 무슨 말을 해야 할지 몰랐다. 그녀는 가슴이 깊게 파인 얇은 금색 정장을 입고 있었다. 묘하게 생긴 납작한 얼굴은 다른 사람들 사이에서 표정 없이 떠도는 것 같았다. 그녀는 가끔 덧없는 미소를 희미하게 지어 보였다.

랭은 우울했다. 그들이 지금껏 뭘 했는지 이해할 수 없었다. 과장된 표현에 그는 몹시 실망했다. 그는 아일스를 믿지 않았다. 그의 에너지와 통찰력을 믿지 않았다. 그중 어떤 것도 믿지 않았다. 랭은 마음을 가라앉히려 애썼다. 그는 가장 큰 탁자에 앉아 그들을 지켜보았다. 애나 옆에 제작자가 있었다. 그들은 이야기를 나누고 있었다. 애나는 왜 저토록 활기차 있을까? 저들은 불이 들어오면 언제나 활기를 띠어, 하고 누군가 말했다.

랭은 귀비를 바라보았다. 애나가 그를 향해 몸을 기울이고 있는 모습이 눈에 들어왔다. 긴 머리카락과 목덜미도 눈에 들어왔다.

"영화를 컬러로 만드는 건 어리석은 일이에요." 랭이 옆에 있는 남자에게 말했다.

"예?" 남자는 영화제작사의 이사였다. 그의 얼굴은 물고기 같았다. 썩은 농어 같았다. "컬러가 어리석다니, 그게 무슨 말이죠?"

"흑백이 좋아요." 랭이 말했다.

"무슨 얘기를 하는 겁니까? 흑백영화는 팔리지 않아요. 인생은 컬러예요."

"인생?"

"컬러가 진짜예요." 남자가 말했다. 그는 뉴욕 출신이었다. 영화 역사상 가장 위대한 열 편의 영화, 아니 스무 편의 영화는 컬러 영화였어요, 그가 말했다.

"그러면……" 랭은 정신을 집중하려 애썼다. 그의 팔꿈치가 미끄러졌다. "〈자전거 도둑〉은요?"

"난 근대 영화를 말하고 있는 겁니다."

2

오늘은 화창했다. 그는 짧은 문장들로 침울한 글을 썼다. **어제는 비가 왔다. 오후 늦게까지 하늘이 어두웠다. 그제도 마찬가지였다.** 잉길테라 호텔의 복도는 수녀원처럼 천장이 아치 모양이었다. 문은 벽 안쪽으로 들어가 있었다. 어쨌든, 그는 생각했다. 편안한 곳이야. 아침에 청소부에게 셔츠를 주면 다음 날 세탁되어 돌아왔다. 청소부는 집에서 세탁 일을 했다. 랭은 청소부가 몸을 숙여 수납장에서 리넨 직물을 꺼내는 것을 보았다. 스타킹의 맨 윗부분이—그것은 부뉴엘의 전형적인 표현 방식이었다—신비스러운 하얀 다리를 드러냈다.

홍보부 여직원이 전화를 했다. 그의 이력에 대한 정보가 필요하다는 것이었다.

"어떤 정보?"

"저희가 선생님 모셔올 차를 보낼게요." 그녀가 말했다.

차는 오지 않았다. 다음 날 랭은 택시를 타고 가서 그녀의 사무실에서 30분을 기다렸다. 그녀는 안에서 제작자를 만나고 있었다. 마침내 그녀가 돌아왔다. 원피스의 팔 아랫부분에 젖은 자국이 있는 마른 여자였다.

"나한테 전화했죠?" 랭이 말했다.

그녀는 그가 누군지 알지 못했다.

"나한테 차를 보내겠다고 했잖아요."

"아, 랭 씨." 그녀가 느닷없이 소리 질렀다. "정말 죄송해요."

책상은 사진으로 덮여 있고 의자 위에는 신문과 잡지가 가득했다. 그녀는 조수였다. 그녀는 〈클레오파트라〉 〈천지창조〉 〈지상 최대의 작전〉을 작업했다. 미국 영화는 돈을 벌 수 있었다.

"사람들이 저를 이 작은 방에 밀어 넣었지 뭐예요." 그녀가 사과했다.

그녀의 이름은 에바였다. 그녀는 가족과 함께 살았다. 그녀의 가족 네 식구는 부르주아적 주변 환경에서 비롯된 우울한 분위기 속에서 말없이 식사를 했다. 라디오는 작동하지 않았다. 바닥에는 얇은 양탄자가 깔려 있었다. 식사를 마친 아버지가 헛기침을 하고 나서 말했다. 지난번 고기가 더 좋았어. 어머니가 물었다. **지난번?**

"그래, 그게 더 나았어." 아버지가 말했다.

"지난번 고기는 아무 맛도 나지 않는 거였는데."

"아, 맞아, 지지난번." 아버지가 말했다.

그들은 다시 침묵에 빠졌다. 들리는 소리라곤 포크 소리와 이따금씩 나는 유리잔 소리뿐이었다. 갑작스럽게 그녀의 오빠가 자리에서 일어나 그 방을 나갔다. 아무도 쳐다보지 않았다.

이 오빠라는 사람은 미친 사람이었다. 글쎄, 아마 미치지는 않았겠지만 가족을 울게 만들기에는 충분했다. 그는 문을 잠근 채 며칠씩 방에 틀어박혀 있곤 했다. 그는 작가였다. 하지만 문제점이 하나 있었는데, 가치 있는 것들은 모두 이미 쓰였다는 점이었다. 그는 하루에 서너 권씩 게걸스럽게 책을 읽어대던 시기를 거쳤고, 이후 그러한 책의 내용을 방대하게 인용할 수 있었다. 그러나 그 열병은 지나갔다. 이제 그는 자신의 침대에 누워 천장을 바라보았다.

에바는 소심해. 사람들은 그렇게 말했다. 물론 그녀는 소심했다. 나이는 서른이었다. 검은 머리에 작은 이, 그리고 이미 희망을 버린 삶을 지닌 여자였다. 당신의 약력에 대한 정보가 없었어요, 그녀가 랭에게 말했다. 그들은 모든 이들의 약력을 가지고 있어야 했다. 그녀는 결국 랭이 그것을 직접 작성할 것을 제안했다. 그래, 그래야겠지. 그는 다 그런 식일 거라고 생각했다.

에바의 가장 친한 친구이자—모든 이탈리아 사람처럼 그녀는 친구와 적에 대해 예민했다—가장 쓸모 있는 친구는 미렐라 리치라는 몹시 감정적인 여자였다. 큰 아파트를 소유했고, 귀족적인 생활에 대한 열망뿐 아니라 혼자 사는 여자의 두려움과 질병도 가지고 있는 여자였다. 미렐라의 친구들은 이혼하거나 헤어진 여자들과 동성애자들이었다. 저녁에는 그들을 만나 함께 식사를 했고, 하루에도 몇 번씩 그들과 전화 통화를 했다. 미렐라는 콧구멍이 크고 피부가 백지장처럼 하얀 여자였다. 그러나 미렐라는 그 흰 피부에 흰 점이 생긴 것을 볼 수 있었다. 의사는 혈액 순환 문제 때문에 그런 거라고 했다.

그녀는 에바처럼 영화계에서 일했다. 그들은 모든 사람에 대해 품평했다. 아일스. 그는 배우들을 알아, 미렐라가 말했다. 어떤 배우가 거론되더라도 아일스는 최고를 선택해. 뭐, 한두 번 실수하긴 했지. 그들은 오텔로 식당에서 식사를 하고 있었다. 거북이 바닥을 기어 다녔다. 대본은 흥미로웠어, 미렐라가 말했다. 그러나 난 그 시나리오작가가 싫어. 그는 차가워. 게다가 게이야. 난 그 낌새를 눈치챘어. 제작자에 대해 말하자면……. 미렐라는 역겨워하는 소리를 냈다. 그 사람은 머리를 염색했어, 그녀가 말했다. 서른아홉처럼 보이지만 실은 쉰 살이야. 그는 이미 그녀를 유혹하려 했다고 덧붙였다.

"언제?" 에바가 말했다.

그들은 모든 것을 알고 있었다. 마치 부드러움이 죽어버린 간호사 같았다. 병원을 운영하는 사람은 그들이었다. 그들은 모든 사람에 대해 누가 돈을 얼마 받는지, 누구를 믿어서는 안 될지 다 알았다.

제작자. 무엇보다도 그는 발기불능이라고 미렐라가 말했다. 발기불능이 아닐 땐 내키지 않아 했다. 그는 나머지 시간 동안 뭘 어떻게 해야 할지 몰랐고, 행위를 해도 만족스럽지 않았다. 게다가 그는 언제나 여자가 없는 남자였다.

미렐라의 콧구멍은 어둠을 품고 있었다. 그녀는 웨이터들이 자기를 잘 대해주기를 바랐다.

"네 오빠는 어때?" 미렐라가 물었다.

"아, 똑같아."

"아직도 일을 안 해?"

"레코드 가게에서 일자리를 얻었지만 아마 오래 있지 못할 거야. 주인이 해고할 테니까."

"남자들은 왜 그럴까?"

"난 지쳤어." 에바가 한숨을 쉬었다. 그녀는 야근으로 초췌해져 있었다. 제작자의 비서 한 사람이 아파서 결근을 한 탓에 그녀가 대신 제작자의 편지를 타이핑해야 했다.

"그 사람, 나한테도 섹스를 하려 했어." 에바가 털어놓았다.

"얘기해봐." 미렐라가 말했다.

"그 사람 호텔에서……."

미렐라는 기다렸다.

"그 사람에게 편지 몇 통을 가져다주니 나한테 가지 말고 얘기를 좀 하자고 했어. 그인 내게 술을 한 잔 주고 싶어 하더라.

드디어 내게 키스를 하려고 했지. 그이는 무릎을 꿇고 앉아—나는 몸을 웅크린 채 등받이 없는 소파에 앉아 있었지—이렇게 말했어. 에바, 당신에게선 아주 달콤한 냄새가 나. 난 그게 다 장난인 것처럼 행동하려 했지 뭐야."

두 사람은 바르게 처신한 데 기뻐했다. 그들은 작은 피아트 자동차를 몰고 돌아다녔다. 그리고 자신들의 옷차림에 관심을 기울였다.

영화의 진행은 순조로웠다. 계획보다 하루 일찍 진행되었다. 아일스는 엄청난 확신을 가지고 일했다. 그는 운동화 차림으로 거대한 검정색 미첼 카메라를 움직여가며 일했다. 점심도 먹지 않았다. 사람들은 러시 필름이 매우 좋다고 했다. 귀비는 한 번도 그걸 보러 오지 않았다. 애나는 랭에게 러시 필름을 본 소감을 물었다. 당신은 어떻게 생각해요? 랭은 자신의 생각을 정리하려고 애썼다. 영화 속의 당신은 아름다워요, 그가 말했다.(그것은 사실이었다.) 당신 얼굴에는 영화 전체를 빛나게 만드는 어떤 속성이 있고……. 랭은 말을 끝맺지 못했다. 늘 그렇듯이 애나는 별 관심이 없었다. 그녀는 벌써 다른 사람에게로, 카메라맨에게로 고개를 돌렸다.

"당신도 그거 봤어요?" 그녀가 말했다.

아일스는 낡은 스웨터를 입고 있었다. 흘러내린 머리카락이 얼굴 위에서 흩날렸다. 1년에 영화 두 편, 그는 그 말을 되풀이했다. 그것이 그의 모든 신념의 핵심이었다. 예이젠시테인은 모두 합쳐 여섯 편밖에 만들지 않았다. 하지만 예이젠시테인은 미국식 시스템 아래서 일한 것이 아니었다. 아무튼 아일스는 쉬고 있을 때면 아무런 자신감도 갖지 못했다.

귀비의 약점이 무엇이든 그의 화려한 연기는 이 영화가 이미 난파되었다는 인식을 은폐해주었다. 귀비는 탐탁지 않았을 뿐이었다. 그는 생각 없이 일했다. 마치 밥을 먹듯이 일했다. 아일스는 배우들을 알았다.

잘 가, 귀비. 그것은 죽음의 선언이었다. 귀비는 이미 과거로 들어가기 시작했다. 그가 사인을 할 때 앞니 사이의 공간이 드러나 보였다. 그는 기자들을 매혹시켰다. 완벽한 제물. 그는 아무것도 의심하지 않았다. 영광스러운 인생이 그의 눈을 멀게 했다. 그는 가장 좋은 테이블에서 식사를 했다. 훌륭한 보르도 와인이 그 앞에 있었다. 그는 아일스의 바보 같은 말투를 흉내 내며 조롱했다.

"귀비, 내 사랑." 귀비가 흉내를 냈다. "문제는 당신이 러시아인이라는 거요. 당신은 감정 변화가 심하고 폭력적이지. 감독이 나에게 러시아인이라는 게 어떤 건지 얘기했답니다. 다음번엔 감독이 공산주의 체제 아래서의 삶에 대해 얘기할 겁니다."

애나는 매우 천천히 음식을 먹고 있었다.

"당신 이거 알아요?" 그녀가 차분하게 말했다.

귀비는 기다렸다.

"나는 한 번도 행복했던 적이 없었어요."

"정말?"

"평생 한 번도 없었어요." 그녀가 말했다.

그가 빙긋 웃었다. 그의 웃음은 화사했다.

"그렇지만 당신과 함께 있으면 난 사람들이 내 모습일 거라고 여기는 그런 여자가 돼요." 애나가 말했다.

그는 애나를 찬찬히 오래 쳐다보았다. 그의 눈은 어두웠고,

동공은 보이지 않았다. 낮에도 애정 신, 밤에도 애정 신. 그는 지겨운 생각이 들었다. 사람들이 방 안 곳곳에서 두 사람을 지켜보고 있었다. 그들이 나가려고 일어서자 웨이터들이 문 근처로 몰려들었다.

3년 내에 그의 경력은 끝날 것이다. 그는 자신의 모습을 깜박거리는 텔레비전에서 보게 될 것이다. 마치 어떤 이상한 꿈인 것처럼 말이다. 그는 아파트 건물에 투자했고 스페인에 있는 땅을 소유했다. 그는 질투 많고 용서를 잘 안 하는 여자처럼 될 것이다. 어쩌면 어느 날 한 식당에서 아일스가 젊은 배우와 함께 앉아, 평범하기 짝이 없는 어떤 생각에 대해 광적으로 열변을 토하는 모습을 보게 될지도 모른다. 귀비는 서른일곱이었다. 그에게는 절대 잊히지 않을 영화 속의 한 순간이 있었다. 옅은 색조의 그의 포스터들은 점점 더 외진 건물의 벽면으로 밀려나고, 그를 닮은 모습은 흐릿해지고 그의 이름은 진부해진 채로 벽면에서 벗겨질 것이다. 그는 골목 저편의 시큼한 어둠을 향해 미소 지을 것이다. 멀리서 개들이 짖고 있었다. 거리에서 가난뱅이의 냄새가 났다.

3

교외에 있는 레스토랑에서 애나의 생일 파티가 열렸다. 파루크King Farouk I가 테이블에서 뒤로 넘어져 죽은 그 레스토랑이었다. 모든 사람이 초대되지는 않았다. 깜짝 파티를 계획한 것이었다.

애나는 귀비와 함께 도착했다. 그녀는 한 명의 여자가 아니었다. 작은 신이었다. 자신의 우아함을 알아채지 못하는 어떤 아름다운 동물이었다. 2월이었고, 밤은 추웠다. 운전사들은 차 안에서 기다렸다. 나중에 그들은 조용히 휴대품 보관소에 모였다.

"내 사랑." 아일스가 그녀에게 말했다. "당신은 매우, 매우 행복해질 거요."

"정말요?"

아일스는 대답하지 않고 그녀의 몸에 팔을 둘렀다. 그리고 고개를 끄덕였다. 촬영은 거의 끝났다. 러시필름rush film. 촬영이 끝나고 바로 현상·인화한 필름은 여태 보아온 것 중에서 단연 최고라고 그가 말했다.

"그리고 이 친구 얘길 하자면……." 그가 귀비를 향해 손을 내밀며 말했다.

제작자가 그들 무리에 합류했다.

"내 다음 영화에도 당신들이 출연하길 원해요. 두 사람 다." 제작자가 선언했다. 그는 너무 작은 정장을 입고 있었다. 보르고그노나 거리에서 산 벨벳 정장이었다.

"그 옷 어디서 사셨어요?" 귀비가 말했다. "너무 멋져요. 아니, 여기서 누가 스타인 거죠?"

제작자인 포제너가 자신의 모습을 내려다보았다. 그리고 나쁜 짓을 한 아이처럼 씩 웃었다.

"맘에 들어요?" 그가 말했다. "정말?"

"아뇨. 그걸 어디서 구하셨어요?"

"내일 내가 한 벌 보내줄게요."

"아닙니다, 아니에요……."

"귀비, 제발." 그가 간청하듯 말했다. "내가 그러고 싶어서 그래요."

그는 선의로 가득 차 있었다. 최악의 상황은 지났다. 배우들은 도망치거나 일을 거부하지 않았다. 나쁜 어린이가 뜻밖에도 좋은 일을 했을 때처럼, 그의 마음속에는 배우들에 대한 사랑이 가득했다. 그 보답으로 뭔가를 해야 한다고 느꼈다.

"웨이터!" 그가 소리쳤다. 주변을 둘러보았다. 그의 동작은 늘 헛되이 소모되어 텅 빈 허공 속으로 사라져가는 것 같았다.

"웨이터." 그가 큰 소리로 말했다. "샴페인!"

방에 있는 사람은 스무 명쯤 되었다. 다른 배우들, 어떤 백작의 미국 부인……. 테이블에서는 귀비가 이야기를 들려주었다. 귀비는 조지 왕조의 왕자처럼 술을 마셨다. 그는 제네바와 그슈타드Gstaad에 갈 계획이었다. 한 여배우와 계약을 맺은 이탈리아인 제작자가 있는데, 그 여배우는 제2의 소피아 로렌이라 할 만한 배우랍니다. 그가 말했다. 그 제작자는 그녀 덕에 돈을 꽤 벌었어요. 그녀가 출연한 영화들은 이탈리아에서만 상영되지만 모든 사람이 그 영화들을 보러 가니 돈이 쏟아져 들어온 거예요. 하지만 제작자는 언제나 기자들을 멀리했고, 절대 기자들이 그녀하고만 얘기하게 놔두지 않았어요.

"셀레리오." 누군가 알아맞혔다.

"맞습니다." 귀비가 말했다. "맞아요. 그런데 그 뒷얘기도 알고 있나요?"

"그 사람이 그녀를 팔았어요."

그러나 계약의 반만 팔았다고 귀비가 말했다. 그녀의 인기는 식어가고 있었고, 제작자는 가능한 한 모든 걸 손에 넣고 싶어 했죠. 커다란 행사가 있었어요. 그들은 모든 언론을 초청했답니다. 그녀의 사인회도 열렸지요. 그녀는 펜을 집어 들고 사진 기자들을 위해 몸을 약간 앞으로 기울였어요. 한데 그녀는 이런 굉장한 행사는…… 어, 뭐 아무튼 그녀는 종이 위에 썼어요. 귀비가 손가락으로 커다랗게 X자를 그렸다. 기자들은 모두 서로를 쳐다보았지요. 그런 다음 셀레리오가 펜을 잡고 그녀 이름 바로 밑에 매우 호기롭게 이렇게 썼어요. 귀비는 X자를 하나 그린 다음 그 옆에 조심스럽게 또 하나의 X자를 그렸다. 글을 쓸 줄 몰랐던 거지요. 그게 진실이에요. 기자들이 그에게 물었답니다. 저기요, 두 번째 X는 무슨 뜻인가요? 여러분은 그가 뭐라고 말했는지 알아요? **도토레**Dottore. 영어의 'Doctor'에 해당하는 말로, 이름 옆에 박사라는 호칭을 달았다는 뜻.

그들은 웃었다. 귀비는 또 트롤리선 너머로 전선을 던지는 방법으로 전기를 훔쳐 쓴, 너무 인색한 제작자와 나폴리에서 촬영했던 때의 이야기도 들려주었다. 귀비는 똑똑했다. 그는 동양의 전통적인 이야기꾼 같았다. 그는 세 가지 언어를 구사할 수 있었다. 애나는 훗날, 마침내 무슨 일이 벌어진 것인지 이해하게 되었을 때 귀비가 이날 밤 얼마나 행복해 보였는지 기억해냈다.

"호스타리아Hostaria. 로마 시내의 일류 레스토랑에 갈까?" 제작자가 말했다.

"뭐라고요?" 귀비가 물었다.

"호스타리아……" 웨이터들과 마찬가지로 아무도 그의 말을 들은 것 같지 않았다. "블루 바. 자, 우리 블루 바로 가는 거예요." 그가 선언했다.

식물원 바깥, 추위 속에 주차된 차 안에 랭이 앉아 있었다.

차의 작은 창문에는 서리가 끼었다. 랭의 옷은 벌어져 있었다. 굴절된 빛 속에 드러난 그의 살은 창백했다. 그는 에바와 함께 저녁을 먹었다. 에바는 오랫동안 낮고 불확실한 목소리로 얘기했다. 이야기를 위한 밤이었다. 그녀는 그에게 모든 걸 얘기했다. 홍보부 부장인 콜맨에 대해서, 미렐라, 오빠, 시칠리아에 대해서, 그리고 인생에 대해서……. 오후 5시, 팔레르모가 내려다보이는 산으로 가는 길에 차들이 주차되어 있었다. 각 차에는 한 쌍의 남녀가 있었고, 남자들은 보통 손수건을 자신의 무릎 위에 펼쳤다.

"너무 외로워요." 그녀가 갑자기 말했다.

그녀에게는 친구가 딱 세 명 있었다. 항상 그들을 만났다. 함께 극장에 가고 함께 발레 공연을 보았다. 한 명은 배우였다. 한 명은 결혼했다. 에바는 말없이 있었다. 기다리고 있는 것 같았다. 추위가 모든 곳을 점령했다. 유리창에도 추위가 덮였다. 어둠 속에서 그녀의 얼어붙은 입김이 보였다.

"그거에 키스해도 돼요?" 에바가 말했다.

그러고 마치 그게 성스러운 물건이기라도 한 것처럼 신음 소리를 내기 시작했다. 그녀는 거기에 이마를 갖다 댔다. 이어 뭐라고 소곤거렸다. 목덜미의 맨살이 드러났다.

다음 날 아침 그녀가 전화했다. 8시였다.

"당신에게 뭘 좀 읽어주고 싶어요." 그녀가 말했다.

그는 잠이 덜 깼다. 벌써부터 거리에서 소음이 올라오고 있었다. 방은 쌀쌀했고 불을 켜지 않아 어두웠다. 그 방 안에 그녀의 목소리가 오래된 음반처럼 어렴풋이 흐르고 있었다. 그 소리가 몸 안으로 들어와 그의 피를 깨웠다.

"내가 발견한 글이에요." 그녀가 말했다. "듣고 있어요?"

"듣고 있소."

"당신이 좋아할 거라고 생각했어요."

그것은 기사의 일부였다. 그녀가 읽기 시작했다.

1868년 2월, 밀라노에서 움베르토 왕자가 성대한 무도회를 열었다. **불빛이 휘황찬란한 방에서 훗날 이탈리아의 여왕이 될 어린 신부가 소개되었다. 그것은 왁자하고 즐거운 그해의 가장 큰 행사였다. 한편 상류사회가 그처럼 즐거운 시간을 보내는 동안, 같은 도시에서는 고독한 천문학자가 새로운 행성을 발견하고 있었다. 샤코르나크**Jean Chacornac. 여섯 개의 소행성을 발견한 프랑스 천문학자 **차트의 97번째……**.

정적이 흘렀다. **새로운 행성**이라.

아직 베개의 온기로 따스한 그의 마음속에 신성한 평온함이 내려앉은 것 같았다. 그는 성자처럼 누웠다. 벌거벗은 상태였다. 발목, 엉덩뼈, 목구멍…….

그는 에바가 자신의 이름을 부르는 것을 들었다. 아무 말도 하지 않았다. 거기 그렇게 누운 채 작아지고, 더 작아지고, 사라져갔다. 방은 창이 되고, 건물 앞면이 되고, 일군의 건물들이 되고, 광장과 구역이 되고, 마침내 로마 전체가 되었다. 그의 희열감은 상상 이상이었다. 커다란 대성당의 지붕들이 겨울 찬 공기 속에서 반짝였다.

잃어버린 아들들

그 시절은 끝났지만 그 시절로부터 완전히 등을 돌린 사람은 아무도 없었다. 그가 계속 영위했을지 모를 삶이 그의 마음에 되살아났다. 거의 온전한 모습으로.

오후 내내 차들이 도로를 달려왔다. 다른 주의 번호판을 단 차들이 많았다. 그 위로 길게 늘어선 높다란 벽돌 병영이 나타났다. 병영의 회색빛 벽이 시작되었다.

로비에서는 환영회가 진행되고 있었다. 거의 변하지 않은 얼굴들이 있었고, 이름표를 두 번 이상 읽게 되는 림츠마 같은 다른 얼굴들도 있었다. 사관후보생용 목욕 가운을 입은 사람이 플래시를 부착한 카메라를 들고 돌아다녔다. 그들은 그 너머의 병영 안에서 술을 마셨다. 문이 열려 있었다. 여러 목소리가 쏟아져 나왔다.

"매부리코는 여기 올 거야." 더닝이 큰 소리로 장담하듯 말했다. 가까이에 있는 책상 위에는 술병이 놓여 있었다. "그 친구는 나타날 거야. 걱정 마. 내가 그 친구 편지를 받았어."

"편지? 클링베일은 한 번도 편지를 쓴 적이 없었어."

"비서가 쓴 거야." 더닝이 말했다. 그는 판사처럼 보였다. 덩치가 컸으며 잘 먹고 사는 티가 났다. 안경은 앙증맞은 느낌이 들었다. "걔가 비서에게 편지 쓰는 법을 가르치고 있지."

"그 친구는 지금 어디서 사는데?"

"플로리다."

"우리가 새벽 2시에 몰래 버크너로 돌아오고 있는데 갑자기 길에서 차가 오던 거 기억해?"

더닝은 심각한 표정을 지으려 애썼다.

"우린 수풀에 뛰어들었잖아. 알고 보니 택시였어. 택시는 급브레이크를 밟은 후 후진했지. 문이 열렸어. 뒷좌석에 클링베일이 타고 있던 거야. 곤드레만드레 취한 채로 말이야. 애들아, 타, 라고 그가 말했잖아."

더닝이 폭소를 터뜨렸다. 컬러 리본으로 치장된 그의 블라우스는 단추가 풀어져 있었다. 허벅지 두께가 그의 엉덩이 근육의 힘이 어느 정도일지 짐작하게 했다.

"이것도 기억하니?" 그가 말했다. "데브르가 꼼꼼히 필기해놓은 스페인어책을 우리가 창밖으로 던져버렸던 거? 눈 속에 말이야. 데브르는 결국 그 책을 찾지 못했지. 그는 제정신이 아니었어. 개자식들, 너희들 죽여버릴 거야!"

"걔가 너랑 같이 살지 않았더라면 걔는 외계인이 되었을 거야."

"우린 그의 시야를 넓혀주려 했어." 더닝이 설명했다.

그들은 그가 공부를 하고 있는 동안 **비스마르크**의 침몰 놀이를 하곤 했다. 클링베일이 함장이었다. 그들은 책상 위로 뛰어올랐다. Der Schiff ist kaputt!(배가 부서졌습니다!) 그들이 외쳤다. 그들은 총을 쏘아댔다. 배의 키는 뭔가에 걸려서 나아가지 못하고 빙빙 돌기만 했다. 데브르는 손으로 귀를 막은 채 고개를 숙이고 앉아 있었다. 이 자식들아, 조용히 좀 있어! 그가 소리 질렀다.

부시, 버퍼드, 잽 앤드러스, 도앤 그리고 조지 힐모가 침대와 창턱에 앉아 있었다. 낯설어 보이는 얼굴이 문가에 보였다.

"누구지?"

수년 동안 아무도 보지 못한 림츠마였다. 그의 머리는 희끗희끗해졌다. 그가 어색하게 미소 지었다. "지금 뭐 하는 중이야?"

그들은 그를 쳐다보았다.

"들어와서 뭐 좀 마셔." 이윽고 누가 말했다.

그는 힐모 옆에 자리 잡았다. 힐모는 손을 뻗어 억센 손길로 악수를 했다. "어떻게 지내?" 힐모가 말했다. 다른 사람들이 말을 이었다. "너, 되게 좋아 보인다."

"너도."

힐모는 듣지 못한 것 같았다. "넌 어디서 사니?" 힐모가 물었다.

"로즈먼트. 뉴저지 주 로즈먼트. 처가 식구들이 살았던 곳이야." 림츠마가 말했다. 그는 묘하게 강한 어조로 말을 했다. 그는 언제나 이상했다. 그가 그동안 어떻게 살아왔는지 모두 궁금해했다. 그는 수업은 괜찮게 했다. 하지만 동료 생도들에게는 밀집훈련 때만 되면 당황해하다가 2년이 지나서야 겨우 다 익힌, 그것도 헤엄을 치려는 고양이처럼 빳빳한 자세로 그걸 해내던 생도라는 인상으로 남았다. 그의 입술은 두툼했는데 그로 인해 호의적이지 않은 별명이 붙게 되었다. 또한 언젠가 어떤 명령이 떨어졌을 때 그가 큰 사고를 일으킨 탓에 '뒤로돌아갓'으로도 알려졌다.

힐모가 그에게 사용한 흔적이 있는 종이컵을 건넸다. "이건 누구 술이지?" 그가 물었다.

"나도 몰라." 힐모가 말했다. "자, 받아."

"오늘 많이 오니?"

"애고, 넌 무슨 질문이 그렇게 많아?" 힐모가 말했다.

림츠마는 조용해졌다. 그들은 반 시간 동안 이야기를 나눴다. 창가에 앉은 림츠마는 때때로 자신의 컵을 들여다보았다. 창밖으로 보이는 검은색 숫자가 쓰인 시계가 밝아지기 시작했다. 초저녁의 웨스트포인트가 장엄하게 펼쳐졌다. 기품 있는 나뭇잎들은 잠잠했다. 저 아래쪽 강은 고요했다. 신비로운 섬들이 황혼 속에 떠 있었다. 도서관 모퉁이 근처에서는 한 헌병이 팔을 절도 있게 움직이며 1960년 졸업생 동창회 표지판을 지나가는 차량들을 안내했다. 1915년과 1931년 졸업생들이 별들의 기수 유난히 장군을 많이 배출한 졸업 기수를 말함. 특히 1915년에는 졸업생 164명 중 59명이 장군이 됨였다면 1960년 졸업생은 베트남전쟁이 떨어진 기수였다. 멀리서 희미한 기차 소리가 들렸다.

저녁 식사 시간이 거의 다 되었다. 아직도 아래쪽에서 이따금씩 큰 소리로 인사를 하는 소리, 얘기를 나누는 소리, 수런거리는 목소리들이 들렸다. 계단을 내려가는 경쾌한 발자국 소리도 들렸다.

"이봐." 누가 불쑥 말했다. "넌 대체 뭘 매고 있는 거냐?"

림츠마는 고개를 숙여 내려다보았다. 꽃무늬가 있는 붉은 넥타이였다. 아내가 만들어준 것이었다. 그는 집을 나서기 전에 이 넥타이로 갈아맸다.

"안녕, 젊은 친구."

백발의 인물이 '1930'이라고 쓰인 완장을 차고 혼자서 조용히 걸어왔다.

"자네는 몇 년도 졸업생인가?"

"1960년입니다." 림츠마가 대답했다.

"난 걸으면서 막 이런 생각을 했다네. 동기들은 다 어찌 되었을까, 궁금한 생각이 들었어. 믿기 힘들겠지만, 내가 여기 다닐 땐 몇 주 후에 아무에게도 말하지 않고 그냥 짐을 싸서 집으로 가버린 사람들이 있었지. 그런 얘기 들어본 적 있나? 1960년이라고 했지?"

"예, 선배님."

"자네, 프랭크 키스너에 대해 들어본 적 있나? 난 그의 참모장이었지. 그 친구는 강인한 남자였어. 이탈리아에서 연대장을 했지. 어느 날 마크 클라크가 차를 몰고 가서 말했어. 프랭크, 잠시만 이리 와보게. 하고 싶은 말이 있네. 프랭크는 시간이 없어요, 전 너무 바쁘거든요, 라고 말했지."

"정말입니까?"

"마크 클라크가 말했어. 프랭크, 난 자네에게 준장을 달아주고 싶네. 그러자 프랭크가 시간 있습니다, 라고 했지."

동창 모임의 저녁 식사 장소인 식당이 그들 앞에 어렴풋이 나타났다. 문은 열려 있었다. 식당의 규모는 언제나 굉장했다. 지금은 규모가 두 배로 커진 듯했고, 눈에 보이는 탁자에는 모두 하얀 테이블보가 씌워져 있었다. 바는 붐볐다. 참을성 있게 기다리는 사람들의 줄이 열다섯에서 스무 줄쯤 되었다. 많은 여자들이 만찬복 차림이었다. 그 모든 것 위로 대화의 아지랑이가 메아리처럼 울렸다.

성공한 티가 분명하게 보이는 사람들이 있었다. 금속성의 광택이 나는 회색 여름 정장을 입은 힐모 같은 사람이 그런 사람이었다. 그는 갑작스레 말수가 없어졌지만 모든 사람이 그와 얘기를 나누고 싶어 했다. 그곳에는 또 오래도록 시들지 않을 영웅들인 간부후보생이었던 사람들도 있었는데, 그들도 생기를 되찾았다. 생도들의 초기 모습이 늘 그대로 유지되는 것은 아니었다. 지금 계급이 높은 사람 중에는 생도 시절에는 상대적으로 뛰어나지 않았던 사람들도 있었다. 그동안 연락하지 않고 지내온 림츠마는 이런 사실에 약간 놀랐다. 그의 위상이 바뀐 적은 한 번도 없었던 것이다.

붉은 반점이 있는 무서운 얼굴이 불현듯 나타났다. 복도 끝쪽에 살았던 크램너였다.

"여, 에디. 어떻게 지내니?"

크램너는 양손에 잔을 들고 있었다. 은퇴한 지 1년밖에 안 되었다고 그가 말했다. 지금은 레딩에 있는 법률사무소에서 일하고 있다고 했다.

"변호사야?"

"아냐. 사무소를 운영해." 크램너가 말했다. "너, 결혼했어? 부인이랑 함께 왔어?"

"아니."

"왜?"

"집사람은 일이 있어서 못 왔어." 림츠마가 말했다.

림츠마가 서른 살이었을 때 아내는 그를 만났다. 내가 왜 가야 해요? 아내가 물었다. 어느 면에서 그는 아내가 가고 싶어 하지 않는다는 사실이 반가웠다. 아내가 아는 사람은 없었다. 게다가 아내는 기회가 생기면 대화를 종교 얘기로 돌리기 일쑤였다. 아내랑 함께 왔다면 이상해 보이는 사람이 자신과 아내, 두 사람이 되었을 것이다. 물론 그는 자신을 이상한 사람으로 여기지 않았다. 그들의 눈에 그렇게 보일 뿐이었다. 어쩌면 그들의 눈에도 그렇게 안 보일지 모른다. 사람들이 자기를 반기고 자기와 얘기를 나누고 있지 않은가. 그에 대한 선입견이 없는 여자들이 특히 그를 친절하게 대했다. 그는 한 급우의 활기찬 아내와 이야기를 나누게 되었다. 희미하게 기억나는 R. C. 워커의 아내였는데, 워커는 다소 냉소적인 미소를 띤 마른 남자였다.

"뭐라고요?" 그녀가 깜짝 놀라며 말했다. "화가요? 그러니까 예술가라는 말이에요?" 그녀는 숱이 많은 금발의 곱슬머리였고 뺨에는 부드러움과 상냥함이 깃들어 있었다. 턱은 약간 이중 턱이었다. "정말 멋진 직업인 것 같아요!" 그녀가 친구에게 큰 소리로 말했다. "니타, 네가 인사를 나눠야 할 분이 계셔. 이분은 에드야. 그렇죠?"

"에드 림츠마라고 합니다."

"이분은 화가야." 키트 워커가 발랄하게 말했다.

림츠마는 주목을 끌자 얼떨떨한 기분이 들었다. 그가 실은 물건을 파는 일도 한다는 것을 알았을 때 여자들은 더욱더 흥미로워했다.

"그림으로 생계를 꾸려가시나요?"

"어, 저에게 그림을 구입하려는 대기자 명단이 있습니다."

"그러시군요!"

그는 델라웨어 근처 시골 지역의 색과 빛에 대해 묘사하기—

그는 풍경을 그렸다—시작했다. 땅의 형태, 땅에 생긴 고랑, 산울타리에 대해 묘사하고, 그런 것들이 해마다 어떤 식으로 조금씩 조금씩 변하는지 설명하고, 작은 사물들에 대해 묘사하고, 하늘을 그리기가 얼마나 어려운지 설명했다. 그의 아내가 가져온 벌새의 반짝이는 아름다운 녹색을 묘사했다. 아내는 그 벌새를 차고에서 발견했다. 물론 죽어 있었다.

"죽어요?" 니타가 말했다.

"눈이 감겨 있었어요. 죽은 게 아니면 뭐겠어요."

그는 애석해하는 듯한 미소를 지었다. 니타가 신중하게 고개를 끄덕였다.

이후 춤을 추는 시간이 있었다. 림츠마는 계속해서 이야기를 나누고 싶었지만 사람들이 다들 떠나갔다. 저녁 식사 자리가 파하고 사람들은 끼리끼리 모였다.

"또 봬요." 키트 워커가 말했다.

림츠마는 자신을 향해 가볍게 손을 흔든 힐모에게 그녀가 말을 건네는 것을 보았다. 그는 잠시 여기저기 돌아다녔다. 〈아미 블루Army Blue〉라는 노래가 흘러나왔다. 슬픔의 물결이 그를 훑고 지나갔다. 행진의 기억, 무도회의 끝, 크리스마스 휴가……. 4년을 그렇게 보냈다. 앞선 기수의 선배들은 자부심과 흥분을 안고 떠났고, 모르는 얼굴들이 뒤를 메웠다. 그 시절은 끝났지만 그 시절로부터 완전히 등을 돌린 사람은 아무도 없었다. 그가 계속 영위했을지 모를 삶이 그의 마음에 되살아났다. 거의 온전한 모습으로.

밤이 늦었는데도 병영 밖에서는 대여섯 명의 사람이 계단에 앉아 술을 마시며 수다를 떨었다. 림츠마는 그들 가까이에 앉왔다. 마법을 깨뜨리고 싶지 않았기에 말은 하지 않았다. 그는 다시 그들 중 하나가 되었다. 소총을 청소하고, 거울처럼 반짝반짝 광이 나도록 자신들의 신발을 닦았던, 한없이 가슴 벅찼던 날들의 저녁 시간에 그랬던 것처럼 그는 다시 그들의 일원이 된 것이다. 그를 오래전의 끝없는 과업으로부터 분리시키는 드넓게 펼쳐진 벌판 위로 6월의 연무가 깔렸다. 그는 그러한 과업에 얼마나 깊이 몰입했던가. 얼마나 열렬히 군인의 상을 신뢰했던가. 그는 그걸 신앙으로 여겼다. 그것에 묵묵히 매달렸다. 불구자가 하나님에게 매달리듯이.

아침에 힐모가 종종걸음으로 계단을 내려왔다. 근육질 다리에 딱 달라붙는 테니스 반바지 차림의 그는 이른 아침의 미식축구 시합을 하러 비상문으로 빠져나갔다. 그의 태평한 성격은 바뀌지 않았다. 사람들은 다음과 같은 얘기를 하곤 했다. 그가 1군 선수였을 때 펜실베이니아 주립대학교와의 경기를 앞두고 코치가 선수들에게 결의를 북돋우는 말을 했다. 우리는 펜실베이니아 대학을 당연히 이길 것이며 그것도 두 개의 터치다운으로 이길 거라고 말한 다음 힐모에게 눈길을 돌렸다. "동부에서 누가 최고의 쿼터백이 될까?"

"모르겠어요. 누구죠?" 힐모는 그렇게 말했다.

텅 빈 아침이었다. 여느 때와 마찬가지로 스포츠 말고는 할 게 별로 없었다. 10시가 조금 지나서 그들은 평원 모퉁이에서 열리는 추모제 장소로 행진하기 위해 대열을 이루었다. 그들은 실바너스 세이어Sylvanus Thayer. '사관학교의 아버지'라 불리는 군인이자 교육자 동상 앞에서 차렷 자세를 하고 섰다. 앞에는 카우보이모자를 쓴 키가 큰 개성적인 사람이 있었고, 합창단은 〈부대〉라는 노래를 합창했다. 화음을 넣어 엄숙하게 부르는 감동적인 목소리들이 허공으로 울려 퍼졌다. 림츠마 뒤에 있는 누군가 조용히 말했다. "있잖아, 내가 지금까지 사귄 친구들 가운데 최고의 친구들은 여기서 만난 친구들이야. 그건 앞으로도 마찬가지일 거야."

얼마 후 그들은 도중에 추모제 행사장을 빠져나와 연병장에 마련된 그들의 자리로 갔다. 말쑥한 차림새의 중장인 감독관이 멀지 않은 곳에 참모와 함께 서 있었다. 그 옆에는 생존하는 최고령 졸업생이 휠체어에 앉아 있었다.

"저이를 봐." 더닝이 말했다. 그가 지칭한 사람은 감독관이었다. "저이가 이곳의 문제야. 저이가 전군의 문제야."

군악의 희미한 파동이 그들을 향해 울렸다. 따뜻한 느낌이었다. 잔디밭에는 벌들이 있었다.

간부 후보생들의 첫 번째 소규모 대형이 움직이기 시작하는 모습이 시야에 들어왔다. 총검이 번뜩였다. 머리 위로는 하늘을 배경으로 위풍당당한 건물과 부속 건물이 외따로 서 있었다. 예배당이었다. 그들이 지녀야 할 덕목에 대한 남성적인 설교를 들었던 수많은 일요일 풍경이 떠올랐다. 우아하면서도 멈칫거리는 걸음걸이로 문을 향해 행진하던 눈부신 합창단, 선도자들의 소매에서 빛나던 금빛 띠……. 그 아래에는 부분적으로 가려져 보이지 않는 체육관이 있었다. 체육관 안에 있는 모든 것이 불길해 보이는 짙은 녹청색을 띠었다. 바닥도, 벽도, 묵직한 복싱 글러브도……. 거기에는 결코 영광의 자리에서 내몰리지 않을 챔피언들의 자취와 결코 지워지지 않을 금언들이 소중히 간직

되어 있었다.

야유회에서 원년 회원 550명 중 529명이 생존해 있고 현재 참석 인원은 176명이라는 발표가 있었다.

"클링베일을 계산에 넣지 않았잖아!"

"맞아. 176 더하기 가능성 있는 클링베일."

"클링베일은 가능성 **없어**." 누가 큰 소리로 외쳤다.

그 말에 가벼운 환호성이 일었다.

테이블은 호수 가장자리에 위치한 가림막이 있는 커다란 정자에 마련되었다. 림츠마는 키트 워커를 찾아보았다. 얼마 전에 음식을 담는 줄에서 그녀를 언뜻 보았는데 지금은 그녀를 찾을 수 없었다. 그녀는 이 자리를 떠난 것 같았다. 동기회 회장이 연설을 하고 있었다.

"우린 조 월책이 보낸 카드를 받았습니다. 조는 이번 해에 은퇴했어요. 조는 여기 오고 싶었으나 딸의 고등학교 졸업식이 있어서 못 왔다는군요. 여러분은 이 이야기를 아는지 모르겠군요. 조는 팔로알토에 살아요. 그런데 전형적인 미국인들이 사는 거리의 이름을 바꿔 그의 이름을 따서 부르자는 법안이 캘리포니아 의회에 제출되었어요. 조가 사는 동네 이름은 파크우드 드라이브예요. 사람들은 그곳을 월책 드라이브라고 부르려 했는데 그 법안이 통과되지 않았답니다. 그래서 대신에 그곳 사람들은 그의 이름을 조 파크우드라고 부른답니다."

다음 순서는 선거였다. 회계와 부회장은 다시 출마하지 않았다. 이들을 뽑기 위해 후보를 추천해야 했다.

"분위기 쇄신을 위해 색다른 사람에게 맡겨보자고." 누군가 낮은 목소리로 한마디 했다.

"우리가 잘 아는 사람으로." 더닝이 말했다.

"마이크, 너 출마하고 싶어?"

"물론이지. 못할 것도 없잖아." 더닝이 투덜거렸다.

"림츠마는 어때?" 크램너였다. 그의 얼굴은 평소 술을 많이 마시는 탓에 빨갛게 홍조를 띠었다. 그가 미소를 짓자 이의 가장자리가 부식된 것처럼 고르지 않은 모습이 드러났다.

"좋은 생각이다."

"누구? 나?" 림츠마가 말했다. 당황한 그는 놀란 표정으로 주변을 둘러보았다.

"어떻게 생각해, 에디?"

림츠마는 그들이 정말 진지하게 말하는 것인지의 여부를 알 수 없었다. 너무 즉흥적인 일이었다. 마치 그랜트Ulysses Simpson Grant. 남북전쟁 당시의 장군. 훗날 대통령이 됨가 어느 날 저녁 세인트루이스의 한 벤치에 앉아 있다가 무명의 인물에서 느닷없이 막중한 임무를 맡을 인물로 선발된 것처럼 말이다. 그는 뭐라고 중얼거리며 불만을 표시했다. 그의 얼굴이 빨개졌다.

사람들이 다른 이름들을 부르며 추천하고 있었다. 림츠마는 심장이 뛰는 것을 느꼈다. 그는 아냐아냐, 라고 말하는 것을 멈추고 당혹감으로 입이 약간 벌어진 채로 가만히 앉아 있었다. 눈을 들어 주변을 둘러볼 엄두도 나지 않았다. 그는 아니라고 말하듯이 살짝 고개를 저었다. 누군가 손을 들어 말했다. "추천을 종료할 것을 제안합니다."

림츠마는 바보 같은 기분이 들었다. 녀석들이 이번에도 그를 속인 것이었다. 배신당한 기분이었다. 그에게 조금이라도 관심을 기울이는 사람은 아무도 없었다. 그들은 손을 든 사람의 수를 세고 있었다.

"여보, 당신은 투표 못해." 누군가 자신의 아내에게 말했다.

"그래요?" 아내가 말했다.

오후 일정이 끝나갈 무렵, 이리저리 돌아다니던 림츠마는 마침내 키트 워커를 발견했다. 그녀는 조금 이상하게 행동했다. 처음에는 그를 알아보지 못한 것 같았다. 그녀의 하얀 치마 뒤쪽에 잔디 얼룩이 묻어 있었다.

"아, 안녕하세요." 그녀가 말했다.

"당신을 찾고 있었습니다."

"부탁 좀 드려도 될까요?" 그녀가 말했다. "마실 것 좀 가져다주시겠어요? 남편이 저에게 신경을 쓰지 않는 것 같아요."

비록 림츠마가 보지는 않았으나 다른 누군가도 그녀를 무시하고 있었다. 힐모였다. 힐모는 조금 떨어져서 서 있었다. 림츠마와 힐모는 마주치지 않도록 조심하며 따로따로 정자로 돌아갔다. 곧 헤어질 친구들이 삼삼오오 모여서 이야기를 하고 있었다. 그들의 얼굴이 뒤에서 반짝이는 호숫물을 배경으로 어슴푸레 보였다. 림츠마는 플라스틱 잔에 담긴 와인을 가지고 돌아왔다.

"여기 있습니다. 무슨 문제가 있나요?"

"고마워요. 아뇨. 왜요? 당신은 참 친절하시네요." 그녀가 말했다. 그녀는 그의 어깨 너머로 뭔가를 보았다. "아, 이런."

"왜요?"

"아니에요. 우린 가야 할 것 같은데요."

"꼭 가야 해요?" 그가 어렵게 말했다.

"릭이 문가에 있어요. 당신도 그이를 알겠지만, 그이는 기다리는 걸 싫어해요."

"당신과 얘기를 나누고 싶었는데요."

그는 고개를 돌렸다. 릭 워커가 바깥 햇빛 속에 서 있었다. 릭은 알로하셔츠와 황갈색 바지 차림이었다. 다소 냉담해 보였다. 림츠마는 그에게 질투를 느꼈다.

"우린 오늘 밤 벨부아로 돌아가야 해요." 그녀가 말했다.

"돌아갈 길이 멀겠군요."

"당신을 만나서 무척 즐거웠어요." 그녀가 말했다.

그녀는 그가 가져다준 와인을 입에 대지도 않은 채 탁자 모서리에 내려놓았다. 림츠마는 그녀가 걸어서 나가는 모습을 지켜보았다. 그녀는 다른 사람들과는 달라, 림츠마는 생각했다. 그들이 차를 향해 걷는 것을 보았다. 그녀에게 아이가 있을까? 그는 자기도 모르게 그걸 궁금해하고 있었다. 그녀가 정말 자신에게 관심을 가졌을까?

땅거미가 깔리기 전 저녁 6시에 그는 소란스러운 소리를 듣고 밖을 내다보았다. 마당을 가로질러 그들에게로 오고 있는 사람은 학처럼 다리가 긴 무적의 생도이자 전직 보병 장교였다. 이제는 배가 약간 볼록하게 튀어나온 그가 두 팔을 흔들며 오고 있었다.

더닝이 창가에서 고함을 질렀다. "매부리코!"

"내가 누구랑 왔는지 봐!" 클링베일이 소리쳤다.

그 옆에는 고뇌하는 학자 데브르가 있었다. 그들은 어깨를 겯고 활짝 웃으며 함께 걸어왔다. 두 사람은 간부후보생 시절 이후로 평생의 친구가 되었다. 그들이 계단을 오르기 시작했다.

"매부리코!" 더닝이 소리쳤다.

클링베일이 과장되게 반가운 태도로 팔을 활짝 벌렸다.

클링베일은 육군 장교의 아들이었다. 젊은 시절에 맷슨라인 호를 타고 항해를 하며 국내 여러 지역을 오갔다. 그는 배의 하단 침상에서 있었던 유혹의 이야기들을 들려주곤 했다. 내 아들, 오, 내 아들, 여자가 신음 소리를 냈다고 했다. 그는 구제불능이지만 사람을 끄는 친화력이 있었다. 부하들은 그를 존경했다. 더디게 승진한 그는 전역을 하고 사회에 나와 부동산 개발업자가 되었다. 그는 탬파에서는 유명한 녹색 캐딜락을 몰았다. 그는 포커 게임에 능하고 술을 좋아하는 밤의 왕이었다.

키트 워커의 말을 곧이곧대로 믿을 수는 없을 것이다, 림츠마는 생각했다. 경험상 그걸 알 수 있었다. 그는 거짓말을 잘 받아들이지 못했다.

"아," 부인들이 말하곤 했다. "그럼요. 남편에게서 당신 얘기를 들은 것 같아요."

"저는 당신 남편을 모르는데요." 림츠마는 그렇게 말하곤 했다.

불안한 순간.

"아니에요. 알 거예요. 같은 반이었지 않아요?"

그들의 목소리가 아래층에서 들려왔다.

"Der Schiff ist kaputt!" 그들이 외치고 있었다. "Der Schiff ist kaputt!"

애크닐로

그에 대해서는 말할 것이 별로 없다.
그에게는 뭔가 억압된 것이 있었다.
젊었을 때는 모종의 재능이 있는
청년으로 여겨졌다. 하지만 그는 인생의
항해를 시작해본 적이 없었다.
해안 근처에만 머물렀을 뿐이다.

8월 하순. 항구의 배들은 잠잠했다. 돛대는 미동도 하지 않았고 활차에서도 미세한 소리조차 나지 않았다. 식당들은 오래전에 문을 닫았다. 헤드라이트를 밝힌 차들이 이따금 노스헤이번 쪽에서 다리를 건너오거나 속도를 줄여 주도로를 달리면서 박살난 수화기들이 있는 불 켜진 공중전화 부스들을 지나갔다. 고속도로상에 위치한 디스코텍들은 비어가고 있었다. 새벽 3시가 지난 시간이었다.

어둠 속에서 펜은 잠이 깼다. 무슨 소리를 들은 것 같았다. 스프링이 삐걱대는 것 같은 작은 소리였다. 부엌의 방충망 문에서 나는 소리 같기도 했다. 그는 더위를 느끼며 자리에 누워 있었다. 아내는 조용히 자고 있었다. 그는 기다렸다. 많은 강도 사건이 있었고 도시에 가까운 곳일수록 더 나쁜 사건들이 일어났지만 그의 집은 문을 잠그지 않았다. 희미하게 쿵 하는 소리가 나는 것을 들었다. 그는 움직이지 않았다. 몇 분이 지났다. 그는 소리 내지 않고 자리에서 일어나 조심스럽게 좁은 문간으로 걸어갔다. 거기에 부엌으로 내려가는 계단이 있었다. 그는 거기에 섰다. 고요했다. 다시 쿵 하는 소리가 들리고 신음 소리가 났다. 누군가 다른 곳에 떨어진 것이었다.

바깥 나무들은 검은 그림자 같았다. 별은 숨었다. 유일한 우주는 밤을 가득 채운 벌레 소리였다. 그는 열린 창으로 바깥을 응시했다. 자신이 정말 무슨 소리를 들은 것인지 아직 확신이 서지 않았다. 뒤쪽 베란다에 드리워진 커다란 너도밤나무의 이파리들이 손을 뻗으면 만질 수 있을 만큼 가까웠다. 그는 오랫동안이라고 생각될 만큼 오래 나무 몸통 주변의 어둠을 살펴보았다. 만물이 아무런 움직임 없이 정지해 있었기에 눈에 보이는 듯한 느낌이 들었고, 나아가 이상하게도 가슴에 와닿는 듯한 느낌도 들었다. 그의 시선이 집 뒤편의 한 사물에서 다른 사물로 옮겨 다녔다. 옆집의 흐릿한 코린트식 정자 기둥에서 신비스러운 산울타리로, 이어서 문지방이 썩어가는 차고로 시선이 움직였다. 아무것도 없었다.

에디 펜은 목수였다. 다트머스 대학에서 역사를 전공했지만 말이다. 그는 대부분의 시간을 혼자 일하며 보냈다. 나이는 서른넷이었다. 머리숱이 줄어들고 있는, 수줍은 미소를 지닌 사람이었다. 그에 대해서는 말할 것이 별로 없다. 그에게는 뭔가 억압된 것이 있었다. 젊었을 때는 모종의 재능이 있는 청년으로 여겨졌다. 하지만 그는 인생의 항해를 시작해본 적이 없었다. 해안 근처에만 머물렀을 뿐이다. 키가 크고 근시인 아내는 코네티컷 출신이었다. 그녀의 아버지는 은행가였다. 〈오브 그리니치 앤 아바나Of Greenwich and Havana〉 신문의 소식란에는 그녀가 어렸을 때 아버지가 뉴욕의 한 은행의 지점장이었다는 소식이 실려 있었다. 아바나가 전설적인 도시였고 백만장자들이 마지막 시가를 피운 후 자살하던 시절의 일이었다.

그로부터 오랜 세월이 지나갔다. 펜은 밤의 어둠을 응시했다. 끝없는 소리의 바다에 귀를 기울이고 있는 사람은 그 혼자뿐인 것 같았다. 그 광대함에 경외감을 느꼈다. 그는 그 소리 뒤에 숨겨진 모든 것을 생각했다. 필사적인 행위, 갈망, 경악스러운 일들을 생각했다. 그날 오후 그는 지빠귀 한 마리가 잔디밭 가장자리에서 뭔가를 깔짝거리는 것을 보았다. 지빠귀는 그것을 물었다가 허공에 던지고 다시 와락 물곤 했다. 두꺼비였다. 속수무책인 두꺼비의 조그만 다리들이 넓게 펼쳐져 있었다. 지빠귀는 두꺼비를 다시 던졌다. 허기진 굴속의 눈먼 뒤쥐는 파충류처럼 끝이 날카로운 혀로 허공을 탐지하며 끊임없이 사냥을 했다. 그곳엔 벌레의 복부를 오도독오도독 씹는 소리, 덫에 걸린 것들의 저항할 수 없는 몸짓, 짝짓기의 아릿한 고통이 있었다. 그의 딸들은 거실에서 자고 있었다. 짧은 시간을 제외하곤 아무것도 안전하지 않다.

그가 거기 서 있는 동안 소리는 변한 것 같았다. 어떻게 변했는지는 알지 못했다. 소리가 분리된 것 같았다. 마치 그 소리로부터 반짝반짝하고 은은한 무엇이 가능하게 된 것처럼 말이다. 귀뚜라미, 매미 소리(아니, 그것은 다른 어떤 소리였다. 맹렬하고 이상한 어떤 소리였다)가 점점 더 또렷해짐에 따라 그는 자신이 듣고 있는 것을 식별하려 애썼다. 그 소리는 더 열심히 귀 기울여 들을수록 더 파악하기 어려웠다. 그는 그 소리를 잃어버릴까 봐 움직이는 게 두려웠다. 부드러운 올빼미 울음소리가 들렸다. 완전히 까맸던 나무의 어둠이 열어지는 것처럼 보였다. 그리고 그 어둠을 뚫고 날카로운 외마디가 들려왔다.

눈에 띄지 않게 밤이 열렸다. 하늘이 자신을 드러내고 있었고 별이 희미하게 빛났다. 도시는 잠들었고 보도는 텅 비었으며 잔디밭은 조용했다. 멀리 소나무 사이에 헛간의 박공이 있었다. 소리는 거기서 나오고 있었다. 그는 여전히 그 소리를 식별하지 못했다. 더 가까이 가야 했다. 아래층으로 내려가 문밖으로 나가야 했다. 그러나 그렇게 하다가 소리를 잃을지도 몰랐다. 그 소리가 알아차리고 잠잠해져버릴지도 몰랐다.

마음속에 불안한 생각 하나가 자리 잡았다. 그 소리가 **알고 있다**는 생각이었는데, 그는 그 생각을 몰아낼 수 없었다. 거기서 진동하는 그 소리는 나머지 모든 것들보다 한결 두드러지게 스스로를 반복적으로 드러내면서 오직 그에게만 오고 있는 것 같았다. 소리의 리듬은 일정하지 않았다. 서두르듯 빨라졌다 망설이듯 늦어지는 상황이 계속되었다. 그 소리는 갈수록 본능적인 외침처럼 들리지 않았으며, 점점 더 그가 여태 한 번도 들어본 적이 없는 일종의 신호처럼, 암호처럼 들렸다. 길고 짧은 임펄스의 집합이 아니라 한결 더 복잡한, 어떤 면에서는 거의 언어처럼 여겨졌다. 그 생각에 그는 겁이 났다. 그 말은(그것이 말이라면) 날카로우면서도 가늘었다. 그걸 인식하게 된 그는 몸이 떨렸다. 마치 그것이 금고의 자물쇠 번호이기라도 한 것처럼 말이다.

창문 밑은 현관 지붕이었다. 현관 지붕은 완만하게 경사져 있었다. 그는 그 지붕을 내려다보며 생각에 잠긴 표정으로 꼼짝않고 서 있었다. 심장이 쿵쾅거렸다. 지붕이 길거리만큼 넓어 보였다. 그는 지붕으로 나가야 하리라. 자신의 모습이 보이지 않기를 바라며 돌발 상황 없이 조용히 움직인 다음, 잠시 멈춰 서서 지금 자신이 대단히 민감하게 반응하고 있는 그 소리에 어떤 변화가 있는지 알아봐야 하리라. 어둠은 그를 보호하지 못할 것이다. 그는 수없이 많은 것들이 그물처럼 얽혀 있는 밤으로, 움직이는 눈이 무수히 많은 밤으로 들어가게 될 것이다. 자기가 그래야 하는지, 자기에게 과연 그런 용기가 있는지 그는 알지 못했다. 땀 한 방울이 옆구리를 타고 스르르 흘러내렸다. 그를 부르는 소리는 지칠 줄 모르고 계속되었다. 그의 손은 떨리고 있었다.

그는 방충망을 벗긴 다음 그것을 조심스럽게 내려서 집에 기대어 놓았다. 그는 뱀처럼 조용히 움직여서 빛바랜 녹색 지붕을 가로질렀다. 밑을 내려다보았다. 땅바닥은 멀어 보였다. 현관 지붕에 매달려 있다가 거미처럼 가볍게 착지해야 하리라. 헛간 꼭대기는 여전히 보였다. 그는 북극성 쪽으로 움직였다. 그 별을 느낄 수 있었던 것이다. 그는 거의 떨어지다시피 땅에 내려섰다. 그 때문에 머리가 어찔했다. 돌이킬 수 없는 일이었다. 상황은 그가 가진 어떤 것도 그를 보호할 수 없는 곳으로 그를, 맨발에 혼자인 그를 데려가고 있었다.

땅에 떨어질 때 펜은 몸에 전율이 이는 것을 느꼈다. 그의 삶은 회복될 것이다. 그의 삶은 그가 기대한 대로 풀리지 않았다. 하지만 그는 아직도 자신을 특별한 사람으로, 아무에게도 속하지 않은 사람으로 여겼다. 사실 그는 실패를 낭만적인 것으로 생각했다. 실패가 그의 목표였다 해도 과언이 아닐 정도였다. 그는 새를 조각했다. 아니, 조각했었다는 게 옳은 말일 것이다. 조각 도구와 부분적으로 조각된 나무 덩어리가 지하실 탁자 위에 있었다. 한때 그는 자연주의자에 가까웠다. 그의 내부에 있는 무엇이, 그의 과묵함이, 여러 가지 것들로부터 떨어져 지내기를 좋아하는 그의 성격이 자연주의에 적합했던 것이다. 그러나 그런 일을 하는 대신에 돈이 좀 있는 한 친구와 함께 가구를 만들기 시작했다. 하지만 그 사업은 실패했다. 그는 술을 마셨다. 어느 날 아침 눈을 뜨니 집 앞 진입로의 울퉁불퉁한 바큇자국들이 난 곳에 차가 서 있고, 그 옆에 자신이 누워 있었다. 길 건너편에 사는 노파는 자신의 개에게 접근하지 말라고 주의를 주었다. 그는 딸들이 보기 전에 집 안으로 들어갔다. 의사가 그에게 알코올중독자에 매우 가깝다고 솔직하게 말해주었다. 그 말에 그는 깜짝 놀랐다. 오래전 일이었다. 가족이 그를 구해주었지만, 돈 안 들이고 그렇게 한 것은 아니었다.

그는 멈춰 섰다. 땅은 단단하고 메말랐다. 그는 산울타리 쪽으로 가서 이웃집의 진입로를 가로질러 걸었다. 그의 몸과 마음을 온전히 사로잡은 그 소리는 점점 더 또렷해졌다. 그는 그 소리를 따라서 이웃한 집들의 후면을 지나갔다. 집 뒤쪽에서는 어느 집이 어느 집인지 거의 알아보지 못했다. 그는 어두운 풀 속에 깡통과 쓰레기들이 숨어 있는 방치된 마당들을 통과하여 한 번도 본 적이 없는 빈 창고들을 지나갔다. 완만한 내리막길이 시작되었다. 그 헛간이 가까워졌다. 그는 머리 위에서 쏟아져 내리는 그 목소리를, **그의** 목소리를 들을 수 있었다. 그것은 유령이 나올 것 같은 삼각형 모양의 목조 헛간 안 어디에선가 나오고 있었다. 헛간은 길을 돌면 느닷없이 가까이 다가와 있는 듯한 먼 산의 얼굴처럼 그 앞에 떠올라 있었다. 탐험가의 두려움을 안고 천천히 헛간을 향해 움직였다. 끊임없이 계속되는 높고 가는 목소리가 머리 위에서 들려왔다. 그는 헛간이 아주 가까이에 있다는 사실에 두려움을 느끼며 걸음을 멈추고 가만히 섰다.

처음에는 아무런 의미도 없었다. 그가 나중에 기억한 바에 따르면 그렇다. 그 소리는 너무 반짝거렸으며 너무 맑고 깨끗했다. 소리는 계속해서 쏟아져 내렸고, 점점 더 미쳐갔다. 그는 그 소리를 식별할 수 없었고, 결코 따라 할 수 없었다. 그 소리를 묘사할 수도 없었다. 소리는 확대되었고, 다른 모든 것을 밀쳐내고 있었다. 그는 그걸 이해하려는 노력을 멈췄다. 대신 그 소리가 자신의 몸 안에 퍼지도록, 구호처럼 그에게 밀어닥치도록 내버려두었다. 어떤 무늬를 응시하면 그 무늬의 모습이 변하면서 다른 차원으로 바뀌기 시작하는 것처럼, 어찌 된 일인지는 모르지만 소리가 천천히 바뀌어 진짜 핵심을 드러냈다. 그는 그걸 알아차리기 시작했다. 그것은 말이었다. 의미도 없고 선례도 없었지만 그것은 틀림없는 언어였다. 우리들 자신의 질서보다 더 방대하고 더 농밀한 질서에서 나온 생전 처음 듣는 언어였다. 위쪽 희끄무레한 표면에서 필사적으로 부르는 소리는 '이름 없는 개척자'였다.

그는 일종의 황홀경에 빠져 더 가까이 다가갔다. 그게 잘못이라는 것을 즉시 깨달았다. 소리가 머뭇거리는 것이었다. 그는 괴로워하며 눈을 감았으나 이미 너무 늦었다. 소리가 더듬거리다가 멈췄다. 그는 바보 같은 기분이 들고 창피했다. 무력감을 느끼며 조금 뒤로 물러섰다. 그 목소리는 그에 대한 모든 것을 어지러이 떠들어댈 뿐이었다. 밤의 어둠은 그 소리로 가득 찼다. 그는 조금 전에 들었던 소리를 찾고 싶은 마음에 이리저리

고개를 돌려보았다. 그러나 그가 들었던 것은 사라지고 없었다.

늦은 시간이었다. 어슴푸레한 첫 빛의 기미가 하늘에 나타났다. 그는 안간힘을 다해 기억해야 하는 꿈의 조각을 그러안고 헛간 가까이에 서 있었다. 그것은 그가 알아들었던 비할 바 없이 독특한 네 마디 말이었다. 그는 네 단어로 된 그 말을 가슴에 고이 간직한 채 온 힘을 다해 집중하여 잊지 않고 집으로 가져가려 했다. 벌레들의 울음소리가 더 커진 것 같았다. 뭔가 일이 일어날 것 같은 두려운 마음이 들었다. 개가 짖을 것 같고, 어떤 집의 방에 불이 들어올 것 같고, 자신의 마음이 산란해질 것 같고, 자기가 꼭 붙잡고 있는 것을 놓칠 것만 같았다. 그는 아무것도 보지 않고 아무것도 듣지 않고 아무것도 생각하지 않고 돌아가야 했다. 걸어가면서 그 말을 되풀이하여 중얼거렸다. 그의 입술은 끊임없이 들썩거렸다. 숨도 제대로 쉬지 않았다. 그의 집이 보였다. 집은 어스레했다. 창문은 어두웠다. 그는 집에 당도해야 했다. 밤의 생명체들이 내는 소리가 고통과 분노 속에서 부풀어 오르는 것 같았지만 그는 그런 것에 신경 쓸 여력이 없었다. 그는 달아나듯 걸었다. 아주 먼 거리를 걸어서 산울타리에 이르렀다. 그의 집 현관이 코앞이었다. 그는 난간에 섰다. 지붕 처마가 눈에 들어왔다. 낙수받이는 튼튼했다. 잠시 숨을 골랐다. 발밑의 바스러져가는 녹색 아스팔트는 따뜻했다. 한 다리를 창턱 너머에 내려놓은 다음 다른 다리도 그렇게 했다. 무사했다. 그는 본능적으로 창에서 뒤로 물러섰다. 드디어 집 안에 들어온 것이었다. 바깥의 희미한 빛이 역사적인 빛처럼 보였다. 유령 같은 새벽이 나무들 사이로 스며들기 시작했다.

갑자기 그는 마룻바닥이 삐걱거리는 소리를 들었다. 거기, 색이 없는 부드러운 빛 속에 누군가 있었다. 아내였다. 그는 면 가운을 치렁치렁 들고 있는 것 같은 아내의 모습에 깜짝 놀랐다. 잠에서 덜 깬 아내의 얼굴은 푸석푸석했다. 그는 아내에게 가까이 오지 말라고 경고하는 듯한 손짓을 했다.

"뭐예요? 무슨 일이에요?" 아내가 나직한 목소리로 말했다.

그는 애매하게 손을 저으면서 뒷걸음쳤다. 고개는 말처럼 모로 틀었다. 그는 계속 뒤로 물러났다. 한쪽 눈은 아내를 향하고 있었다.

"뭐예요?" 그녀가 놀란 목소리로 말했다. "무슨 일 있어요?"

아냐, 그는 애원하듯이 고개를 저었다. 단어 하나가 떨어져 나갔다. 아냐, 아냐. 그 말이 바다에 있는 어떤 것처럼 너울거리며 흩어지고 있었다. 그는 그걸 놓치지 않으려고 무턱대고 손을 뻗고 있었다.

아내가 그의 어깨에 팔을 둘렀다. 그가 홱 몸을 뺐다. 그리고 눈을 감았다.

"여보, 무슨 일이에요?" 그가 힘들어한다는 것을 그녀는 알았다. 남편은 자신의 어려움을 제대로 극복한 적이 없었다. 그는 밤에 자주 깼다. 그녀는 그가 잠에서 깨어 부엌에 앉아 있는 것을 자주 보았는데, 그럴 때의 그의 얼굴은 피곤하고 늙어 보였다. "자러 가요." 그녀가 권했다.

그는 두 손으로 귀를 막은 채 눈을 꼭 감았다.

"당신 괜찮아요?" 그녀가 말했다.

아내의 헌신적인 태도에 그 말이 녹아내렸다. 그 말이 녹아서 흘러내렸다. 그는 아내를 피해 미친 듯이 몸을 돌리기 시작했다.

"왜 그래요? 왜 그래요?" 그녀가 소리 질렀다.

사방에 불이 들어와 잔디밭까지 환하게 밝혔다. 신성한 속삭임이 사라지고 있었다. 잠시도 낭비할 틈이 없었다. 그는 두 손을 머리에 찰싹 붙인 채 거실로 달려가 연필을 찾았다. 아내는 그의 뒤를 쫓아와 무슨 일인지 말해달라고 빌었다. 그가 간직했던 말은 희미해졌다. 단 한 단어만 남았다. 다른 단어들이 없으면 무가치한 단어였지만, 그럼에도 무한한 가치가 있었다. 그가 갈겨쓸 때 탁자가 흔들렸다. 벽에 걸린 그림이 떨렸다. 아내는 머리가 흘러내리지 않게 한 손으로 머리를 잡고 그가 쓴 글자를 들여다보았다. 그녀는 얼굴을 글자에 바짝 붙였다.

"이게 뭐예요?"

소음에 잠이 깬 잠옷 차림의 디나가 문간에 나타났다.

"왜 그래요?" 디나가 물었다.

"도와줘." 디나의 엄마가 외쳤다.

"아빠, 무슨 일이에요?"

아내와 딸의 손이 그에게로 향할 때 파란빛과 초록빛이 어우러진 눈부신 사각형 유리 액자가 떨렸다. 선명한 나뭇잎들이 빛을 발하는 그림이 담긴 액자였다. 수없이 많은 목소리들이 잦아지다가 정적 속으로 사라져갔다.

"뭐예요? 무슨 일이냐고요?" 아내가 애처로이 말했다.

"아빠, 제발!"

그는 고개를 저었다. 울 것 같은 모습으로 그들로부터 벗어나려 했다. 갑자기 그가 마룻바닥에 푹 쓰러지더니 그대로 주저앉았다. 디나는 자기가 처음으로 학교에 다니던 해의 어떤 기억과 흡사한 일이 다시 시작된 것만 같은 느낌이 들었다. 그때 집 안에는 불행의 기운이 가득 찼으며 문을 쾅 닫는 소리가 들리곤 했는데, 애정 표현에 서투른 아빠가 밤에 자기들의 방으로 와서 이야기를 해주다가 침대 발치에서 잠이 들어버린 기억이었다.

황혼

그 정도까지는 아니었다.
어떤 있을 법하지 않은 밤들에
베란다에서 저녁을 같이하곤 했다.
그것은 좋아하는 사람과, 편하지만
어울리지는 않는 사람과
함께 있는 느낌일 뿐이었다.

맞춤 정장 차림의 챈들러 부인은 창가에 혼자 서 있었다. 붉은색으로 조그맣게 '최상급 고기'라고 쓰인 네온사인 앞이었다. 양파를 보고 있는 것 같았는데 손에는 이미 양파 하나가 들려 있었다. 가게 안에 다른 손님은 없었다. 흰색 작업복을 입은 베라 피니가 금전등록기 옆에 앉아 지나가는 차들을 빤히 쳐다보고 있었다. 바깥 날씨는 잔뜩 흐리고 바람이 불었다. 차량의 흐름은 거의 끊임없이 이어졌다. "오늘 브리 치즈 좋은 게 있어요." 베라가 자리에 가만히 앉아서 말했다. "방금 들어왔어요."

"정말 좋아요?"

"아주 좋아요."

"그럼 그걸 좀 살게요." 챈들러 부인은 단골손님이었다. 그녀는 마을 변두리에 있는 슈퍼마켓에서 장을 보지 않으므로 여기서는 최고의 손님 중 한 명이었다. 그랬었다. 이제는 예전처럼 많이 사지 않았다.

가게의 판유리에 빗방울이 비쳤다. “저걸 봐요. 시작됐어요.” 베라가 말했다.

챈들러 부인은 고개를 돌렸다. 지나가는 차들을 바라보았다. 오래전의 풍경처럼 보였다. 어찌 된 까닭인지 그녀는 지금 직접 차를 운전해서, 또는 기차를 타고 여러 번 시골에 갔던 일을 생각하고 있다는 것을 깨달았다. 어둠에 잠긴 을씨년스러운 긴 플랫폼에 내려서면 마중 나온 남편이나 아이가 거기서 그녀를 맞아주었다. 따뜻했다. 나무들은 크고 까맸다. 여보, 안녕. 엄마, 안녕, 기차 여행 즐거웠어요?

날이 어둑해진 탓에 조그만 네온사인이 무척 밝아 보였다. 길 건너편에 공동묘지가 있고, 그녀의 차도 거기 있었다. 깨끗하게 관리해온 외제차인데, 묘지의 문 근처에 잘못된 방향으로 주차되어 있었다. 그녀는 항상 그렇게 주차했다. 그녀는 자기 나름의 방식으로 살아가는 여자였다. 디너파티 여는 법을 알고, 개를 돌볼 줄 알고, 식당에 들어가는 법을 알았다. 초대에 응답하는 자신만의 방식이 있고, 자기답게 옷을 입는 방식이 있었다. 비교할 수 없는 그녀만의 습관이라 일컬을 만한 것이었다. 그녀는 책을 좋아했고 골프를 쳤으며 결혼식에 자주 참석하던 여자였다. 다리가 아름다웠으며, 폭풍우를 헤치며 살아온 멋진 여자였다. 하지만 지금은 아무도 원하지 않는 여자였다.

가게의 문이 열리더니 농부 한 사람이 안으로 들어왔다. 농부는 고무장화를 신고 있었다. “안녕, 베라.” 그가 말했다.

베라가 그를 흘끗 쳐다보며 말했다. “왜 사냥하러 안 갔어요?”

“날이 궂어서.” 그가 말했다. 그는 늙었고, 말을 허비하지 않았다. "물이 1피트쯤 차오른 곳이 많아."

"제 남편은 사냥하러 갔어요."

"좀 더 일찍 얘기해주지 그랬어." 노인이 장난스럽게 말했다. 노인의 얼굴은 세월에 풍화되어 거의 지워진 모습이었다. 오래된 우표처럼 빛바랜 얼굴이었다.

비가 오고 시야가 흐렸지만 사냥하기 나쁜 날씨는 아니었다. 바야흐로 사냥철이 시작되었다. 종일토록 간간이 총소리가 들리고, 정오 무렵에는 거위 여섯 마리가 집 위로 무질서하게 날아갔다. 그녀는 부엌에 앉아 거위들의 바보스러운 커다란 울음소리를 들었다. 그녀는 창문으로 거위를 보았다. 녀석들은 매우 낮게, 나무 바로 위를 날아갔다.

집은 들판 가운데에 있었다. 위층에서는 멀리 떨어진 헛간과 울타리가 보였다. 아름다운 집이었다. 그녀는 오랫동안 독특하고 멋진 집이라고 생각하며 살아왔다. 잘 가꾸어진 정원, 차곡차곡 쌓인 땔나무, 말끔히 수리된 방충망……. 집 안도 마찬가지였다. 모든 가재도구가 잘 선택한 것들이었다. 부드러운 흰색 소파, 양탄자와 의자들, 들고 있으면 기분이 밝아지는 스웨덴제 유리잔, 전기스탠드……. 집은 내 영혼이야, 라고 그녀는 말하곤 했다.

그녀는 거위가 잔디밭에 내려앉은 날 아침을 떠올렸다. 기다란 목은 전부 까만데 턱 부위만 하얀 커다란 거위 한 마리가 5미터 거리도 안 되는 저쪽에 서 있었다. 그녀는 급히 계단을 뛰어 올라갔다. "브루키." 그녀가 나직이 불렀다.

"네?"

"이리 내려와봐. 조용히."

그들은 그쪽 창문으로 가서, 잠시 후에는 다른 창문으로 가서 숨죽여 밖을 내다보았다.

"재는 집에서 이렇게 가까운 곳에서 뭐 하는 거지?"

"모르겠어요."

"정말 크지?"

"무척."

"하지만 무용수만큼 크지는 않아."

"무용수는 날지 못하잖아요."

이제 다 가고 없다. 조랑말도 거위도 그 아이도. 그녀는 워너 씨네 집에서 저녁을 먹고 집에 돌아온 날 밤을 떠올렸다. 저녁 자리에는 매우 맑고 깨끗한 용모의 한 젊은 여자가 있었다. 건축학을 공부하려고 결혼을 포기한 여자였다. 로브 챈들러는 아무 말도 하지 않고 혼란스러운 얼굴로 그저 듣기만 했다. 익숙한 소식을 듣는 것 같은 표정이었다. 자정에 부엌에서 부엌문이 닫히기 전에 그가 간단히 알렸다. 그는 그녀에게서 몸을 돌려 식탁을 바라보고 있었다.

"뭐라고요?" 그녀가 말했다.

그가 같은 말을 되풀이하기 시작했으나 그녀가 끊었다.

"무슨 말을 하는 거예요?" 그녀가 멍하니 말했다.

그는 다른 여자를 만나고 있었다.

"무슨 소리예요?"

집은 그녀가 가졌다. 그녀는 마지막으로 딱 한 번 뉴욕 82번가의 아파트로 이사했다. 커다란 창문이 있는 아파트였는데, 창유리에 뺨을 붙이고 보면 메트로폴리탄 미술관 입구의 계단을 볼 수 있었다. 로브는 1년 후에 재혼했다. 한동안 그녀는 정상적인 생활을 하지 못했다. 밤이면 빈 거실에 하릴없이 앉아 있었다. 굳이 뭘 먹으려 하지도 않고 뭔가를 하려 하지도 않고서 새벽 2시까지 여전히 옷을 입은 채로 소파에 웅크리고 앉아 개의 머리를 쓰다듬으며 개와 얘기하곤 했다. 치명적인 권태가 자리 잡아갔다. 그러나 그녀는 다시 정신을 추슬렀다. 교회를 나가기 시작하고 다시 립스틱을 바르기 시작했다.

가게에서 나와 집으로 돌아갈 때 햇살이 군데군데 스며든 커다란 잿빛 구름장들이 나무들 위에서 흘러갔다. 바람은 세찼다. 집의 진입로에 들어섰을 때 거기에 차 한 대가 서 있었다. 그녀는 잠시 놀랐다가 곧 누구의 차인지 알아보았다. 한 사람이 그녀를 향해 걸어왔다.

"안녕, 빌." 그녀가 말했다.

"제가 들어줄게요." 그는 차에서 커다란 식료품 봉지를 꺼내 그녀를 따라 부엌으로 들어갔다.

"그냥 탁자 위에 내려놔요." 그녀가 말했다. "됐어요. 고마워요. 어떻게 지냈어요?"

그는 흰 셔츠에 한때는 비쌌을 스포츠코트를 입고 있었다. 부엌은 추운 것 같았다. 멀리서 총소리가 희미하게 들려왔다.

"안으로 들어가요." 그녀가 말했다. "여긴 쌀쌀하네요."

"추운 계절이 닥치기 전에 손봐드릴 게 없을까 해서 들른 거예요."

"아, 그렇구나. 음," 그녀가 말했다. "위층 화장실 말인데요, 또 애를 먹일까요?"

"파이프 말인가요?"

"올해 다시 파열되진 않겠지요?"

"거기에 단열재를 넣지 않았던가요?" 그가 말했다. 그의 말에는 가벼운 혀짤배기소리 같은 약간 불분명한 발음이 들어 있었다. 항상 그랬다. "그게 북향으로 놓여 있잖아요. 그래서 애를 먹이는 거예요."

"맞아요." 그녀가 말했다. 그녀는 막연히 담배를 피우고 싶은 생각이 들었다. "왜 그걸 거기에 설치했다고 생각해요?"

"어, 그게 항상 거기에 있었으니까요." 그가 말했다.

그는 마흔 살이지만 나이보다 더 젊어 보였다. 그에게는 뭔가 딱딱한 것이, 뭔가 대책 없는 것이 있었다. 그의 젊음을 보존해 주는 것이기도 했다. 그는 여름 내내 골프장에 있었다. 때로는 12월에도 골프장에 있었다. 심지어 거기서도 그는 별 관심이 없는 사람처럼 보였다. 검은 머리를 바람에 나부끼며 서 있는 그는 일행들이 보기에도 그저 시간을 죽이고 있는 것처럼 보였다. 그에 관한 많은 얘기가 떠돌아다녔다. 그는 주변의 기대를 모았으나 추락한 인물이었다. 그의 아버지는 고속도로가 지나가는 곳에 있는 작은 집에서 부동산 중개업을 했다. 아버지는 농장과 땅이 많았다. 이 지역에서는 오래된 집안이었다. 그들의 성을 딴 길이 있을 정도였다.

"상태가 안 좋은 수도꼭지가 있는데, 좀 봐줄래요?"

"어떻게 안 좋은데요?"

"물이 좀 새요." 그녀가 말했다. "보여줄게요."

그녀는 그를 데리고 위층으로 올라갔다. "저기." 그녀가 화장실 쪽을 가리키며 말했다. "물방울 떨어지는 소리가 날 거예요."

그는 무심한 태도로 수도꼭지를 몇 차례 틀었다 닫았다 하면서 수도꼭지 밑부분을 만져보았다. 수도꼭지에서 팔 길이만큼 떨어져서 다소 건성으로 손목을 움직이며 그 일을 했다. 그녀는 침실에서 그 모습을 보았다. 그는 조리대 위에 있는 다른 물건들을 살펴보고 있는 것처럼 보였다.

그녀는 불을 켜고 앉았다. 황혼 무렵이라 방은 금세 아늑해졌다. 벽은 파란색 무늬의 벽지로 도배했고, 양탄자는 부드러운 흰색이었다. 난로의 윤이 나는 돌이 질서 있는 느낌을 주었다. 창밖의 들판은 사라졌다. 평온한 시간이었다. 일상에서 한 걸음 뒤로 물러날 시간이었다. 때때로 그녀는 바다 쪽을 바라보며 아들 생각을 했다. 그 일은 오래전에 그 소리와 더불어 일어났다. 이제 그녀는 날마다 그 생각으로 돌아가지는 않았다. 사람들은 시간이 지나면 나아지겠지만 뇌리에서 아주 사라지는 일은 결코 없다고 말했다. 다른 많은 것들과 마찬가지로 이 역시 그들의 말이 옳았다. 아들은 가장 어렸으나 매우 씩씩했다. 조금 허약하긴 했지만. 그녀는 매주 일요일 교회에서 아들을 위해 기도했다. 단순한 것을 기도했다. 오, 하느님, 우리 아이를 못 본 체하지 말아주세요. 우리 아이는 매우 작고…… 어린 아이에 불과해요, 라고 종종 덧붙이곤 했다. 길 위에 흩어진 새의 잔해나 토끼의 빳빳해진 다리, 심지어 죽은 뱀처럼, 그게 뭐든 간에 죽은 것을 보면 그녀는 마음이 심란해졌다.

"와셔 때문인 것 같아요." 그가 말했다. "다음에 올 때 그걸 가져올게요."

"좋아요." 그녀가 말했다. "다음 달이나 되겠죠?"

"메리언과 난 다시 결합해요. 알고 있었어요?"

"아, 그렇구나." 그녀는 자기도 모르게 가볍게 한숨지었다. 기분이 묘했다. "나는, 어……." 이 무슨 나약한 모습인가. 그녀는 나중에 그렇게 생각했다. "언제 그렇게 결정했어요?"

"몇 주 전에."

잠시 후에 그녀는 일어섰다. "아래층으로 내려갈까요?"

그녀는 계단 창문에 비친 자신들의 모습을 볼 수 있었다. 자신의 살구색 셔츠가 내려가는 것을 볼 수 있었다. 여전히 바람이 불고 있었다. 헐벗은 가지 하나가 집의 옆구리를 긁어댔다. 그녀는 밤에 자주 그 소리를 들었다.

"술 한잔 할 시간 있어요?" 그녀가 물었다.

"안 하는 게 좋을 것 같아요."

그녀는 스카치위스키를 잔에 따르고, 부엌으로 들어가 냉장고에서 얼음을 꺼내어 넣은 다음 물을 조금 첨가했다. "한동안 당신을 보지 못할 것 같네요."

그 정도까지는 아니었다. 어떤 있을 법하지 않은 밤들에 베란다에서 저녁을 같이하곤 했다. 그것은 좋아하는 사람과, 편하지만 어울리지는 않는 사람과 함께 있는 느낌일 뿐이었다. "난……." 그녀는 뭔가 할 말을 찾으려 애썼다.

"당신은 그런 결정이 없었더라면 하는 마음이잖아요."

"그런 기분이에요."

그가 고개를 끄덕였다. 그 자리에 그대로 서 있는 그의 얼굴이 다소 창백해졌다. 겨울처럼 창백해졌다.

"그럼 당신은?" 그녀가 말했다.

"이런 제기랄." 그녀는 그가 자기한테 불만의 소리를 내뱉는 것을 처음 들었다. 몇몇 사람에 관해서만 그런 식으로 말했던 것이다. "나는 주택을 관리해주는 사람일 뿐이오. 그 사람은 내 아내고. 당신은 어떻게 할 생각이에요? 언젠가 아내를 찾아와서 모든 걸 얘기할 거예요?"

"안 그럴 거예요."

"안 그러길 바랄게요." 그가 말했다.

문이 닫힐 때 그녀는 돌아보지 않았다. 밖에서 시동 거는 소리가 들렸다. 헤드라이트의 빛이 창에 비쳤다. 그녀는 거울 앞에 서서 자신의 얼굴을 차갑게 응시했다. 마흔여섯. 그 세월이 목과 눈 밑에 스며 있었다. 그녀의 젊음은 다시 오지 않을 것이다. 자신은 애원해야 했다. 그런 생각이 들었다. 자신이 느끼고 있는 기분을, 갑자기 가슴이 꽉 막힌 것 같은 답답함을 모두 다 그에게 얘기했어야 했다. 희망을 품은 길었던 여름이 가버렸다. 그녀는 그를 뒤따라가고 싶은 충동을 느꼈다. 차를 몰아 그의 집을 지나가고 싶은 충동을 느꼈다. 그 집의 전등은 불을 밝혔으리라. 창문으로 누군가를 보게 되리라.

그날 밤 그녀는 나뭇가지들이 집을 토닥거리는 소리와 창틀이 덜거덕거리는 소리를 들었다. 그녀는 혼자 앉아 거위를 생각했다. 밖에 있는 거위 소리를 들을 수 있었다. 날이 추워졌다. 바람에 거위들의 깃털이 날렸다. 거위는 오래 산다고, 10년에서 15년까지 산다고 사람들은 말했다. 그들이 잔디밭에서 보았던 거위는 아마 아직 살아 있을 것이고, 바다에서 나온 다른 거위들과 함께 들판으로 돌아갔을 것이다. 안전한 바다로 간 덕에 피비린내 나는 매복 공격에서 살아남은 거위들과 함께. 비에 젖은 수풀 어딘가에 그중 한 녀석이 쓰러져 있다고 그녀는 상상했다. 가슴이 검은 피로 흠뻑 젖은 녀석은 우아한 목을 여전히 길게 뻗고 있다. 발버둥 치며 커다란 날개를 퍼덕거린다. 부리의 구멍으로 피울음을 토해낸다. 그녀는 집 안을 돌며 불을 켰다.

비가 내리고 있었고 바다는 거칠게 일렁였다. 동료 하나가 소용돌이치는 어둠 속에서 죽어 누워 있었다.

부정의 방식

이 모든 게 위대한 인생의 흐름 속으로 들어가는 과정의 일부임을 깨달았다. 그녀의 심장은 느리지만 세게 뛰었다. 지금처럼 자신에 대한 확신을 느껴본 적이 없었다.

이류 작가라 할 수 있는 사람이 서재에서 자신의 소설에 서명을 한다. 그의 집게손가락은 홍차 빛깔이다. 그가 웃을 때면 안 좋은 이가 가득 드러난다. 그렇지만 그는 문학을 안다. 그의 슬픈 뼈들은 문학으로 만들어졌다. 그는 작품을 제대로 이해할 뿐 아니라 어디에서 작가가 실패했는지 안다. 그의 의견은 차갑지만 정확하다. 순수하다. 적어도 그것만큼은 사실이다.

그는 무명작가다. 소수의 팬이 없는 것은 아니지만 말이다. 팬들은 실은 결혼 생활처럼 재미없는 것이다. 거기에 달리 뭐가 있겠는가? 그의 삶은 그의 일기다. 일기 어딘가 점성가에게서 나온 한 구절이 있다. '당신에게 맞는 동반자는 여자들이다.' 때때로 그게 사실인 것도 같다. 하지만 그 이상은 아니다. 그는 머리숱이 적다. 옷은 약간 구식이다. 그러나 그는 자기 시대에는 거의 알려지지 않은 인물에게 최후의 위대한 영광이 찾아드는 경우가 있다는 것을 알고 있다. 그 영광이 무명작가인 그들을 어루만져 그들의 삶을 재창조하는 경우가 있다. 그의 영웅은 무질Robert Musil이고, 당연히 제라드 맨리 홉킨스다. 그리고 또 부닌Ivan Alekseevich Bunin이다.

비싼 옷을 입고 멋진 영국 구두를 신은 P 같은 작가들이 있다. 그런 작가가 눈을 찌르는 햇살이 비치는 거리를 걸어가면 사람들이 그를 위해 길을 터주는 것만 같다. 그가 폭풍의 눈이라도 되듯이 말이다.

"선생님 책이 잘 팔려 재산을 좀 모았다는 얘길 들었습니다만."

"뭐라고요? 그런 말 믿지 마세요." 모든 사람이 알고 있는데도 그들은 그렇게 말한다.

자세히 관찰해보면 구두는 심지어 수제화다. 구두의 주인은 머리털이 무성하다. 이마가 훤칠하고 코가 긴 얼굴에서는 힘이 느껴진다. 고뇌가 깃든 얼굴은 무척 강해 보인다. 그는 그에게 질문하는 사람이 몇 편의 소설을 발표해본 사람이라는 것을 알아차린다. 그에게는 짧게 말할 시간밖에 없다.

"돈은 아무것도 아니에요." 그가 말한다. "날 봐요. 나는 머리를 단정하게 이발하지도 못하잖아요."

그는 진지하다. 웃지 않는다. 그가 런던에서 돌아온 뒤 젊은 지인으로부터 어떤 소설에 대한 서평을 써달라는 부탁을 받았을 때 그는 이렇게 말했다. 내가 하는 식으로 그이가 직접 그걸 쓰게 해. 사람들은 자꾸 뭘 원한단 말이야.

그리고 〈뉴요커〉와 부유한 문학 모임 순회 여행 덕에 명성을 얻은 W 같은 나이 많은 작가들도 있다. W는 스무 살 때 유명해졌다. 이제 일부 비평가들은 그의 작품이 얄팍할 뿐 아니라 독창적이지도 않다고 느낀다. 그는 우리 시대 가장 위대한 작가의, 수많은 모방자들에게 영감을 불러일으킨 작가의 친구였다. 아마 가장 위대한 작가가 아니라 위대한 작가들 중 한 사람이라고 말하는 게 더 온당할 것이지만 이 말에 모두가 동의하지는 않을 것이고 나는 논쟁을 벌이고 싶지 않다. 어쨌든 나중에 그들의 친구 관계는 깨졌다. W는 그 이유를 말하고 싶어 하지 않았다.

엄청 많이 팔린—모두가 그걸 안다—그의 첫 소설은 수년에 걸쳐 최소한 50명의 여자를 가져다주었다고 그는 말하곤 했다. 그의 아내도 그걸 알았다. 결국 아내와도 헤어졌다. 그는 외모가 계속 유지되는 사람이 아니었다. 조그만 핏줄이 뺨에 나타나기 시작했다. 눈은 빨개졌다. 그는 사람들을 모욕했다. 식당의 웨이터를 모욕하기도 했다. 젊었을 때는 매우 관대하고 매우 용감하다는 말을 듣던 그였다. 부당한 것을 보면 분개하던 그였다. 스페인의 충성 분자들에게 돈을 주기도 했다.

아침이다. 치과 의사들이 치과 도구들을 늘어놓고 있다. 문간으로 들어온 햇빛에 몸을 맡긴 건달들이 끙 하며 앓는 소리를 내기 시작한다. 나일은 어머니한테 가려고 버스에 몸을 실었다. 그의 머리 위 광고판에는 **세상의 모든 군대는 자신들의 시대가 도래했다는 생각을 그치지 못한다**라는 빅토르 위고의 말이 쓰여 있었다. 그는 머리를 빗지 않았다. 그의 얼굴에는 오만함이 깃들었고, 돈 없이 살기로 결심한 사람의 튼 입술이 있었다. 어머니는 문 앞에서 그를 맞으며 두 손으로 그의 창백한 얼굴을 감쌌다. 아들의 얼굴을 더 잘 보려고 조금 뒤로 물러섰다. 어머니는 리드미컬하게 계속 움직이며 가볍게 몸을 떨었다.

"이가 안 좋구나." 어머니가 말했다.

그는 혀로 이를 가렸다. 이모가 부엌에서 나와 그를 껴안았다.

"요즘은 얼굴 보기가 힘들구나." 이모가 반가이 말했다. "자, 들어가서 점심 먹자꾸나."

살찐 여자들이 보통 그러하듯이 이모는 웃음이 많았다. 이모는 두 번째로 과부가 되었지만 술 한 잔에 춤이라도 출 만큼 유쾌해졌다. 이모는 식탁을 차리러 갔다. 창을 지나가면서 밖을 내다보았다. 길 건너편에 영화관이 있었다.

"타락한 사람들." 이모가 말했다.

나일은 어머니와 이모 사이에 앉았다. 식탁 가까이로 의자를 끌어당길 때 조금 긁히는 소리가 났다. 어머니와 이모는 번거롭게 차려입은 옷차림이 아니었다. 가족끼리의 따뜻한 점심이었다. 음식이 유일한 관심사였다. 여기 오면 언제나 배가 고팠다. 나일은 얘기를 나누면서 버터를 잔뜩 바른 빵을 먹었다. 새끼 대구 요리와 기름에 볶은 양파가 커다란 접시에 담겨 있었다. 사방에서 소리가 났다. 텔레비전과 부엌의 라디오가 켜 있었다. 어머니와 이모의 질문에 대답하는 그의 입에는 음식이 가득했다.

"맛이 좀 심심해." 어머니가 말했다. "같은 방법으로 요리한 거 맞아?"

"똑같이 했어." 이모가 말했다. 이모가 직접 맛을 보았다. "소금을 좀 넣어야 할 것 같아."

"해산물 요리에는 소금을 넣지 않는 거야." 어머니가 말했다.

나일은 계속 먹었다. 생선의 촉촉하고 흰 살점이 포크 밑에서 부서졌다. 나일은 바다의 흐릿한 요오드 맛을 느낄 수 있었다. 그는 얼음 위에 생선을 올려놓고 파는 이곳 어시장을 알고 있었는데, 주인은 면도를 하지 않는 유대인이었다. 이모가 그를 바라보고 있었다.

"이거 알아?" 이모가 말했다.

"뭐요?"

이모는 그에게 말하고 있는 게 아니었다. 뭔가를 발견한 것이었다.

"나일이 음식을 먹는 모습을 잠시 바라봤더니 제 아버지를 똑 닮았어."

갑자기 방 안에 달콤한 정적이 흘렀다. 부도덕한 행위와 흑인들의 위험에 대해서만 얘기를 나누던 때에는 없던 깊이가 생겼다. 어머니가 그를 경건한 눈으로 쳐다보았다.

"들었니?" 어머니가 물었다. 나직이 가라앉은 목소리였다. 어머니는 과거의 신화를 갈망했다. 어머니의 눈 주위는 거무스름하고 살결은 늙었다.

"어디가 네 아버지를 닮았지?" 어머니는 그 얘기를 다시 듣고 싶어 했다.

"안 닮았어요." 그가 말했다.

어머니와 이모는 그의 말을 듣지 않았다. 두 사람은 그의 어린 시절 얘기를 했다. 여러 가지 이야기를 세세히 들려주었다. 그가 외웠던 시들과 아름다웠던 머리카락 얘기도 했다. 얼마나 훌륭한 학생이었는지, 손에 비해 너무 큰 포크를 쥐고 얼마나 어른스럽게 음식을 먹었는지 얘기했다. 턱이 아버지를 닮았고,

두상도 아버지를 닮았다고 했다.

"뒤통수도." 이모가 말했다.

"정말 잘생긴 두상이야." 어머니가 다시 강조했다. "네 머리는 완벽하게 생겼어. 너도 그걸 알고 있었니?"

얼마 후 그는 소파에 누워 어머니와 이모가 설거지하는 소리를 들었다. 눈을 감았다. 모든 게 낯익었다. 전에 들었던 말들, 과거에 관한 얘기들……. 머리 밑의 베개 냄새조차도 친숙했다. 크기가 안 맞는 액자에 든 사진들이 침실에 한데 모여 있었다. 누군가 그 사진들을 시간순으로 추적한다면 점점 더 늙어가고 점점 더 장래성이 사그라드는 얼굴을 보게 될 것이다. 교과서, 행사 차례표와 함께 신발 상자에 넣어 보관해온 그 모든 진지한 편지들을 정말 그가 썼단 말인가? 그는 자신의 삶의 박물관 안에서 잠을 잤다.

그는 4시에 어머니 집을 나왔다. 수위는 신문을 읽고 있었다. 수위의 옷깃 단추는 풀어져 있고, 그를 둘러싼 공기에서는 요리 냄새가 짙게 배어 있었다. 나일이 나갈 때 수위는 그를 보지도 않았다. 수위는 몸이 묶인 채로 운하의 둑에서 발견된 두 명의 젊은 여자를 묘사한 글에 깊이 빠져 있었다. 사진은 없었다. 고등학교 졸업 앨범에서 찾아내 실은 사진이 전부였다. 6월이었다. 거리에는 차가 늘어섰고 배수로에서는 물이 졸졸 흘렀다.

가게들은 닫혀 있었다. 인적 없는 오후의 진열창에는 책, 화장품, 가죽옷 등이 진열되어 있었다. 그는 그런 가게들 앞에서 뭉그적거렸다. 돈을 벌고 싶은 거대한 열망이, 갈증이 솟구쳤다. 인정받고 싶은 욕구가 솟구쳤다. 나일은 지금껏 이 거리를 100번쯤 걸었지만, 끝없이 이어지는 아파트와 영사관과 은행들을 지나치며 걸었지만 그를 알아본 사람은 없었다. 그는 커다란 호텔들이 들어선 곳 뒤편의 50번가 쪽으로 갔다. 거리는 하인들의 구역처럼 칙칙했다. 종이와 비닐봉지와 빈 담뱃갑 등이 여기저기 널려 있었다.

지닌의 아파트에서는 기분이 한결 나아졌다. 마룻바닥은 반짝반짝 빛났다. 그녀의 숨결은 달콤한 것 같았다.

"밖에 나갔다 왔어?" 그가 물었다.

"아니, 아직."

"밖은 포근해." 그가 말했다. "일하고 있었던 거 아니지?"

"책 읽고 있었어."

그녀의 방 창에서는 쇼핑센터 뒤쪽 2층의 미용실에서 미용사들이 일하는 게 보였다. 붉은색 미용실 안에는 비밀을 증가시키는 거울이 여러 개 있었다. 어느 날 오후에 그와 지닌은 발가벗은 채 미용실의 소리 없는 움직임을 지켜보았다.

"무슨 책?" 그가 물었다.

"고골."

"고골……." 그는 눈을 감고 암송했다. "**마차에 한 신사가 앉아 있었다. 잘생기지 않았지만 못생기지도 않고, 튼튼하지 않지만 허약하지도 않고, 늙지 않았지만 아주 젊지도 않은**……."

"대단한 암기력이야."

"들어봐. 이건 무슨 소설일까? **나는 오랫동안 일찍 잠자리에 들었다**……."

"그건 너무 쉬워." 그녀가 말했다.

그녀는 다리를 끌어올린 자세로 소파에 앉아 있었다. 손 가까이에 그녀가 읽고 있던 책이 있었다.

"나도 너무 쉬울 거라 생각했어." 그가 말했다. "당신 이거 알아? 고골에 관한 건데, 고골은 동정남으로 죽었대."

"정말?"

"러시아 사람들은 그런 면에선 좀 이상해." 그가 말했다. "체호프는 작가는 1년에 한 번이면 충분하다고 생각했어."

그는 이 얘기를 전에 했다는 것을 깨달았다.

"모두가 그 말에 동의하는 것은 아니지만……." 그는 웅얼거렸다. "어제 길거리에서 누굴 보았는지 알아? 은행원처럼 옷을 입은 사람이었어. 구두도 그랬어."

"누구지?"

나일은 그 사람을 묘사했다. 잠시 후 그녀는 그가 얘기하는 사람이 누구인지 알아차렸다.

"그 사람 새 책을 냈던데." 그녀가 말했다.

"나도 들었어. 그이는 마치 내게 반지를 내밀고 거기에 키스하게 할 것만 같은 기세였어. 내가 말했지. 이봐요, 솔직하게 하나만 얘기해줘요. 그 많은 돈과 관심을……."

"당신은 그런 말 안 했어."

나일은 씩 웃었다. 어머니가 안타까워하던 이가 드러났다.

"그 작가는 겁을 집어먹었어. 내가 무슨 말을 하려고 하는지 알았던 거야. 그이는 모든 걸 가졌어. 모든 사람이 그이 얘길 하잖아. 내가 가진 건 핀뿐이야. 바늘 말이야. 내가 찌르면 바늘은 심장까지 똑바로 들어갈 거야."

그녀는 소년 같은 얼굴에 근육이 흐릿하게 보이는 팔을 가졌다. 물어뜯은 손톱은 감쪽같이 깨끗했다. 방 안으로 들어온 오후의 햇빛이 그녀의 무릎에서 빛났다. 그녀는 몬태나 출신이었다. 처음 만났을 때 나일은 그녀를 정중한 사람으로 보았고 그 때문에 마음이 끌렸다. 그녀는 좀 바보스러워 보이기까지 했다. 하지만 나일은 그것이 심하게 거리감을 두는 태도일 뿐이라는 것을 깨달았다. 어린 시절의 그런 태도가 여전히 그녀를 에워싸고 있는 듯했다. 그녀의 진면목은 시골 소년처럼 옷을 벗는 모습 같은, 예기치 않은 단순한 행동에서 드러났다. 소파에 앉은 그녀의 한쪽 팔이 눈에 들어왔다. 짙게 드러난 긴 동맥이 팔오금에서 손목 쪽으로 곡선을 그리며 내려가는 모양을 볼 수 있었다. 도드라져 보이는 핏줄이 뛰지 않고 가만히 드러나 있었다.

지닌은 결혼한 적이 있었다. 그는 그녀의 과거에 놀랐다. 그녀의 몸에는 결혼의 흔적이 없었다. 심지어 결혼의 기억조차 없는 듯했다. 결혼에서 그녀가 배운 거라곤 혼자 살아가는 법뿐이었다. 화장실에는 상표 이름이 찍힌 비누들이 있는데, 한 번도 사용한 적이 없는 것들이었다. 새 수건들이 있고 파란 유리병에 담긴 꽃도 있었다. 침대는 반반하고 부드러웠다. 책과 과일이 있었다. 거울 모서리에는 고지서가 꽂혀 있었다.

"그 작가한테 정말로 물어본 건 뭐였어?" 그녀가 말했다.

"와인 좀 있어?" 나일이 말했다. 그녀가 와인을 가지러 간 동안 그는 큰 목소리로 계속 얘기했다. "그이는 날 두려워해. 내가 이룬 게 아무것도 없기 때문에 날 두려워해."

그는 위를 쳐다보았다. 회반죽이 천장에서 벗어지고 있었다.

"장 콕토가 뭐라 했는지 알아?" 그가 소리쳐 말했다. "실패보다 더 나쁜 명성이 있다고 했어. 나는 그이한테 정말 그 모든 걸 누릴 자격이 있다고 생각하는지 물었어."

"그래서 그 사람이 뭐라고 했어?"

"기억나지 않아. 이건 뭐지?" 그는 그녀가 가져온 바다색 병에 든 와인을 집어 들었다. 상표가 약간 얼룩져 있었다. "포이약Pauillac. 이건 생각나지 않는걸. 내가 산 와인인가?"

"아니."

"그래, 내가 산 게 아니라고 생각했어." 그는 냄새를 맡아보았다. "아주 좋아. 누가 당신한테 주었나 보군." 그가 말했다.

그녀가 그의 잔을 채웠다.

"영화 보러 가고 싶어?" 그가 물었다.

"별로 생각 없어."

그는 와인을 바라보았다.

"싫어?" 그가 말했다.

그녀는 말이 없었다. 잠시 후에 그녀가 말했다. "난 갈 수 없어."

그는 가까이에 있는 책장 속의 책의 제목들을 살펴보기 시작했다. 그가 읽어본 적이 없는 책들이 많았다.

"당신 엄마는 어떠셔?" 그가 물었다. "난 당신 엄마가 좋아." 그는 책 한 권을 꺼내서 펼쳤다. "엄마에게 편지는 쓰나?"

"가끔."

"있잖아, 바이킹 출판사에서 내게 관심을 가지고 있어." 그가 불쑥 말했다. "내 소설에 관심이 있대. 「사랑의 밤」을 확대해서 써보길 원하더라."

"난 항상 그 소설이 좋았어." 그녀가 말했다.

"이미 작업에 들어갔어. 그래서 요즘은 아주 일찍 일어나지. 그 사람들이 내게 사진을 찍어놓자고 하더군."

"바이킹의 누굴 만났는데?"

"이름을 잊어버렸어. 그 사람은, 음…… 검은 머리에 몸집은 나와 비슷했어. 이름을 외워두었어야 하는데. 아무튼 상관없잖아?"

그녀는 옷을 갈아입으려고 침실로 들어갔다. 그가 뒤따르기 시작했다.

"오지 마." 그녀가 말했다.

그는 다시 앉았다. 이따금씩 서랍을 열고 닫는 소리 같은 평범한 소리가 나다가 얼마 동안 아무 소리도 나지 않았다. 마치 짐을 꾸리고 있는 것만 같았다.

"어디 가려고?" 그가 마룻바닥을 내려다보며 큰 소리로 물었다.

그녀는 머리를 빗고 있었다. 날래고 리드미컬하게 머리를 빗는 소리가 들려왔다. 그녀는 그의 말을 알아차리지도 못한 채 거울을 들여다보고 있었다. 그는 탁자 위에 놓인 편지 같았다. 반쯤 읽은 고골의 소설 같고 와인 같은 존재였다. 그녀가 나왔을 때 그는 그녀를 쳐다보지 못했다. 그는 성마른 아이처럼 구부정하니 앉았다.

"지닌." 그가 말했다. "내가 당신을 실망시켰다는 걸 알아. 하지만 바이킹 건은 사실이야."

"알아."

"난 매우 바빠질 거야……. 지금 꼭 나가야 해?"

"이미 좀 늦었어."

"아냐, 그러지 않을 거야." 그가 말했다. "제발."

그녀는 대답하지 못했다.

"어쨌든 나도 집에 가서 일해야 해." 그가 말했다. "당신은 어디로 가?"

"난 11시까지 돌아올 거야." 그녀가 말했다. "전화해주겠어?"

그녀는 그의 머리를 만져주려 했다.

"와인은 또 있어." 그녀가 말했다. 그녀는 더 이상 그를 믿지 않았다. 그가 말하는 것들은 믿을 수 있지만 그를 믿지는 않았다. 믿음을 잃어버린 것이었다.

"지닌……."

"안녕, 나일." 그녀가 전화를 끊을 때 하던 식으로 말했다.

그녀는 90번가 쪽으로 가서 전에 본 적이 없는 아파트에서 저녁을 먹을 것이다. 팔은 맨살이 드러났고, 얼굴은 무척 젊어 보였다.

문이 닫히자 그는 공황 상태에 빠졌다. 갑자기 절망적인 심정이 되었다. 생각이 날아가서 새들처럼 흩어져버리는 것 같았다. 죽음 같은 시간이었다. 텔레비전에서는 기자들이 복잡한 질문에 답하고 있었다. 바깥 거리는 조용했다. 그는 그녀의 물건들을 살펴보기 시작했다. 먼저 찬장을 뒤지고, 이어 서랍을 뒤졌다. 그녀의 편지를 발견했다. 그는 자리에 앉아 편지를 읽었다. 남동생에게서 온 편지와 변호사에게서 온 편지, 모르는 사람들이 보낸 편지들이었다. 그는 모든 것을 꺼내기 시작했다. 셔츠, 속옷, 기다란 잡초 같은 스타킹……. 그녀의 구두를 발로 걷어찼다. 상자에 든 것들을 쏟아냈다. 목걸이를 망가뜨렸다. 목걸이 알들이 바닥으로 비처럼 쏟아졌다. 그악스러움과 살기가 그의 온몸에 퍼졌다. 그녀가 90번가의 어느 곳에서 이따금씩 한두 마디 말을 하며 앉아 있을 때 가까이에 있는 미심쩍은 남자들이 그녀를 훔쳐보려 했고, 그 시간에 나일은 그녀의 아파트에서 이 방 저 방 옮겨 다니며 깨갱거리는 개에게 채찍을 휘두르듯 그녀를 채찍질하고, 그녀를 벽으로 밀어붙이고, 그녀의 옷을 찢어발겼다. 그녀는 비틀거리고 울부짖었다. 그는 자신의 행위에서 공포감을 느꼈다. 그에겐 그 물건들에 대한 권리가 없었다. 어떻게 상처 받은 그의 감정이 모든 걸 정당화할 수 있단 말인가?

그는 땀으로 목욕을 했다. 숨이 찼다. 거기 있는 게 두려웠다. 그는 조용히 문을 닫았다. 복도에 오래된 신문들이 쌓여 있었다. 다른 아파트에서 희미한 소리가 새어 나오고, 가게에 심부름 간 아이들이 돌아오고 있었다.

거리로 나온 그는, 어두워지는 창에 반사되어 갑자기 보이게 된 것처럼, 사방에서 혼돈에 찬 자신을 마주했다. 그 혼돈의 형상이 그를 환영했다. 환호했다. 커다란 타이어를 단 버스들이 굉음을 내며 지나갔다. 빛이 스러지기 시작할 시간이었다. 나일은 죄의 고독을 느꼈다. 그는 약물중독자처럼 공중전화 부스 안에 들어가 쉬었다. 다리에 힘이 없었다. 아니, 그 이면에 다른 뭔가가 있었다. 잠깐 동안 그는 자신의 끝 모를 깊이를 보았다. 그는 이미지들로 빛났다. 자신이 지나가는 여자들의 눈길을 끌고 있는 것 같았다. 저들은 나를 알아봐, 그는 생각했다. 저들은 어둠 속에서 암말처럼 나의 냄새를 맡아. 그는 고질적인 튼 입술로 그들을 향해 미소 지었다. 그는 그들에겐 관심이 없었다. 그들로 하여금 신경 쓰게 만드는 힘에만 관심이 있었다. 그는 그들의 사랑을, 아둔한 사랑을 자신을 향해 구부리고 있었다. 그는 그 사랑 없이는 숨을 쉴 수 없었다.

늦은 시간에 집에 도착했다. 그는 문을 닫았다. 어두웠다. 불을 켰다. 자기가 이 집에 속해 있다는 느낌이 없었다. 그는 화장실 거울에 비친 자신을 바라보았다. 머리 위로 채광창이 있었다. 채광창의 유리가 캄캄했다. 그는 예전에 함께 살았던 여자의 조그만 누드 사진 아래 앉았다. 사진의 가장자리가 약간 말려 있었다. 그는 피아노를 치기 시작했다. G 건반이 움푹 꺼져 있었다. 피아노는 음이 잘 안 맞았다. 바흐의 음악에는 질서와 일관성뿐 아니라 코드 체계가 있고 모든 것을 지탱하는 반복이 있었다. 얼마 후 발밑에서 쿵쿵거리는 것을 느꼈다. 아래층에서 바보 같은 자식이 빗자루로 천장을 두드려댔던 것이다. 그는 계속 피아노를 연주했다. 천장을 두드리는 소리가 더 커졌다. 만약 그에게 차가 있다면……. 갑자기 그 생각이 그를 사로잡았다. 마치 그가 생각해내려고 애쓰고 있던 것 가운데 하나가 자동차였던 것만 같았다. 차가 있으면 이 도시를 벗어나 마구 달려서 새벽이면 길게 이어진 시골길 위에 있게 될 것이다. 버몬트에. 아니, 더 멀리 가서 해안에 아직 사람이 없는 뉴펀들랜드에. 그거야, 자동차. 그의 눈에 차가 또렷이 보였다. 차가 부드러운 새벽 미명 속에 서 있는 모습이 보였다. 먼 길을 달린 차는 먼지를 뒤집어썼고, 여행을 시작할 무렵에 겪은 어떤 심각한 충돌 사고 탓에 차체가 약간 우그러져 있었다.

모든 게 우연인 것일까, 아니면 우연이란 없는 것일까. 그날 저녁 지닌은 옛 연인에게 자기 집을 주었던 장 주네처럼 끊임없이 넉넉히 베푸는 행위를 실천하고 싶은 마음이 간절하다고 말하는 남자를 만났다.

"장 주네가 그랬어요?" 그녀가 물었다.

"그랬다고 하네요."

P였다. 방에는 사람이 가득했다. P는 마치 전에 만난 적이 있는 것처럼 아주 자연스럽게 그녀에게 얘기를 하고 있었다. 그녀는 그에게 무슨 말을 해야 할지 생각하지 않았다. 말을 할 필요가 없었다. 그는 아주 가까이 있었다. 이마의 작은 주름살도 보였다. 아직 깊이 패지는 않은 주름살이었다.

"관대한 행위는 마음을 정화하지요." 그가 말했다. 나중에 그는 말은 우연히 나오는 게 아니라고, 단어의 선택과 배열은 또 다른 목소리가 말을 하는 것과 같다고 얘기했다. 모든 것을 드러내는 목소리와 같다고 했다. 어휘는 지문과 같다고, 필체와 같다고, 보이지 않는 영혼을 드러내고 표현하는 몸과 같다고 그는 말했다.

그의 얼굴은 가무잡잡했고 이목구비는 웅숭깊었다. 그는 다른 신비한 종족의 일원이었다. 그녀는 큼지막한 입에 맑고 굼뜨고 호기심에 찬 회색 눈을 한 자신의 얼굴은 얼마나 다른지 깨달았다. 그녀는 또 자기가 입고 있는 옷, 의자의 깊이, 이 방의 넓이가 지금 저녁의 대기 속에 떠 있고, 이 모든 게 위대한 인생의 흐름 속으로 들어가는 과정의 일부임을 깨달았다. 그녀의 심장은 느리지만 세게 뛰었다. 지금처럼 자신에 대한 확신을 느껴 본 적이 없었다. 이 모든 것이 너무 쉽게 열려서 어리둥절할 지경이었다.

"나는 의심이 많고 욕심이 많아요." 그가 말했다. 그가 고백하기 시작했다. "난 그걸 인정해요." 나중에 그는 그녀에게, 자기는 평생에 걸쳐 한 시간 동안만 자유로웠고 그 시간은 늘 그녀와 함께 있다고 말했다.

그녀는 아무것도 묻지 않았다. 그를 알아보았다. 그녀의 아파트는 불이 환히 켜져 있었다. 쓰디쓴 도시의 대기는 바람 한 점 없이 고요했다. 그녀는 그 공기를 호흡하지 않았다. 다른 공기를 호흡하고 있었다. 그녀는 아직까지 한 번도 웃지 않았다. 나중에 그는 자신의 마음을 사로잡은 것 가운데 이것이 가장 강력했다고 그녀에게 말했다. 가슴을 말하는 것이었다. 그녀의 가슴은 〈내셔널 지오그래픽〉에 나오는 흑인 부족 소녀의 가슴 같다고 그는 말했다.

괴테아눔의 파괴

아니, 그렇지 않아요. 그 사람은
행복하지 않아요. 행복할 수 있는
사람이 아니에요. 황홀해해요.
나딘은 황홀해하는 사람이에요.
그 사람은 매일 내게 그렇게 말하지요.

그는 정원에 혼자 서 있다가 작가 윌리엄 헤지스의 친구인 젊은 여자를 발견했다. 윌리엄 헤지스는 알려지지 않은 작가였다. 하지만 카프카도 무명작가로 살았고 멘델조차도 그랬다고 그녀는 말했다. 멘델은 아마 멘델레예프를 말하는 것 같았다. 그녀와 윌리엄 헤지스는 라인강 건너편의 조그만 호텔에서 지냈다. 그 호텔은 아무도 찾지 못할 거라고 그녀는 말했다.

그곳의 강은 유속이 빠르고 수면은 활기차게 움직였다. 그 강에서는 부서진 목재와 나뭇가지 같은 것들이 휩쓸려 떠내려갔다. 그런 것들이 빙글빙글 돌며 물속에 가라앉았다가 다시 떠오르곤 했다. 때때로 가구 쪼가리나 사다리, 창틀도 떠내려갔다. 한번은 빗속에서 의자가 떠내려가기도 했다.

그들은 같은 방에서 살고 있었다. 그러나 그것은 온전히 플라토닉한 것이었다. 그녀의 손가락에는 반지나 보석 같은 게 없다는 것을 그는 알아차렸다. 손목에도 아무것도 차지 않았다.

"그이는 혼자 있는 걸 싫어해요." 그녀가 말했다. "그이는 작품과 씨름하고 있어요." 장편소설이었다. 부분적으로는 비범한 데가 많았지만 아직 끝나려면 멀었다. 그중 일부가 로마에서 발표되었다. "「괴테아눔The Goetheanum」이라는 제목으로요." 그녀가 말했다. "그게 뭔지 알아요?"

그는 그 이상한 단어를 기억하려 애썼으나 이미 그 단어는 마음속에서 녹아 사라지고 있었다. 집 안의 전등이 불을 밝히기 시작하는 푸른 저녁이었다.

"그건 그이 인생에서 하나의 위대한 행위를 뜻하는 거랍니다."

그녀가 말한 호텔은 작은 호텔로, 방도 작았다. 호텔 이름이 정면에 노란색으로 쓰여 있었다. 그곳에는 그 같은 건물이 많았다. 성당의 시원한 옆면에서도 여러 건물에 둘러싸인 그 호텔이 보였다. 호텔은 약간 하류 쪽 낮은 지대에 위치해 있었다. 골동품 상점의 창에서도, 골목에서도 보였다.

이틀 후에 그는 멀리서 그녀를 보았다. 틀림없는 그녀였다. 그녀의 걸음걸이에는 일종의 무심한 우아함이 배어 있었다. 은퇴한 무용수 같은 걸음걸이였다. 사람들은 그녀에게 무관심했다.

"아, 안녕하세요." 그녀가 그에게 인사했다.

그녀의 목소리는 흐릿했다. 그는 그녀가 자기를 알아보지 못한 게 틀림없다고 생각했다. 무슨 말을 해야 할지 몰랐다.

"마침 당신이 저에게 얘기해준 것들을 생각하고 있었는데요……" 하고 그가 말했다.

그녀는 밀치고 나아가는 사람들 사이에 서 있었다. 팔에는 짐이 잔뜩 들려 있었다. 거리는 더웠다. 그녀는 그가 누구인지 생각해내지 못한 게 분명했다. 그녀는 간단한 일을 보고 있었다. 세상과 거리를 두고 살아가는 성자 같은 그들 두 커플에게 필요한 일이었다.

"죄송해요." 그녀가 말했다. "제가 지금 제정신이 아닌 것 같아요."

"자렌네 집에서 만났어요." 그가 알려주었다.

"맞아요, 알아요."

침묵이 뒤따랐다. 그는 그녀에게 뭔가 간단한 말을 하고 싶었으나 그녀가 그걸 막고 있었다.

그녀는 미술관에 다녀왔다. 헤지스는 일을 할 때면 혼자 있어야 했다. 그녀는 때때로 그가 바닥에서 자는 것을 보기도 했다.

"그이는 엉뚱해요." 그녀가 말했다. "그이는 요즘 전쟁이 일어날 거라고 확신해요. 모든 게 다 파괴될 거랍니다."

그녀는 자신의 말에도 별 관심이 없는 듯했다. 사람들이 그녀를 옆으로 밀치며 지나갔다.

"잠시 함께 걸을 수 있을까요?" 그가 물었다. "다리 쪽으로 가실 건가요?"

그녀는 양쪽을 번갈아 쳐다보았다.

"예." 그녀가 마음을 정했다.

그들은 좁은 길을 걸었다. 그녀는 아무 말도 하지 않았다. 때때로 상점 진열창을 흘끔거릴 뿐이었다. 입꼬리는 아래로 처진 모양이었다. 조그만 시골에서 올라온 하녀의 입 같았다.

"그림에 관심 있어요?" 그녀가 말했다.

"예."

미술관에는 홀바인과 호들러Ferdinand Hodler, 엘 그레코, 막스 에른스트의 작품이 있었다. 정적이 감도는 긴 전람회장. 그 안에서 사람들은 위대하다는 의미가 무엇인지 이해했다.

"내일 가실래요?" 그녀가 말했다. "아, 내일은 우리가 어딜 가봐야 하네요. 모레는 어때요?"

그날 그는 일찍 일어났다. 벌써부터 긴장이 되었다. 방은 텅 빈 듯했다. 하늘은 햇빛으로 누렇게 물들었다. 돌 제방 사이의 강의 표면은 눈부시게 빛났다. 물은 불처럼 하얗게 부서지며 세차게 흘렀다. 그 중심은 눈으로 볼 수도 없을 정도였다.

9시가 되자 하늘빛이 시들해졌고 강은 은빛으로 부서졌다. 10시가 되자 강은 비누 색깔 같은 갈색이 되었다. 바지선과 구식 증기선들이 상류 쪽으로 천천히 나아가거나 하류 쪽으로 빠르게 움직였다. 다리의 기둥들에 부딪쳐 생긴 조그만 포말이 끊임없이 이어졌다.

강은 도시의 영혼이다. 물과 공기만이 정화할 수 있다. 바젤에서는 라인강이 잘 축조된 돌 제방 사이에 놓여 있다. 나무들은 잘 손질되었고, 오래된 집들이 그 나무들 뒤에 숨어 있다.

그는 사방으로 그녀를 찾아다녔다. 라인 다리를 건너고 시장으로 가서 사람들 사이를 헤치고 지나다니며 얼굴들을 살펴보았다. 시장의 좌판도 빼놓지 않았다. 여자들이 꽃을 샀다. 그들은 전차를 타고 자리에 앉아 그 꽃들을 무릎 위에 내려놓았다. 보스 식당에서는 살찐 남자들이 식사를 하고 있었다. 그들의 조그만 귀는 머리 쪽에 바짝 붙어 있었다.

어디에도 그녀는 없었다. 그는 성당에도 들어가보았다. 안에서 기다리는 그녀를 볼 수 있지 않을까 하는 기대감이 잠시 들었다. 성당 안에는 아무도 없었다. 도시가 돌로 변하고 있었다. 햇살이 비치던 순수한 시간은 지나갔다. 이제는 발바닥을 따갑게 달구는 거칠고 사나운 오후 시간만이 남아 있었다. 시계가 3시를 쳤다. 그는 포기하고 호텔로 돌아갔다. 그의 우편함에서 하얀 종이의 모서리가 눈에 띄었다. 4시에 만나겠다는 그녀의 메모 쪽지였다.

그는 흥분된 마음으로 자리에 누워 생각에 잠겼다. 그녀는 잊지 않았다. 그는 그 쪽지를 다시 읽었다. 자기들은 정말 비밀스럽게 만나는 걸까? 그게 무슨 의미를 띠는지 확실히 알지 못했다. 헤지스는 마흔 살이었고, 거의 친구가 없었다. 헤지스의 아내는 코네티컷 주의 어느 한 지역에서 살았다. 그는 아내를 떠났다. 과거를 버린 것이었다. 그는 위대한 사람은 아닐지언정 재앙과 다를 바 없는 위대함의 길을 따르고 있었다. 그리고 그에게는 한 여자를 그의 삶에 헌신하게 만드는 힘이 있었다. 그녀는 항상 그와 함께 있었다. 나는 절대 그이의 시야에서 벗어나지 않아요, 그녀가 푸념하듯 말했다. 나딘. 그녀가 자신의 것으로 선택한 이름이었다.

그녀는 늦었다. 결국 그들은 5시에야 차를 마시러 갔다. 헤지스는 영어 신문들을 읽느라 바빴다. 두 사람은 강이 바라보이는 탁자에 앉았다. 손에는 메뉴가 들려 있었는데, 메뉴는 비행기 표처럼 길고 날씬했다. 그녀는 매우 차분해 보였다. 그는 계속 그녀를 쳐다보고 싶었다. **훔머살라트**Hummersalat. 가재 샐러드.

그가 그럭저럭 읽었다. 그리고 **우둔살 스테이크**. 그녀는 몹시 배가 고프다고 말했다. 그녀는 미술관에 다녀왔고, 그림들이 그녀를 허기지게 만들었다.

"당신, 어디에 있었어요?" 그녀가 말했다.

갑자기 그는 그녀가 자기를 생각하고 있었다는 것을 깨달았다. 갤러리를 한가로이 거니는 젊은 커플들이 눈에 띄었다. 그들의 다리로 햇빛이 쏟아졌다. 그녀도 그 젊은이들 사이를 걸어 다녔었다. 그녀는 그들이 뭘 하고 있는지 잘 알았다. 그들은 사랑을 준비하고 있는 것이었다. 그가 눈을 내리깔았다.

"너무 배고파요." 그녀가 말했다.

그녀는 아스파라거스를 먹었다. 그런 다음 굴라시 수프를 먹었다. 그러고 나서 케이크를 먹었는데 끝까지 다 먹지는 않았다. 그녀와 헤지스는 돈이 없는 게 아닐까, 이것이 그녀가 오늘 처음으로 먹는 음식이 아닐까 하는 생각이 그의 머리를 스쳤다.

"그렇지 않아요." 그녀가 말했다. "윌리엄에겐 돈이 굉장히 많은 사람과 결혼한 여동생이 있어요. 그이는 여동생에게서 돈을 구할 수 있어요."

억양이 거의 없는 것 같은 말씨였다. 영어이긴 한 걸까?

"저는 제노아에서 태어났어요." 그녀가 말했다.

그녀는 폴 발레리의 시구를 몇 줄 인용했다. 나중에 그는 그 인용구가 부정확했다는 것을 알았다. **오후는 바람에 찢기고, 거친 바다는**……. 그녀는 발레리를 숭배했다. 발레리는 반유대주의자라고 그녀가 말했다.

그녀는 도르나흐Dornach로 여행을 갔던 이야기를 해주었다. 전차로 40분을 간 다음, 역에서 오랫동안 걸어야 했다. 그녀와 헤지스는 역에 서서 어느 방향으로 가야 하는지를 두고 논쟁을 벌였다. 헤지스는 방향감각이 없었다. 그 점이 그녀를 늘 짜증나게 했다. 그 길은 오르막길이었고 헤지스는 곧 숨이 찼다.

도르나흐는 루돌프 슈타이너가 자신의 활동 영역의 중심지로 선택한 곳이었다. 슈타이너는 바젤에서 멀지 않은 조용한 교외 지역 너머의 그곳에 괴테의 이름을 딴 거대한 중심 건물을 짓고 커뮤니티를 형성하는 것을 꿈꾸었다. 괴테의 이름을 딴 이유는 괴테의 사상이 이 일에 영감을 주었기 때문이다. 그리하여 마침내 1913년에 그 건물의 초석이 놓였다. 건물의 디자인은 슈타이너 자신이 했다. 디자인뿐 아니라 모든 세부 사항, 공법, 그림, 창유리에 새긴 특별한 작품 등도 그 자신의 산물이었다. 그는 건물의 형태를 창안했을 뿐 아니라 건축도 창안해낸 것이었다.

건물은 목재로만 지어져야 했다. 서로 교차하는 두 개의 거대한 돔과 곡면 설계는 그 자체가 하나의 수학적 사건이었다. 슈타이너는 오직 곡선만을 신뢰했다. 어디에도 직각은 없었다. 헬멧처럼 생긴 부차적인 조그만 돔들에는 창문과 문 들이 있었다. 모두 목재였다. 지붕을 덮은 반짝이는 노르웨이산 슬레이트를 제외하고는 모든 재료가 목재였다. 초기 사진들에는 건물이 어떤 거대한 기념비 같은 비계에 둘러싸여 있고, 전경에는 사과나무 숲이 있는 모습이 보였다. 공사는 전 세계에서 온 사람들에 의해 진행되었다. 그중 많은 이들이 직업과 직장을 포기하고 온 사람들이었다. 1914년 봄에 지붕의 들보가 설치되었고, 공사가 여전히 진척되던 중에 전쟁이 발발했다. 그들은 실제로 가까운 프랑스 지역에서 나는 요란한 대포 소리를 들을 수 있었다.

여름의 가장 무더운 달이었다.

그녀는 그에게 음울해 보이는 거대한 건축물의 사진을 한 장 보여주었다.

"괴테아눔이에요." 그녀가 말했다.

그는 침묵했다. 사진의 어둠과 돔의 기운이 그의 마음속으로 스며들기 시작했다. 그는 최면술사의 거울에 복종하듯 그 기운에 복종했다. 자신이 현실에서 미끄러져 떨어지는 것을 느낄 수 있었다. 그는 저항하지 않았다. 엽서를 들고 있는 그녀의 손가락에 키스하고 싶었다. 야윈 팔에, 레몬 향 같은 냄새가 나는 피부에 키스하고 싶은 마음이 간절했다. 그는 자신이 떨고 있는 것을 느꼈고, 그 모습을 그녀가 보고 있다는 것을 알았다. 그들은 그렇게 앉아 있었다. 그녀의 시선은 차분했다. 그는 자기 앞에 펼쳐진 회색빛 바그너 풍의 풍경 속으로 들어가고 있었다. 성냥갑처럼 언제든 그녀가 닫아버리고 다시 가방에 넣어버릴 수 있는 건물 풍경이었다. 건물의 창문은 중유럽 어딘가에 있는 오래된 호텔의 창문을 닮았다. 프라하에 있는. 그 형태가 그에게 그렇게 노래 불렀다. 그것은 요새였다. 터미널이었다. 영혼을 들여다볼 수 있는 관측소였다.

"루돌프 슈타이너는 어떤 사람이에요?" 그가 물었다.

그녀의 설명이 거의 귀에 들어오지 않았다. 그는 황홀경에 빠져들기 시작했다. 슈타이너는 위대한 스승이고, 깊은 통찰력이 예술에서 드러날 수 있다고 믿은 석학이라고 했다. 슈타이너는 문화 운동을 믿었으며 신비극성경에 나오는 사건이나 기독교 성인들의 삶을 다룬 연극, 리듬, 창작, 별을 믿었다고 했다. 물론 그랬을 것이다. 그녀는 어떤 식으론가 그런 것들에 영향을 받아 시나리오를 배웠다. 그녀는 헤지스의 삶에 환상을 품게 되었다.

그녀를 주목한 사람은 한때 제임스 조이스 연구자였던, 머리를 헝클어뜨린 모습으로 슬며시 문학 모임에 나타나곤 하던 헤지스였다. 처음에 그는 그녀와 거리를 두었다. 그들이 만났던 날 저녁에는 그녀에게 거의 말을 하지 않았다. 당시 그녀는 뉴욕에서 지낸 지 얼마 되지 않았었다. 그녀는 12번가, 가구가 없는 방에서 살고 있었다. 다음 날 전화벨이 울렸다. 헤지스였다. 점심을 함께 하고 싶다고 말했다. 첫눈에 그녀가 누구인지 정확히 알아보았다고 했다. 그는 공중전화 부스에서 전화를 걸고 있었다. 차들이 요란하게 지나가는 소리가 들렸다.

"하루트Haroot에서 만날 수 있을까요?" 그가 말했다.

머리는 빗질을 하지 않았고 손가락은 불안정해 보였다. 그는 벽 쪽 자리에 앉아 있었는데, 너무 긴장한 탓인지 어디에도 눈길을 주지 못하고 자신의 손만 내려다보았다. 그녀는 그의 동반자가 되었다.

두 사람은 함께 도시를 배회하며 오랜 나날을 같이 보냈다. 그는 파란 잉크색 셔츠를 입었다. 그녀에게 옷을 사주었다. 그는 무척이나 인심이 후했다. 돈은 전혀 신경 쓰지 않는 것 같았다. 돈을 주머니 속에 휴지처럼 구겨넣고 다녔다. 그가 물건 값을 지불할 때면 돈이 바닥에 떨어지곤 했다. 그는 자기 아내랑 식사를 하고 있는 식당으로 그녀를 불러 바에 앉아 있게 했다. 식사를 하면서 그녀를 보려는 것이었다.

그는 천천히 그녀에게 다른 세계를 소개하기 시작했다. 그 세계는 겉으로 노출되는 것을 경멸하는 세계, 그녀가 알고 있는 세계보다 더 부유한 세계였다. 주술적이고 초자연적인 책들, 철학, 나아가 음악을 그녀에게 소개한 것이었다. 그녀는 자신이 그런 것에 재능이 있다는 사실을 깨달았다. 타고난 자질이 있다는 것을 깨달았다. 자신에 대한 일종의 통제력을 얻었다. 둘 사이에 깊은 애정과 평온의 시기가 있었다. 두 사람은 친구의 집에 앉아 스크랴빈의 음악을 들었다. 러시아식 찻집에서 차와 음식을 먹었다. 웨이터들이 그의 이름을 알았다. 헤지스는 대단한 정성과 노력으로 그녀의 삶을 녹였다. 동시에 그 역시 새로운 삶을 찾았다. 그는 마침내 죄를 지었다. 그해 연말에 그녀와 함께 유럽으로 가버린 것이었다.

"그이는 명석해요." 그녀가 얘기했다. "그걸 즉시 느낄 수 있어요. 그이는 온갖 것들을 다룰 수 있는 머리가 있답니다."

"그분과 함께 지낸 지 얼마나 됐나요?"

"아주 오래되었어요."

그들은 하루가 끝나가는 저물녘에 그녀의 호텔을 향해 걸음을 옮겼다. 강가의 나무들은 돌처럼 거뭇했다. 극장에서는 〈보체크Wozzeck〉가 상연되고 있었고, 뒤이어 〈마술 피리The Magic Flute〉가 상연될 예정이었다. 판화 상점에는 도시의 지도와 나폴레옹 시대의 것으로 보이는 유명한 다리 그림들이 있었다. 은행에는 새로 주조한 동전들이 가득했다. 그녀는 이상하게 말이 없었다. 그들은 한 차례 물고기 수조가 있는 식당 앞에서 걸음을 멈췄다. 커다란 반점이 있는, 신발보다 큰 송어들이 녹색 물속에서 뻐끔뻐끔 입을 놀리며 한가로이 헤엄을 치고 있었다. 그녀의 얼굴이 기차 차창에 비친 여자의 얼굴처럼 수조의 유리에 비쳤다. 무심하고 외로워 보이는 얼굴이었다. 그녀의 아름다움은 그 누구를 향하지 않는 아름다움이었다. 그녀는 그를 보지 않는 것 같았다. 깊이 생각에 잠긴 표정이었다. 그러다가 차갑게, 말없이, 그녀의 눈이 그의 눈을 바라보았다. 그녀의 눈은 흔들리지 않았다. 그 순간 그는 그녀가 더없이 소중한 사람이라는 것을 깨달았다.

그들은 적잖이 곤란을 겪었다. 이성은 인간의 문제를 감당하기엔 역부족이라고 헤지스가 말했다. 아내는 그의 은행 계좌를 손안에 쥐고 있었다. 많은 돈은 아니었지만 아무튼 아내는 족제비 같은 코를 가지고 있었다. 아내는 그에게로 왔어야 할 다른 수입도 찾아냈다. 그뿐 아니라 그는 자식들에게 보내는 그의 편지가 전달되지 않는다고 확신했다. 그래서 그는 편지를 학교로 보내야 했으며, 그것도 친구를 통해서 아이들에게 전달되게 해야 했다.

그러나 문제는 언제나 무엇보다도 돈이었다. 돈이 그들을 짓뭉갰다. 그는 이런저런 글들을 썼으나 팔기 쉽지 않았다. 시사적인 글쓰기에는 재주가 없었던 것이다. 자코메티에 관한 글을 쓴 적도 있었다. 잊히지 않을 인용구를 많이 넣은 글이었는데, 인용구는 전적으로 지어낸 것들이었다. 그는 온갖 노력을 기울였다. 한편 도처에서 젊은이들은 영화 스크립트를 쓰거나 물건들을 팔아서 큰돈을 버는 것 같았다.

헤지스는 외로웠다. 그의 나이 또래의 사람들은 명성을 얻었다. 모든 것이 그를 스쳐 지나가버렸다. 어쨌든 그는 자주 그걸 느꼈다. 그는 세르반테스, 스탕달, 이탈로 스베보의 삶을 알고 있었지만 그중 어떤 이의 삶도 자신의 삶만큼 별나지는 않았다. 그와 나딘이 어디를 가든 거기에는 챙겨야 할 그의 공책과 종이들이 있었다. 빈 종이보다 더 무거운 것은 없었다.

프랑스의 그라스Grasse에 있을 때는 이 때문에 고생을 했다. 예전에 치료했던 이의 뿌리 부분에 이상이 생긴 것이었다. 비참한 기분이었다. 그들은 가지고 있던 거의 모든 돈을 프랑스 치과 의사에게 지불해야 했다. 베니스에서는 고양이에게 물렸다. 심각한 감염증에 걸려 그의 팔이 두 배로 부풀었다. 피부가 터질 것처럼 보였다. 웨이트리스가 고양이들은 뱀처럼 입안에 독이 있다는 말을 해주었다. 자기 아들도 똑같은 일을 겪었다고 했다. 고양이에게 물린 상처는 깊기 마련이어서 독이 핏속으로 들어간다고 했다. 헤지스는 고통스러웠다. 잠을 이룰 수 없었다. 의사가 그들에게 50년 전이라면 상태가 훨씬 더 나빠졌을 거라고 말했다. 의사는 그의 어깨 근처 한 부분을 만졌다. 헤지스는 마음이 너무 여려서 그게 무슨 뜻인지 묻지 못했다. 한 여자가 하루에 두 번 낡은 양철 상자에 주사기를 담아 와서 피부밑주사를 놓았다. 그는 점점 더 열이 났다. 더 이상 글을 읽을 수 없었다. 그는 마지막 문장들을 받아쓰게 하고 싶었다. 나딘이 받아썼다. 그는 자신의 심장 위에 나딘의 사진을 올려놓은 채 묻히게 해달라고 우겼으며, 그녀에게 여권에서 사진을 떼어내서 그렇게 해줄 것을 약속하게 했다.

"그럼 나는 집에 어떻게 가요?" 그녀는 그때 그렇게 물었다.

그들 아래로 커다란 강이 햇살을 받으며 거의 아무런 소리도 내지 않고 흘렀다. 예술가의 삶은 결국에는 아름다워 보인다. 돈에 관한 지독한 언쟁조차, 아무것도 할 일이 없는 밤들조차 그렇다. 게다가 그런 생활 속에서도 헤지스는 결코 무기력하지 않았다. 그는 하나의 삶을 살면서 열 가지 다른 삶을 상상했고,

언제나 그중 하나의 삶에서 도피처를 찾을 수 있었다.

"하지만 난 이제 그런 것에 지쳤어요." 그녀가 고백했다. "그이는 이기적이에요. 어린애 같아요."

그녀는 고통을 겪은 여자처럼 보이지 않았다. 옷은 비단으로 지은 것이었고, 그녀의 이는 하얬다. 저 멀리 좁은 길에서는 연인들이 점심을 먹고 있었다. 여자들은 신발을 벗고 맨발로 경사진 제방을 내려갔다. 그들은 빵 조각을 물에 던지고 있었다.

개인의 발달이 정점에 이르렀으며, 그 점이 우리 시대의 본질이라고 헤지스는 믿었다. 새로운 방향을 찾아야 한다고 믿었다. 그러나 집산주의는 신뢰하지 않았다. 그것은 분별없는 길이라고 여겼다. 새로운 방향은 어떤 길이 될지, 그는 아직 확신이 서지 않았다. 그의 글이 그것을 드러낼 것이지만 그는 시각을 다투어 일하고 있었고 세상의 정세는 빠르게 변화하고 있었다. 그는 트로츠키처럼 추방되었다. 불행히도 트로츠키와는 달리 그를 죽이려는 사람은 없었다. 하지만 상관없어, 내 이가 결국 날 죽이게 될 테니, 그는 그렇게 말했다.

나딘은 강물을 응시하고 있었다.

"저곳엔 뱀장어밖에 없어요." 그녀가 말했다.

그는 그녀의 시선을 좇아갔다. 수면 아래는 보이지 않았다. 그는 어쩌다가 우아한 모습을 드러낸 검은 그림자 같은 것을 하나라도 찾으려고 애썼다.

"뱀장어는 짝짓기 때가 되면 바다로 가죠." 그녀가 말했다.

그녀는 강물을 바라보았다. 때가 되면 뱀장어들은 어떤 식으론가 소리를 듣고 이슬처럼 반짝이며 새벽 풀밭을 가로질러 스르르 나아갔다. 그녀의 나이 열네 살 때 엄마는 그녀가 가장 좋아했던 인형을 강으로 가져가서 물속에 던져버렸다고 했다. 어린 소녀 시절은 그것으로 끝났다고 그녀가 말했다.

"나는 무엇을 물속에 던질까요?" 그가 물었다.

그녀는 듣지 않은 것 같았다. 그러더니 그를 쳐다보았다.

"진심으로 하는 말이에요?" 이윽고 그녀가 말했다.

그녀는 저녁을 함께 먹고 싶어 했다. 헤지스가 뭔가를 눈치채지 않을까? 그는 그런 생각은 하지 않으려 했다. 아니면 불안에 몸을 맡기는 것도 감수하고자 했다. 수많은 문학작품에 이런 순간에 대한 장면들이 있었다. 그럼에도 그는 그게 어떤 것일지 상상할 수 없었다. 위대한 작가라면 '알아, 나는 그녀와 계속 함께할 수 없어'라고 말하겠지만, 과연 그가 그녀를 포기하려 할까? 이가 충치로 가득하고, 오랜 세월 동안 쓰지 않은 작품들 위에 누워 있던 헤지스가 과연 포기할까?

"저는 그이한테 많은 신세를 졌어요." 그녀는 그렇게 말했었다.

아무튼 오후 시간을 차분히 보내기 어려웠다. 5시가 되자 긴장이 되어 방 안에서 솔리테르solitaire. 혼자서 하는 카드놀이를 했다. 이어 신문 기사를 다시 읽었다. 얘기하는 법을 잊어버린 것만 같았다. 그는 자신이 짓고 있는 얼굴 표정을 의식하고 있었는데, 어떤 표정도 자연스러워 보이지 않았다. 그였던 사람은 사라져버렸고, 다른 사람을 만들어내는 것은 불가능했다. 모든 게 불가능했다. 저녁 식사를 상상해보았다. 아마 일을 그르치고 창피당하는 자리가 될 것이다.

7시가 되자 금방이라도 전화벨이 울릴 것만 같아서 엘리베이터를 타고 아래로 내려갔다. 거울에 비친 자신의 모습을 흘끗 보고 나니 안심이 되었다. 보통 때와 다름없어 보였다. 차분해 보였다. 그는 머리를 매만졌다. 심장이 뛰고 있었다. 다시 거울을 들여다보았다. 문이 스르르 열렸다. 호텔 직원이 눈에 띌 거라고 예상하며 엘리베이터를 나왔다. 아무도 없었다. 그는 취리히 신문을 펼쳤다. 그러는 동안에도 눈은 계속 문을 지켜보았다. 이윽고 어정쩡한 자세로 의자에 앉았다. 어색했다. 자리를 옮겼다. 7시 10분이었다. 20분 뒤, 낡은 시트로앵 자동차가 후진을 하다가 곧장 길거리에 세워진 메르세데스의 라디에이터 안전망을 들이받았다. 유리가 박살나는 소리가 요란하게 들렸다. 수위와 접수 담당자가 뛰어나갔다. 부서진 조각들이 사방에 널려 있었다. 시트로앵 운전자가 차 문을 열었다.

"젠장." 그가 중얼거리며 주위를 둘러보았다.

윌리엄 헤지스였다. 혼자였다.

거기 있는 사람들 모두 즉시 얘기하기 시작했다. 전조등이 깨져 눈이 멀어 보이는 메르세데스의 주인은 다행히 거기 없었다. 경찰관 한 명이 그쪽으로 걸어오고 있었다.

"어, 그리 심각한 건 아니에요." 헤지스가 말했다. 그는 자신의 차를 살펴보았다. 미등이 박살 났다. 트렁크에 움푹 찌그러진 부분이 있었다.

많은 얘기가 오간 뒤에 마침내 그는 호텔 안으로 들어올 수 있었다. 그는 잉크색 셔츠에 줄무늬 면 재킷을 입었다. 하얀 얼굴이 땀에 젖어 있었다. 인기 없는 남학생 같은 얼굴이었다. 이마는 넓었고 머리숱은 적었다. 부드러운 턱수염은 약간 회색빛을 띠었다. 아마존 밀림에서 양말을 빨아 신는 탐험가의 수염 같았다.

"나딘은 조금 늦게 올 거요." 그가 말했다.

잔을 향해 손을 뻗을 때 그의 손은 떨리고 있었다.

"브레이크를 밟은 발이 미끄러졌소." 그가 설명했다. 그는 재빨리 담배에 불을 붙였다. "보험 처리가 되겠죠? 안 될 수도 있고……."

그는 말을 다 끝낸 것처럼 보였다. 이후로도 그는 말을 하다가 수시로 멈추곤 했는데, 그러는 동안에는 자신의 무릎을 내려다보았다. 이윽고 그가 아주 고생스럽게 생각해낸 것을 말하듯이 괴로운 표정으로 물었다. "바젤을…… 어떻게 생각하나요?"

수석 웨이터가 그들의 자리를 탁자의 양 끝에 마련해준 까닭에 둘 사이에는 빈 의자가 놓여 있었다. 의자의 존재가 헤지스를 짓누르는 듯싶었다. 그는 한 잔 더 주문했다. 이어 몸을 돌리다가 잔을 넘어뜨렸다. 왠지 그 일이 그의 마음을 진정시켜준 듯했다. 웨이터가 냅킨으로 젖은 테이블보를 토닥토닥 눌렀다. 헤지스가 웨이터 너머로 말했다.

"나딘이 당신에게 무슨 말을 했는지 정확히 알진 못해요." 그가 부드럽게 말했다. 그러고 오랫동안 말을 멈췄다가 이었다. "그 사람은 종종…… 터무니없는 거짓말을 해요."

"그래요?"

"그 사람은 펜실베이니아의 작은 소읍 출신이랍니다." 헤지스가 나직이 말했다. "줄스버그에서 나고 자랐지요. 그 사람은 한 번도…… 그 사람은 그냥…… 우리가 만났을 땐 평범한 여자일 뿐이었어요."

그와 나딘은 어떤 협회를 방문하려고 바젤에 왔다고 그가 설명했다. 이곳은…… 재미있는 도시예요. 역사에는 획기적인 전환점을 이룬 어떤 장소가 있게 마련이고, 도르나흐의 마을이 그 좋은 증거인데, 이 마을은 대단히……. 그의 문장은 끝나는 법이 없었다. 루돌프 슈타이너는 괴테의 학생이었는데…….

"예, 저도 압니다."

"물론 알겠죠. 나딘이 얘기해줬을 테니까. 그렇죠?"

"그건 아니에요."

"알겠소."

마침내 그는 다시 괴테에 관해 얘기하기 시작했다. 괴테는 지성의 범위가 참으로 엄청난 사람이어서 그 이전 시대의 인물인 레오나르도 다빈치처럼 그 시대의 모든 인간 지식을 아우를 수 있었다고 그가 말했다. 그것은 본질적으로 전반적인…… 일관성을 내포한다고 했다. 괴테 이후로 어떤 사람도 그렇게 하지 못했다는 사실은 더 이상 일관성이 존재하지 않는다는 걸 의미한다고 쉽게 이해할 수 있다. 일관성이 사라져버렸다……. 세상에 알려진 방대한 지식의 바다가 덧없이 해안으로 범람했다.

"우린 인간의 운명에서 근본적으로 이탈하기 직전에 있어요." 헤지스가 말했다. "그걸 폭로하는 사람들은……."

고뇌를 담아 느릿느릿 얘기하는 말들은 한없이 늘어질 것 같았다. 그 말들은 일종의 책략이고 가식적인 것이었다. 그의 말을 끝까지 들어주기가 쉽지 않았다.

"…… 갈릴레오처럼 산산이 부서질 겁니다."

"정말 그렇게 생각하세요?"

다시 긴 침묵.

"그럼요."

그들은 한 잔씩 더 마셨다.

"우린 좀 이상한 것 같아요. 나딘과 나 말이오." 헤지스가 마치 혼잣말처럼 말했다.

마침내 본론을 꺼낸 것이었다.

"그 사람은 그리 행복한 여자가 아닌 것 같아요."

잠시 침묵이 흘렀다.

"행복?" 헤지스가 말했다. "아니, 그렇지 않아요. 그 사람은 행복하지 않아요. 행복할 수 있는 사람이 아니에요. 황홀해해요. 나딘은 황홀해하는 사람이에요. 그 사람은 매일 내게 그렇게 말하지요." 그가 말했다. 그는 자신의 이마에 손을 얹으며 눈을 반쯤 가렸다. "음, 당신은 그 사람을 전혀 알지 못해요."

그녀는 오지 않을 것이다. 갑자기 그 점이 분명해졌다. 저녁을 함께 먹는 일은 없을 것이다.

뭔가 말을 했어야 했다. 너무 모호하게 끝나버렸다. 하얀 테이블보 위에 마련된 당혹스러울 정도로 넓은 세 사람의 자리를 뒤에 남기고 헤지스가 떠난 지 10분 뒤, 그의 머릿속에는 '난 그녀와 얘기하고 싶다'라고 그에게 요구했어야 한다는 생각이 떠올랐다.

문이 다 닫혔다. 그는 비참했다. 자기처럼 나약하고 무능력한 사람은 상상할 수 없었다. 한 남자를 불구로 만들어버리고 싶은 충동이 일었고 그 생각이 입 밖으로 튀어나왔다. 아마 그들은 바로 그 순간에 그에 관해 얘기하며 웃고 있을 것이다. 그 모든 게 다 굴욕적이었다. 그의 방 창 아래쪽에서는 강이 흘렀다.

어둠 속에서도 강물이 흐르는 게 보였다. 서서 강물을 내려다보고 있던 그는 마음을 진정시키려 애쓰며 방 안에서 서성거렸다. 침대에 누웠다. 팔다리가 떨리는 것 같았다. 자신이 혐오스러웠다. 마침내 그는 조용해졌다.

그가 막 눈을 감았을 때 전화벨이 텅 빈 방 안을 울렸다. 다시 울렸다. 세 번째로 울렸다. 그럼 그렇지! 그걸 기대하지 않았던가. 수화기를 집어 들 때 심장이 뛰었다. 그는 짐짓 차분한 목소리로 여보세요, 했다. 남자의 목소리가 들려왔다. 헤지스였다. 겸손한 목소리였다.

"나딘이 거기 있나요?" 헤지스가 어렵게 말을 꺼냈다.

"나딘?"

"그 사람과 얘기 좀 할 수 있을까요?" 헤지스가 말했다.

"나딘 여기 없는데요."

침묵이 흘렀다. 그는 헤지스의 무기력한 숨소리를 들을 수 있었다. 그 상태가 계속 이어질 것만 같았다.

"이봐요." 헤지스가 입을 열었다. 그의 목소리는 위축되어 있었다. "잠시 그 사람이랑 얘길 나누고 싶을 뿐이에요. 그게 다예요……. 부탁 좀……."

그렇다면 그녀는 마을 어딘가에 있을 터였다. 그는 그녀를 찾으러 서둘러 나갔다. 그녀가 어디에 있을 것 같은지 미리 단정하지는 않았다. 밤이 그가 있는 쪽으로 방향을 돌려 몰려왔다. 모든 게 변하고 있었다. 그는 거리를 걷다가 달렸다. 너무 늦지 않았을까 두려웠다.

거의 자정 가까운 시간이었다. 사람들이 극장에서 나오고 있었다. 카지노에 있는 카페는 시끌벅적했다. 많은 사람의 얼굴이 항상 서 있는 웨이터들에 완전히 가려져 있거나 반쯤 가려져 있었으므로 웨이터들 뒤에 숨어 있는 사람이 있을 수 있었다. 그는 천천히 빠짐없이 뒤졌다. 그녀는 틀림없이 거기 어딘가에 있을 터였다. 탁자에 혼자 앉아 자기를 찾아주기를 기대하고 있을 터였다.

같은 차들이 방향을 돌려 도로를 달려갔다. 그는 사람들 속으로 걸어 들어갔다. 사람들은 천천히 걸으며 불 켜진 진열창 앞에서 걸음을 멈추곤 했다. 그녀는 아마 비싼 구두 진열대를 들여다볼 것이다. 어쩌면 골동품 장신구와 금목걸이 진열대를 들여다볼지도 몰랐다. 길모퉁이에 이르렀을 때 상실감이 밀려왔다. 그는 아케이드를 지나갔다. 이어 더 익숙한 구역을 살펴본 다음 그곳을 뒤로하고 걸음을 옮겼다. 신문 가판 매점은 문을 잠갔고 영화관은 캄캄했다.

병에 걸린 것을 처음 알게 될 때 그러하듯이 갑자기 확신이 사라졌다. 그녀는 자신의 호텔로 돌아갔을까? 어쩌면 그의 호텔로 왔는지도 모른다. 혹은 그의 호텔로 왔다가 돌아갔는지도 모른다. 그녀는 목적이 없는 기발한 행동을 할 수 있다는 것을 그는 알고 있었다. 그녀는 도시의 어둠 속을 배회하지 않았는데도 그가 너무 요란스럽게 찾아다니느라 그녀의 나른한 발걸음을 놓치고 말았을지 모른다. 그녀는 영악하게도 그가 뒤따라와서 자기를 찾아낼 만한 장소를 고른 것이 아니라, 낙담한 심정으로 헤지스에게 돌아가 그냥 이렇게 말했을지도 모른다. 그냥 걷고 싶었어요.

다시는 오지 않는 어떤 순간이 있는 거라고 그는 언제나 생각했다. 그는 얼이 빠진 표정으로 이미 다 보았던 거리를 되돌아가기 시작했다. 흥분은 사라졌지만 그는 계속 그녀를 찾았다. 더 이상 자신의 직감을 믿지 않았다. 대신 그녀가 무슨 결정을 했을지 궁금해했다.

호이바게Heuwaage 근처의 계단에서 걸음을 멈췄다. 광장은 텅 비었다. 갑자기 추위를 느꼈다. 외로운 한 남자가 아래쪽을 지나가고 있었다. 헤지스였다. 그는 넥타이를 매지 않았다. 재킷의 옷깃은 세워져 있었다. 그는 정처 없이 걸었다. 꿈을 좇고 있었다. 호주머니에는 구깃구깃한 지폐와 반으로 흰 담배들이 들어 있었다. 멀리서도 피부가 하얀 게 보였다. 빗질하지 않은 머리였다. 그는 젊은 체하지 않았다. 그럴 때가 지난 것이다. 그의 삶의 중심에는 실패한 작품들이 자리 잡고 있었다. 통근 열차를 타고 차를 마시면서 뭔가를 기대하는, 결국에는 자신의 재능이 다른 사람들의 재능 못지않게 훌륭하다는 증거를 기대하는 사람과도 같은 심정이 자리 잡고 있었다. 이 세상은 다른 사람을 낳고 있어, 그가 말했다. 우린 은하의 중심에 접근하고 있어. 그는 그걸 쓰고 있었다. 그걸 창조하고 있었다. 그의 시는 우리의 역사가 될 터였다.

거리는 인적이 끊겼다. 식당은 불을 껐다. 빈 탁자 위에 의자를 거꾸로 올려놓은 모습이 반복적으로 이어진 카페에 박사 수염을 한 짙은 색 셔츠 차림의 헤지스가 홀로 앉아 있었다. 그는 결코 그녀를 찾을 수 없을 것이다. 그는 일거리가 없는 사람 같았다. 병자 같았다. 갈 데가 없었다. 유럽의 도시들은 조용했다. 그는 한기를 느끼며 가볍게 기침했다.

그녀가 그에게 보여준 사진 속의 괴테아눔은 존재하지 않았다. 그 건축물은 1922년 12월 31일 밤에 불탔다. 그날 그곳에서 저녁 강의가 있었다. 청중들은 집으로 돌아갔다. 야간 경비원이 연기를 발견했는데, 그 후 곧 불이 보였다. 불은 놀라운 속도로 번졌고, 소방수들이 필사적으로 불과 싸웠지만 효과가 없었다. 마침내 상황은 절망적으로 보였다. 커다란 창 안에서 불길이 치솟고 있었다. 슈타이너는 모든 사람에게 건물 밖으로 나가라고 소리쳤다. 정확히 자정에 중앙 돔이 파괴되었고, 불길은 돔을 뚫고 위로위로 활활 솟아올랐다. 그림을 새긴 특별한 창유리가 있는 창들은 불타오르다가 열을 이기지 못하고 폭발하기 시작했다. 엄청나게 많은 사람들이 근처 마을에서 모여들었다. 심지어 바젤에서도 왔다. 수 마일 떨어진 그곳에서도 불이 보였던 것이다. 마침내 돔이 붕괴했다. 녹색과 청색의 불길이 금속 오르간 파이프에서 솟구쳤다. 괴테아눔은 사라졌다. 그 건축물의 주인은, 그 사제는, 그 고독한 창조자는 새벽에 잿더미 속을 천천히 걸었다.

콘크리트로 만든 새로운 건축물이 그 자리에 우뚝 솟았다. 옛 건물은 사진으로만 남았다.

흙

마지막 시간이 찾아들 때
끝내 누워 죽지 않으려는
동물들이 있다. 노인은 그와 같았다.
그는 무릎을 펴고 천천히
다시 일어서려 했다.

빌리는 집 아래에 있었다. 그곳은 시원했다. 50년 동안 파 뒤집은 적이 없는 흙냄새가 났다. 퀴퀴한 냄새가 나는 흙먼지가 마룻장 틈새로 쏟아져 내려 그의 얼굴 위로 가벼운 비처럼 떨어졌다. 그는 먼지 가루를 뱉었다. 이어 고개를 돌리고 조심스럽게 손을 들어 올려 셔츠 소매로 눈언저리를 닦았다. 해리의 다리가 햇빛에 드러났다. 해리는 자주 끙 하는 소리를 내며 무릎을 꿇고 앉아 일이 어떻게 되어가는지 보았다.

그들은 브라이언트의 낡은 집의 바닥을 평평하게 하는 작업을 하고 있었다. 다른 집들과 마찬가지로 그 집에도 기초가 없었다. 집은 목재 위에 얹혀 있었다.

"바로 거기서 시작하면 돼." 해리가 소리쳤다.

"여기요?"

"그렇지."

빌리는 다시 눈 주위의 먼지를 천천히 닦고 나서 잭을 설치하기 시작했다. 그의 얼굴에서 불과 몇 인치 위에 들보가 있었다.

그들은 밖에 앉아 점심을 먹었다. 날은 더웠다. 산악 날씨가 그랬다. 햇볕은 쨍쨍하고 공기는 희박했다. 해리는 느릿느릿 먹었다. 노인의 목은 주름이 많았고, 턱선을 따라 흰 수염이 까칠하게 돋아나 있었다.

죽음이 해리 마이스에게 다가오고 있었다. 그는 빈속으로 눕곤 했다. 뺨은 붉어졌고 잘생긴 노인의 귀는 잘 들리지 않았다. 그가 알고 있는 것을 말할 수도 없었다. 그의 인생의 먼 벌판에 홀로 있었다. 비가 와도 노인은 움직이지 않았다.

마지막 시간이 찾아들 때 끝내 누워 죽지 않으려는 동물들이 있다. 노인은 그와 같았다. 그는 무릎을 펴고 천천히 다시 일어서려 했다. 한쪽 무릎을 일으켜 세운 다음, 잠시 쉬었다가 늙은 말처럼 휘뚝이며 마침내 일어섰다.

"마을에 머리를 길게 기른 친구가 있던데……." 그가 말했다.

빌리의 손가락이 빵에 검은 자국을 냈다.

"머리요?"

"걔는 뭐 하는 친굴까?"

"드럼 연주자일 거예요." 빌리가 말했다.

"드럼 연주자라."

"밴드의 일원이에요."

"대단한 걸 거야." 해리가 말했다.

그는 찌그러진 보온병 뚜껑을 열고 차처럼 보이는 것을 따랐다. 두 사람은 정적이 감도는 커다란 미루나무 아래에 앉아 있었다. 가장 높은 곳에 있는 이파리들조차 움직이지 않았다.

그들은 차를 몰고 폐품 하치장으로 갔다. 앞 유리창으로 쏟아져 들어온 햇볕이 무릎을 태울 것만 같았다. 그곳엔 어딘가에서, 어떤 파산한 목축장에서 수거해 온 낡은 문이 하나 있었다. 그 문은 열려 있었고, 해리는 차를 몰고 안으로 들어갔다. 그들은 개울가에 위치한 고물과 쓰레기 더미가 쌓여 있는 곳으로 갔다. 끊임없이 연기가 나는 노지였다. 침대 스프링으로 둘러싸인 오두막에서 작업복을 걸친 흑인이 나타났다. 어깨가 굽은, 황소만 한 덩치의 남자였다. 멀찍이 떨어진 곳에 녹색의 낡은 크라이슬러 자동차 한 대가 세워져 있었다.

"파이프를 좀 찾으려고 왔어, 알." 해리가 말했다.

남자는 아무 말도 하지 않았다. 얼마간 냉담한 표정을 지어 보였다. 해리는 이미 그를 지나쳐서 낡은 가구와 난로와 알루미늄 의자들이 쌓인 곳 사이로 걸어갔다. 공기에서 시큼한 냄새가 났다. 부술 수 없는 냉장고 몇 대가 폐품 더미에서 떨어져 나와 개울물 속에 반쯤 묻혀 있었다.

파이프는 모두 한곳에 모여 있었다. 대부분 녹슨 것들이었다. 빌리는 뜻 없이 여기저기를 발로 톡톡 차보았다.

"이건 쓸 수 있겠어." 해리가 평했다.

두 사람은 파이프 몇 개를 차로 옮겨 차의 지붕에 내려놓았다. 해리는 천천히 차를 운전했다. 노인은 고개를 약간 뒤로 젖히고 있었다. 차가 구덩이에 빠졌다 나오면서 흔들렸다. 선반에 놓인 파이프가 굴렀다.

"알은 무척 좋은 친구야." 해리가 말했다. 차는 오두막 쪽으로 갔다. 오두막을 지나갈 때 해리가 손을 들었다. 오두막에는 아무도 없었다.

빌리는 마음이 심란했다. 읍내까지 가는 길이 멀어 보였다.

"폐품 때문에 알이 무척 골치 아파해." 해리가 말했다. 그는 도로를 바라보고 있었다. 텅 빈 도로는 주변의 모든 읍으로 이어졌다.

"거기엔 쓸 만한 물건이 없어." 그가 말했다. "알은 가끔 고물값을 좀 받고 싶어 하지. 하지만 사람들은 공짜로 가져갈 수 있어야 한다고 생각한단 말야."

"그 사람, 아저씨한테는 돈을 내라고 하지 않았잖아요."

"나한테? 나한텐 안 그래. 나는 종종 그에게 뭘 좀 갖다 주거든." 해리가 말했다. "알과 난 친구야."

잠시 후 노인이 "여긴 자유국가라고 부르짖곤 하지. 나야 잘 모르지만……" 하고 말했다.

거하트 술집의 카우보이들은 노인을 스웨덴인이라고 불렀다. 하지만 그는 그 나라에 가본 적도 없었다. 그들은 메마른 피부의 노인이 팔을 흐느적거리며 느릿느릿 걸어서 가게 밖을 지나가는 모습을 보곤 했다. 더없이 하얀 아침을 닮은, 위대한 남서부 지방의 아침을 닮은 창백한 눈의 그가 예전에 블랙커피를 마시던 모습은 약간 스웨덴 사람처럼 보일 법도 했다. 술집의 재떨이는 플라스틱 재떨이였다. 시계 앞면에는 위스키 이름이 인쇄되어 있었다.

5시 30분이었다. 빌리는 안으로 들어갔다.

"그 친구 왔네."

그는 그들을 무시했다.

"뭐 마실 텐가?" 거하트가 말했다.

"맥주."

벽에는 곰 머리 박제가 있었다. 코 위에 안경을 걸쳤으며 붉은 소석고로 혀를 만든 곰이었다. 그 위로는 미국 국기가 걸렸는데 '개 출입 금지'라는 안내문이 국기에 쓰여 있었다. 한낮에는 보험 대리점을 하는 웨인 개리치 같은 몇몇 사람밖에 없었다. 그들은 목장 주인들이 즐겨 쓰는, 옆을 말아 올린 밀짚모자를 쓰고 있었다. 얼마 뒤에는 티셔츠와 선글라스 차림의 건설 인부들이 왔고, 가스 회사 직원들도 왔다. 5시 이후에는 항상 붐볐다. 목장 일꾼들은 다리를 쭉 뻗은 자세로 탁자에 함께 앉았다. 그들의 허리띠 버클에는 황소 머리가 금박으로 장식되어 있었다.

"30센트네." 거하트가 말했다. "뭐 하고 지내나? 여전히 해리 노인을 위해 일하는 거야?"

"네, 뭐……." 빌리가 우물거렸다.

"노인이 자네한테 얼마를 주나?"

그는 사실을 말하기가 무척 부끄럽고 난감했다.

"시간당 2달러 50센트요." 빌리가 말했다.

"맙소사." 거하트가 말했다. "난 마룻바닥만 닦아줘도 그만큼 주네."

빌리가 고개를 끄덕였다. 그는 아무런 대꾸도 하지 않았다.

해리 자신은 시간당 3달러를 받았다. 아마 읍내엔 이보다 더 받는 사람들도 있을 테지만 자신의 품삯은 그렇다고 그가 말했다. 그는 그 노임으로 기초공사를 할 거라고, 3주 걸릴 거라고 했다.

하루도 비가 오지 않았다. 햇볕이 널빤지처럼 등짝에 내려앉았다.

해리는 차의 트렁크에서 삽과 괭이를 꺼냈다. 그는 키가 컸다. 한 손으로 그것들을 옮겼다. 그는 외바퀴 손수레를 돌리면서 오른쪽을 들어 올렸다. 시멘트 포대들이 떨어져 내려 합판 위에 쌓였다. 노인은 호스로 물을 뿌려 외바퀴 손수레를 씻어냈다. 그런 다음 자갈 다섯 삽, 모래 세 삽, 시멘트 한 삽의 비율로 첫 번째 콘크리트를 섞기 시작했다. 노인은 때때로 일을 멈추고 잔가지나 풀잎 쪼가리들을 골라냈다. 햇볕은 달구어진 양철 판처럼 쨍쨍하게 내리쬐었다. 텍사스에서, 주변의 모든 곳에서 그렇게 1만 일 동안 내리쬐었다. 그는 그 마른 혼합물을 뒤집어가며 자꾸자꾸 섞었다. 마침내 물을 첨가하기 시작했다. 물을 더 부어가며 작업을 했다. 색깔이 짙어졌다. 강물 같은 잿빛이 되었다. 부드러운 표면이 자갈로 일그러졌다. 빌리는 서서 그 모습을 지켜보았다.

"너무 묽게 만들면 안 돼." 노인이 말했다. 노인은 언제나 자기 자신에게 얘기하는 것 같은 느낌을 주었다. 그는 괭이를 내려놓았다. "됐어." 그가 말했다.

노인의 어깨는 구부정했다. 그 어깨에 노동이 집적되어 있었다. 노인은 어깨를 펴지 않은 자세로 외바퀴 손수레의 손잡이를 잡았다.

"제가 할게요." 빌리가 손을 뻗으며 말했다.

"괜찮아." 해리가 입속말처럼 나직이 말했다. 말이 이 사이로 조금 새는 것처럼 들렸다.

노인이 손수레를 밀며 작업을 했다. 이제 콘크리트는 표면이 부드러워지면서 옆으로 조금씩 조금씩 퍼지다가 노인이 만들어놓은 나무틀 가까이에서 철퍼덕 소리를 내며 자리를 잡아갔다. 구덩이는 빌리가 파놓았었다. 노인은 콘크리트를 마지막으로 확인한 다음 외바퀴 손수레를 기울였다. 묵직하고 차진 액체가 수레의 가장자리에서 떨어져 내렸다. 노인은 남아 있는 콘크리트를 다 긁어냈다. 그러고 나서 구덩이를 따라 이동하면서 빈틈이 있는 곳을 삽으로 쿡쿡 찌르며 메웠다. 두 번째 작업 때는 빌리가 수레를 밀게 했다. 빌리는 웃통을 벗고 일했다. 햇볕이 그의 어깨와 등으로 으르렁거리며 쏟아졌다. 그가 팔을 쳐들 때 근육이 꿈틀거렸다. 다음 날 노인은 빌리에게 삽질을 맡겼다.

빌리는 가톨릭 성당 근처 1층에 있는 방에서 살았다. 거기에는 금속제 샤워기가 하나 있었다. 그는 이불 없이 잠을 잤다. 아침에는 우유갑에 든 우유를 마셨다. 그는 데일리에서 웨이트리스로 일하는 앨마라는 여자를 사귀고 있었다. 튼실한 종아리가 눈에 띄는 여자였다. 그녀는 말을 많이 하지 않았다. 그녀의 붙임성 좋은 태도에 그는 미칠 지경이었다. 가끔 그녀는 사람들의 목소리가 윙윙거리고 요란하게 웃는 소리가 드문드문 나는 거하트 술집에 다른 사람과 함께 있었다. 그녀 뒤쪽 벽에는 유명 인사들의 사진이 붙어 있었다. 천장 근처에는 물 얼룩이 있었다. 남자 화장실 문이 쾅 닫히곤 했다.

그들은 그녀에 대해 얘기했다. 그들은 바 앞에 서 있었으므로 고개를 약간만 돌려도 그녀를 볼 수 있었다. 그녀는 소읍에 사는 여자였다. 텔레비전에서는 그랜드정크션에서 열리는 미식축구 경기를 중계하고 있었다. 그들은 경기를 보면서 그녀의 다리를 생각하고 있었다. 그녀는 그들이 원하는 동물 같았다. 그녀, 앨마는 담배를 많이 피웠다. 그러나 그녀의 이는 하얬다. 그녀는 투사처럼 얼굴이 납작했다. 넌 이동주택 주차 구역에서 살게 될 거야. 빌리가 그녀에게 말했다. 네 아이들은 우디크리크Woody Creek 가게에서 산, 크고 얇은 포장지에 담긴 흰 빵을 먹게 될 거야.

"아, 그래?"

앨마는 부인하지 않았다. 그녀는 눈길을 돌렸다. 동물이 그러하듯이 그 눈이 얼마나 순수한지, 얼마나 아름다운지는 중요하지 않았다. 그들 두 사람은 덜컹거리는 강철 트럭을 타고 고속도로를 달렸다. 차가 지나갈 때 지푸라기들이 날렸다. 카우보이들이 차가운 눈으로 그들을 지켜보았다. 그들은 독기 서린 집으로 들어갔고, 갑자기 뼈를 쪼갤 듯한 주먹이 날아들고 소리 죽인 비명이 새어 나왔다. 빌리는 그녀에게 많은 돈을 쓰지 않았다. 그는 돈을 모으고 있었다. 그녀는 이 일을 결코 언급하지 않았다.

그들은 3번가에 면한 집의 측면에 콘크리트를 부었고, 이어 정면 기초공사를 시작했다. 빌리는 팔을 태우는 햇볕 속에서 그녀를 생각했다. 그가 무거운 손수레를 들어 올리자 온몸이 팽팽한 케이블처럼 단단해졌다. 저녁에 작업을 마쳤을 때 해리가 호스로 모든 것을 씻어냈다. 노인은 삽과 괭이를 자기 차의 트렁크에 실었다. 이어 차 문을 열어둔 채 차의 앞자리에 앉았다. 노인은 혼자 웃으며 모자를 올리고 머리를 매만졌다.

"이봐." 그가 말했다. 하고 싶은 말이 있는 것이었다. 그는 땅을 내려다보았다. "서부에 가본 적 있어?"

1930년대 캘리포니아 이야기였다. 일을 찾아 이 마을 저 마을 돌아다니는 사람들이 발에 차일 정도였다. 어느 날 그들은 어딘가를 가서—이름은 잊어버렸다—조그만 식당에 들어갔다. 그 시절에는 30센트면 충분히 식사를 할 수 있었다. 그러나 그들이 음식값을 치르려 했을 때 주인은 1인당 1달러 50센트라고 했다. 그러면서 주인은 만약 그 값을 치르지 않으면 길거리 가까운 곳에 있는 주 경찰을 부르겠다고 했다. 나중에 해리는 이발소에 갔다. 머리가 무성하게 자란 그는 그 드럼 연주자처럼 보였었다. 이발사가 그의 몸에 보자기를 둘렀다. 이발해줘요, 해리가 말했다. 그러고 나서 얼른 덧붙였다. 이봐요, 잠깐, 그런데 이 발비는 얼마죠? 이발사는 손에 가위를 들고 있었다. 당신은 그리스인 식당에서 식사를 한 모양이구려, 이발사가 말했다.

해리가 수줍은 듯이 가볍게 웃었다. 그가 흘깃 빌리를 쳐다보았다. 기다란 이가 드러났다. 노인 자신의 이였다. 빌리는 셔츠의 단추를 풀었다.

저녁에도 더웠다. 사람들은 다들 근년 들어 가장 더운 여름이라고 했다. 아니, 그 어느 해보다 더운 여름이라고 했다. 사람들은 먼지투성이인 커다란 신발을 신고 거하트 술집을 찾았다.

"제길, 너무 더워." 그들은 서로 그렇게 말했다.

"최고로 더운 날이야."

"뭐 마실 거요?" 거하트는 그렇게 묻곤 했고, 그의 바보 아들은 잔을 씻곤 했다.

"맥주."

"정말 덥죠?" 거하트가 술을 내놓으며 말했다.

바에 서 있는 사람들의 팔은 먼지로 뒤덮였다. 길 건너편에 영화관이 있었다. 위쪽 산허리에는 모래와 자갈 채취장이 있었다. 사방에 목장이 있고, 쇄석 도로 공장도 하나 있었다. 쓰라림이 뼛속까지 스며들어 말을 거의 하지 않는 웨인 개리치 같은 사람들이 있었다. 그들은 신중했다. 그들의 기질은 점잖고 부드러웠다. 그들은 가게의 창문 같은 커다란 창을 통해 세상을 내다보았다.

"빌리가 오는군."

"그렇군. 빌리야."

"그래, 자넨 어떻게 생각해?" 그들은 내기를 하듯 낮은 목소리로 말을 주고받았다. 그들의 팔뚝은 바에 있는 장작만큼이나 컸다. "빌리는 그 일을 계속할까, 아니면 그만둘까?"

기초공사는 9월 초에 끝났다. 모래와 자갈 더미가 있던 곳에 약간의 모래와 소량의 자갈이 남아 있었다. 밤은 이미 추워졌다. 겨울의 황량함을 예고하는 최초의 암시였다. 마을엔 불빛 한 점 보이지 않았다. 나무들은 차분하고 조용해진 것 같았다. 나무는 갑작스럽게 변하기 시작했다. 큰 나무들이 마지막으로 변했다.

해리는 새벽 3시에 죽었다. 전날 노인은 상품이 쌓인 슈퍼마켓 선반 뒤편에서 카트에 몸을 기댄 채 연신 숨을 헐떡거렸다. 집에서 노인은 차를 좀 마시려 했다. 의자에 앉았다. 비몽사몽 상태였다. 부엌에는 불이 켜져 있었다. 노인은 갑자기 터질 듯한 끔찍한 고통을 느꼈다. 입이 벌어졌다. 입술이 타들어갔다.

유품은 거의 없었다. 몇 벌의 옷, 연장들이 잔뜩 들어 있는 쉐보레 자동차 정도였다. 모든 것이 생기 없고 칙칙해 보였다. 망치의 손잡이는 반질반질했다. 그는 곳곳에서 일했다. 전쟁 중에는 갤버스턴에서 배를 만들기도 했다. 스무 살 때 찍은 그의 사진들이 있었다. 지금 같은 매부리코에 단단해 보이는 촌티 나는 얼굴을 하고 있었다. 영안실에서 그의 모습은 파라오 같았다. 그들은 그의 손을 접어서 포갰다. 볼은 푹 꺼졌고 눈꺼풀은 백지장 같았다.

빌리 암스텔은 그와 앨마가 100달러에 구입한 차를 몰고 멕시코로 갔다. 그들은 비용을 분담하자는 데 동의했다. 태양이 남쪽으로 달리는 차 안에 앉아 있는 그들의 앞 유리창을 환하게 비춰주었다. 두 사람은 서로 자신들이 살아온 이야기를 들려주었다.

그의 모습은 파라오 같았다

2013년, 88세의 나이에 마지막 작품 『올 댓 이즈』를 출간하고 런던의 한 서점에서 기념 사인회를 열었을 때, 제임스 설터는 그동안 자신이 낸 모든 책의 판매 부수보다 더 많은 책에 사인을 한 것 같다는 농담을 했다. 물론 과장된 말이지만 이 농담은 설터의 문학적 생애를 얼마간 엿볼 수 있게 해준다. 그동안의 책 판매가 신통치 않았다는 것, 그러니까 인기 작가가 아니었다는 것, 뒤늦게 세상에 널리 알려진 작가라는 것, 과작의 작가지만 거의 죽음이 찾아들 시기까지 맑은 정신으로 글을 썼던 작가라는 것 등등.

그랬다. 그는 작가들이나 고급 독자 집단에서는 추종자를 두고 있었지만 사실 대중들로부터는 오래도록 사랑을 받지 못했다. 그러다가 새로운 세기로 접어들 무렵에야 문학 전문가 그룹의 지속적인 찬사에 힘입어 드디어 그의 작품들이 주류 문학에 편입되었다.

그러니 설터의 마지막 작품 『올 댓 이즈』에 대한 대중들의 관심은 그 작품에 대한 큰 기대감 때문이기도 하겠지만, 그동안 문학의 하늘에 고유한 빛으로 부시게 반짝이고 있던 설터라는 별을 몰라준 것에 대한 미안함, 새롭게 깨달은 그의 작품들에 대한 경이감 등의 감정이 복합적으로 작용한 것이리라. 실제로 오래전에 나온 그의 장편 『가벼운 나날』이나 『스포츠와 여가』 같은 책들은 세월의 더께와 더불어 새로운 찬사가 세계적으로 더욱 두껍게 쌓이는 듯하다. 줌파 라히리 같은 작가는 설터를 회고하면서 "설터를 읽으면서 나는 글을 진액이 될 때까지 졸여야 한다는 것을 배웠다"라고 했다. 또한 우리 독자들도 이제는 설터를 "작가의 작가"라고 부르는 것에 익숙해져 있는 것 같다.

이 책 『아메리칸 급행열차』는 오랜 작가 생활 동안 장편 여섯 작품과 단편소설집 두 권밖에 내지 않은 설터의 두 단편집 가운데 하나다. 우리나라에서는 그의 두 번째 단편집인 『어젯밤』이 먼저 출간되었으나, 실은 이 『아메리칸 급행열차』가 그보다 훨씬 전에 출간된 첫 번째 단편집이다. 이미 『가벼운 나날』을 비롯한 장편소설로 장편 작가로서의 위상을 확고히 한 그가 뒤늦게 특유의 낯선 세계와 새로운 문체로 얼떨떨한 충격을 일으키며 단편 작가로 새로이 데뷔한 셈인데, 이 작품집으로 권위 있는 문학상인 펜/포크너상을 받았으니 그로서는 무척 뜻깊은 책이었을 것이다.

구글에서 검색되는 어떤 문학 평론가의 글을 읽으니 그는 첫 작품 「탕헤르 해변에서」를 수년에 걸쳐 서너 번 읽었는데, 여전히 이 작품이 낯설어 보이고 요약해서 말하기가 힘들다고 한다. 우리 독자들 역시 이 작품뿐 아니라 여러 작품들에서 그런 낯선 기분을 느낄 거라고 생각한다. 번역을 한 나부터도 그러하니까.

그러나 그런 낯선 기분, 낯섦이 바로 설터 문학의 커다란 장점이다. 그의 소설은 우리가 기대하는 소설 문법에서 벗어나기 일쑤여서 우리의 관습적인 독서를 끊임없이 방해한다. 그가 만들어낸 세계와 플롯과 문장은 그거 말고 이걸 보라고, 그렇게 보지 말고 이런 식으로 보라고, 그 생각은 허위일지 모르니 이렇게 생각해보라고 자꾸 딴지를 거는 것만 같다. 그래서 그의 소설은 늘 새롭다. 어디선가 본 듯한 소설이 아니고 처음 접하는 생경한 작품이라는 생각이 들게 한다. 키츠의 시에서 따와 신비평가들이 문학의 전범으로 비유하곤 하는 "잘 빚은 항아리"가 아니다. 설터의 항아리는 물레로 빚은 깔끔한 항아리가 아니라 거친 손으로 구석구석을 매만지고 또 매만져서 만든 울퉁불퉁한, 그러나 묘한 생동감으로 아우라를 뿜내는 항아리다. 예술 언어는 인간이 상실한 삶의 감각을 되찾을 수 있게 하려고 일상 언어와는 달리 일부러 의사소통을 방해하고 늦춘다는 러시아 형식주의 이론의 '낯설게 하기' 기법을 설터의 작품들이 잘 보여주는 것도 같다. 그래서 우리는 그의 소설을 읽으면 낯선 시공간에 떨어진 것 같은 생소한 분위기 속에서 삶의 어떤 쓸쓸하거나 황홀한 빛이, 어떤 통찰이 생생하고 강렬하게 스쳐 지나가는 것을 느끼게 된다.

이 책에 실린 각 작품들은 저마다의 성격이 강하고 뚜렷해서인지 사람들마다 각자 선호하는 작품이 많이 다른 것 같다. 이 책의 서문을 쓴 필립 구레비치는 「20분」을 가장 좋아하는 작품으로 꼽았다. "마치 더도 아니고 덜도 아닌 딱 20분의 이야기를 실시간으로 써서 들려주는 것 같고, 그 20분 안에 전 인생을 드러내기 때문"이라는 것이다. 아직은 한국어판이 출간되지 않은 설터의 강연집 『소설의 기술The Art of Fiction』의 서문을 쓴 미국 소설가 존 케이시John Casey는 독자들에게 「흙」 「괴테아눔의 파괴」 「영화」를 읽어보라고 권하고 싶다고 했다. 설터 자신은 〈파리리뷰〉와의 인터뷰에서 「아메리칸 급행열차」 「탕헤르 해변에서」를 좋아한다고 했다. 특히 「아메리칸 급행열차」에 대해서는 "여러 겹의 층이 있는 작품"이고 "내가 도달한 어떤 수준이 담겨 있다"라고 자평했다. 설터가 말한 그 수준이 무엇일지 탐구해보는 것은 좋은 독자의 몫일 것이다. 이 책을 편집한 출판사 편집자에게 물으니 「애크널로」 「이국의 해변」 「부정의 방식」이 좋았다고 한다. 이처럼 독자들의 생각과 판단이 다양한 것도 설터 소설의 한 특징인 듯싶다.

설터는 가끔 특유의 건조함과 비약으로 독자를 당혹스럽게 만든다. 「탕헤르 해변에서」를 예로 들자면, 어느 순간 제목이 왜 '탕헤르 해변에서'인가라는 의문이 들 것이다. 작품 속의 세 인물이 찾아간 해변은 시제스 해변이다. 탕헤르 해변에 대한 언급은 잉게라는 여자가 "난 탕헤르에서 살고 싶어요"라고 말한 게 전부다. 그런데도 이 작품의 제목은 '탕헤르 해변에서'다. 이에 대해 훗날 설터는 이렇게 말했다. "대부분의 사람들은 불필요하게 독일어로 쓰인 그 제목 'Am Strande von Tanger(탕헤르 해변에서)'를 이해하지 못했어요. 그 제목이 어떤 그림의 제목이기도 하다는 것도 몰랐고요. 아무도 그걸 알아내려고 애쓰지 않을 수도 있다는 생각을 내가 미처 하지 못한 겁니다. 문학의 권위자들은 그걸 꼭 알아내려 할 거라고 생각한 거죠." 그러니까 설터는 그 제목에 뭔가 의미심장한 뜻을 담고자 했는데 그걸 알아낸 사람이 없었던 것이다. '애크닐로Akhnilo'라는 제목도 그렇다. 그 작품에서는 애크닐로라는 말이 한 번도 나오지 않는다. 제목만 애크닐로일 뿐이다. 그래서 역자인 나는 애크닐로라는 것은 그저 작품의 무대가 되는 그 지역의 이름일 것이다, 라고 짐작만 할 뿐이다.

그렇다고 설터의 작품에 지레 겁먹을 필요는 전혀 없다. 몇 가지 모호한 내용에 휘둘리더라도 그의 소설이 주는 강렬한 느낌과 '고도의 모더니즘적 우아함'은 훼손되는 법 없이 오롯이 우리의 감각에 전달될 테니까 말이다.

일찍이 설터의 재능과 가치를 알아보고 그의 좋은 문학적 동반자가 되었던 소설가 리처드 포드는 "설터는 미국어 문장을 누구보다도 잘 쓰는 작가다"라고 했다. 위와 같은 인터뷰에서 설터는 "자신은 비비고 문지르기를 좋아하는 사람frotteur. 접촉도착자처럼 단어를 손에 넣고 비비고 이리저리 돌리고 느껴보면서 그 단어가 정말 최상의 단어인가 곰곰이 생각해보는 것을 좋아한다"라고 했다. 그의 응축된 문장은 이 같은 인고의 노력의 산물인 것이다.

이 책의 마지막 작품인 「흙」에 나오는 해리라는 노인에 대해 설터는 이렇게 묘사한다. "마지막 시간이 찾아들 때 끝내 누워 죽지 않으려는 동물들이 있다. 노인은 그와 같았다." 그리고 마지막 페이지에는 이런 대목이 나온다. "영안실에서 그의 모습은 파라오 같았다."

죽음이 낯설지 않은 88세 때 걸작 『올 댓 이즈』를 출간하고

2년 뒤에 죽은 제임스 설터, 세상에 "빈 종이보다 더 무거운 것은 없었다"(「괴테아눔의 파괴」)라고 고백하면서도 그 무거운 백지의 무게를 끝끝내 감당하며 연필로 쓰고 타이핑하고 고치고 다시 타이핑하기를 반복하면서 자신만의 언어 세계를 만들어온 그의 영안실에서의 모습 또한 파라오 같았을 것임을 의심하는 독자는 없으리라.

2018년 새해에

서창렬